AF451194

Entre el Fuego y las Cenizas

Esteban Caso Ruiz
& Salomón Lobatón Hanono.

Entre el Fuego y las Cenizas

Esteban Caso Ruiz.
& Salomón Lobatón Hanono.

Firepanda
EDICIONES

Entre el fuego y las Cenizas
© 2024, Esteban Caso Ruiz & Salomón Lobatón Hanono

D.R. © 2024 por Salomón Lobatón H. (Firepanda Ediciones México).
Email: ventas@firepandaediciones.com.mx
X (Twitter): @Firepanda_Ed
Facebook: facebook.com/Firepandaediciones
Instagram: Firepandaediciones

TikTok: Firepandaediciones

Diseño de Portada: Daniela Pérez Nava
Maquetación editorial: Paulo César Bañuelos.

Cuidado Editorial: Salomón Lobaton H.
ISBN: 9786075154305
Primera edición, 2018
Segunda edición, 2019
Tercera edición, 2024

A mi familia:
Que debo agradecer el hombre que soy, siempre
enseñándome a ser honorable.

Para Mariana Monjaras
Te dedico esta obra que plasma la mayor inspiración
de mi vida.

Para mis amigos que, cual familia, me enseñan y me
acompañan por el vasto camino que juntos recorremos.

Esteban Caso Ruiz

A mi querida esposa.

A mis maravillosos hijos.

A mi padre: ¡Gracias por tanto!

Salomón Lobatón Hanono

• • •

Antiquia
Sängein
Castillo del Rettua
La Isla de Magos
Aristoteia

Tribus nómades
Paso del Diablo
Río Dorado
Tribus nómades
Bosque Evergreen
Northfort
North Valley
El Orgullo de Anan
Gedia
Epizea
Tribus nómades
Anan
Musnug
Tribus nómades
Tribus nómades
Ocaso de Eleutheria
Épizon
Eulin
D'ynami
Lago de Berl
Sinaystheia
Tribus nómades

Prólogo

"Un fuego recién encendido"

Después de miles de años, el hombre emerge desde las tinieblas. Quedan muy atrás los escombros de nuestra civilización como hoy es conocida.

Cercanos a una hoguera se encuentran reunidas un gran número de personas ansiosas, esperando escuchar frente a aquel fuego recién encendido una sorprendente historia como las que se cuentan al iniciar el solsticio de verano. Esta vez no será contada por aquellos grandes oradores; esas historias hablan sobre las maravillas y peligros de este mundo que limitan entre lo mitológico y la realidad. Algunas veces, los grandes contadores de historias agregan partes fantásticas para asombrar a su público. En esta ocasión la historia contada es tan verídica como quien la cuenta. El bullicio de aquel lugar cesa, y el público expectante observa a una mujer joven. Todos toman asiento e inquietos la empiezan a aclamar para que comience a contar su historia.

. K

Hoy, por única ocasión, les habré de contar la historia de un hombre extraordinario; aquel que, siendo un hombre común, se convirtió en mi héroe, un hombre bueno, justo y protector que ha sido mi ejemplo a seguir. Conocía a mucha gente en todos los lugares a los que llegaba; aldeanos, comerciantes, escribanos, saltimbancos, soldados y trovadores, siempre lo recibían bien. Llevaba productos de una ciudad a otra. Su nombre es Peter Reisk y esta es su historia, *su viejo diario lo relatará mejor:*

CAPÍTULO 1

"Los misterios entre el río Northfort"

Peter

Poco sé de dónde vengo, solo sé que no debo permanecer mucho tiempo en el mismo lugar.

Día 21 de diciembre de 2901 DGA[1]

15 años de vida y tengo que viajar…

Hoy, solsticio de invierno, los vientos helados empiezan a calar los huesos. El agua comienza a congelarse anunciando las primeras nieves que habrán de cubrir una gran parte de Anán y Épizon. Después de este largo viaje de comercio, me es conveniente descansar un poco. D'ynami, esa bella capital morfa que impresiona a cualquier nuevo viajero, siempre me resulta difícil, sobre todo porque nadie nos quiere ahí, ¡no me extraña, supongo que la culpa es nuestra!

El ocaso se aproximaba, me apresuraba a recorrer

---

1   Después del gran acontecimiento

el bosque Evergreen, pues necesitaba con urgencia encontrar posada donde pasar la noche a salvo; las horas seguras de viaje se agotaban rápidamente. Solo podía pensar en los zogúrath,[2] a nadie que conozca en todo Imphéria[3] le resulta cómoda su compañía, ¡malditos animales! Caminaba como siempre con cautela y a paso firme por aquella vereda ya algunas veces recorrida.

El bosque profundo cerraba casi por completo el paso de los últimos rayos de luz sobre aquella tarde, los hongos en la base de los árboles me indicaban que podía ser una vereda no tan concurrida, el moho se pegaba a mis botas de piel, podía sentir el aroma de aquel aire enrarecido por olores extraños y conocidos a la vez.

Percibía olor a sangre seca, que extrañamente se combinaba con nogal, lavanda y ortigas. Pude sentir el aroma de los pinos que yacían en aquel bosque austral. Lo conocía bien, pero en esta ocasión algo se sentía diferente, me sobresalté, escuché un ruido entre la maleza, estaba temeroso, las piernas me temblaban, presentía muerte, quizá fuese un zogúrath o tal vez una trampa. Me detuve precipitadamente, recargué el cuerpo contra un nogal robusto con algunos helechos en la base,

---

2   Zogúrath – 1. m. y f. Mamífero carnívoro, félido plantígrado de gran tamaño. Generalmente de pelaje negro brillante o grisáceo, con garras y colmillos descomunales. Habitan por todo Imphéria, los hay de distintas clases, se dice que el encontrarte con uno de estos animales representa "una muerte segura".

3   Imphéria – Gran extensión de tierra. Contiene distintas zonas y regiones a lo largo y ancho. Fue nombrada de esta forma después de ser celebrado El gran concilio. La palabra Imphéria quiere decir: "Gran continente".

cauteloso, observé escondido detrás de los matorrales.

Los sonidos que me llegaban únicamente aumentaban mis presentimientos, escuchaba pisadas a lo lejos. El choque del agua contra las piedras del río no dejaba que me concentrara en las pisadas que, junto al repentino sonido del crujir de madera, me indicaba que algo muy pesado por ahí rondaba.

Me sentía más extraño de lo habitual, así que decidí caminar por la ribera del río Northforth.[4] En las orillas de barro y piedras redondas pude notar pisadas más pequeñas que las de un hombre de tamaño normal, pensé que a algún loco se le había ocurrido la mala idea de viajar con sus pequeños o tal vez algún niño de una tribu nómade habría recorrido esos lugares. Caminé durante un par de horas preocupado por aquellos ruidos extraños, las pisadas me hacían pensar en trampas, tenía miedo de que mi instinto no se equivocara cuando, de pronto, levanté la mirada y a lo lejos lo vi. Era un pequeño paquete de un color negro intenso como la noche más profunda, pero particularmente tenía destellos dorados que brillaban intensamente. Lo más extraño era esa sensación de querer acercarme, jamás había sentido tanta curiosidad, definitivamente pensé que esto podría ser una trampa. Esas tribus nómadas son muy famosas por tener ese gusto por asaltar viajeros desprotegidos o incautos.

Definitivamente, son unos malditos salvajes, nadie tiene duda de ello; así que lo primero que hice fue co-

---

4   Río principal de Imphéria.

menzar a buscar cuerdas, lazos, pisos falsos o cualquier indicio de que pudiese ser una trampa. Incluso he escuchado de caminos con pólvora que, de pronto, se encienden encerrando en un círculo de fuego a quienes por ahí pasan y redes ocultas en las copas de los árboles.

Me dispuse a cruzar lentamente el río manso y con poco caudal, manteniendo mi distancia con el paquete, pasé casi dos horas, observándolo lo más lejos posible cuando, de pronto, se movió. Nunca había saltado de esa manera, terminé tras un helecho, mi corazón palpitaba muy fuerte, sentí un sobresalto incontrolable en todo mi cuerpo.

Las horas de viaje seguro se habían agotado, lo que podría dejarme a merced de cualquier peligro. Lo peor pasaba por mi mente, me sentí demasiado torpe por haber perdido mi tiempo observando ese estúpido paquete, escuché un grito profundo que estremeció todo mi ser, más que aquel frío que ya se sentía. Un frío de esos que calaba los huesos.

Después, aquel grito se tornó en un llanto desesperado. Parecía ser un bebé humano, no podía creerlo, sentí como si ese llanto profundo y desgarrador fuese un llamado de auxilio, así que me abalancé sobre el paquete, sin siquiera pensar más en mi seguridad o en mi torpeza por las horas que había dejado pasar.

Lo que descubrí me dejó atónito…

Era una pequeña niña, la más hermosa que había visto en todos mis viajes, tenía la piel tan blanca que solo podía compararse con los glaciares más nórdicos de Imphéria. Me impactaron sus enormes ojos azules como el mar cristalino y su cabello castaño claro brillante. Ahí estaba envuelta entre la manta negra, cubierta por una tela más suave que cualquier cosa que hubiese tocado antes, parecía ser muy cara, llevaba en un bordado palabras que no entendía.

Debían ser importantes, ya que estaban bordadas con hilos de oro, era un lenguaje que hasta el día de hoy no había visto. Al contemplar esas palabras extrañamente tuve un escalofrío, además de un sentimiento de hastío, me quedé absorto hasta que la niña se calmó. Cuando la cargué entre mis brazos, observé aquellos pendientes de pequeñas piedras rojas que creo eran rubíes. Sentí necesidad de protegerla, pero para ese momento había olvidado incluso mi propia seguridad, lo cual nos dejaba más vulnerables que nunca.

A lo lejos se vislumbraba una sombra imponente, los aullidos de los zogúraths se escuchaban cada vez más cercanos e intensos. Para ese momento no podía controlar el temblor de mi cuerpo, ¡me sentí atrapado, muerto también!

Aquella sombra imponente que se veía lejana me asechaba, al parecer se encontraba más cerca de lo que pensé. Lo vi salir de entre los árboles, era un zogúrath impresionante, sin lugar a duda el más grande que había visto en toda mi vida.

Su pelo negro brillaba reflejando la luz de la luna, tenía colmillos que acabarían con diez guerreros de los nuestros en un instante, garras descomunales que harían añicos cualquier escudo o armadura. Me abalancé al río Northforth, quería cruzarlo tan rápido como pudiese, pensando que el zogúrath no me seguiría. No podría haber estado más equivocado.

Estaba cruzando apresuradamente cuando, de pronto, se abalanzó a toda velocidad al río detrás de nosotros. El miedo se combinaba con la gélida sensación de las aguas en mi piel, sentía como si se me clavasen miles de espinas por todo el cuerpo. Aquella hermosa bebé lloraba sin cesar, lo cual en lugar de alejar a aquel maldito animal, únicamente aumentaba la rabia y el deseo que tenía de alcanzarnos, probablemente para devorarnos.

Apenas logré llegar a la orilla. Comencé a correr lo más rápido que pude, sentía a aquella bestia detrás de mí, percibía su respiración. La adrenalina corría por todo mi cuerpo, la tensión podía sentirse en el aire y el miedo cortaba mi respiración. De pronto choqué de frente contra algo, por lo que pude distinguir era otra persona. Caí al suelo con la niña entre mis brazos, la apretujé contra mi pecho, pensé que todo estaba perdido. De pronto no supe más… No sé cuánto tiempo pasó. Cuando desperté, vi el cuerpo del zogúrath, en su último aliento. La única conclusión a la que pude llegar era que aquel hombre lo había matado, ¡no podía creerlo!, al voltear vi cómo se alejaba; un rayo iluminó la noche, apenas logré entrever su silueta cubierta de sangre, no distinguía nada, al parecer tenía un cuchillo de colmillo en el cinturón; mientras que del cuello colgaba un collar de cuero que tenía amarrado otro colmillo, ambos parecían haber pertenecido a un zogúrath. No alcancé a ver su rostro. Lo único en lo que pensaba era que nadie creería mi historia.

Apenas recobré el balance, me puse en pie y corrí desesperadamente buscando algún lugar para refugiarme. Sabía que no habría ningún lugar habitado cerca de donde estábamos. Mi única opción, además de oportunidad para sobrevivir, era una cueva que se veía a lo lejos.

Caminé, entré los árboles, abriéndome paso por el bosque. El olor de aquel lugar era agradable, aunque, después de ese encuentro, lo único en que pensaba era en llegar pronto a la cueva; entré rápidamente y sin preocuparme por inspeccionarla, como pude comencé a apilar rocas en la entrada a manera de lograr un escondite que podría ser seguro, aunque el frío helaba todo mi cuerpo, no podía dejar de hacerlo. No sé cuánto tiempo pasé tapando la entrada hasta dejar solo un haz de luz que venía directamente de la luna, pasando sobre la última roca; ahora seguro, aunque temeroso de otro encuentro o de que otra bestia me encontrara, lo que hubiese al interior de la cueva también me preocupaba.

Me acurruqué con la bebé entre mis brazos en una esquina, donde solo había salida hacia el frente, por lo que, de alguna manera, sentí un poco de seguridad. Con la tela que traía de mi viaje nos cubrimos para intentar aminorar el frío. No podía moverme, empecé a sentir paz cuando ella cerró los ojos, pasé la noche viéndola y admirándola, al parecer ella se sentía protegida entre mis brazos.

No podía pensar en otra cosa que no fuese ella: *¿Quién habría sido capaz de abandonarla, o dejarla sola en aquella ribera?, ¿sería obra de los zogúraths?, ¿atacarían a su familia?* Muchas preguntas pasaban por mi mente, solo agradecí que después de todo esta bebé, de alguna extraña manera, había salvado mi vida.

Las horas transcurrían lentamente, el sueño era imposible de conciliar. Esa hermosa niña, que dormía con tanta paz ignorando cualquier peligro incluyendo a esas bestias y a los salvajes nómades, a final de cuentas qué sabría ella de este mundo tan dañado y cruel donde la debilidad no tiene lugar. La pequeña dormitaba, su respiración me tranquilizaba a cada momento, el sueño nunca llegó a mí en esa fría caverna, pensaba únicamente en qué sería de mí.

Pensé en esa responsabilidad que no podía enfrentar: *¿una pequeña?, ¿cómo ser padre ahora? Si no puedo ofrecerle nada, al parecer ni siquiera encargarme de su bienestar. ¿Cómo haré mis viajes?, ¿qué haría con todo esto?; después de todo lo único que sé hacer es comerciar. Esto cambiaría demasiado mi vida y también la suya. ¿Cómo habré de criarla sin una madre?* De pronto, sin darme cuenta, tenía más miedo del futuro que de todos los riesgos fuera de esta caverna.

En aquella cueva sentía como si me estuviesen ahogando en las heladas aguas del río, mientras un zogúrath esperaba afuera para devorar mis restos. Como comprenderán, ser padre asusta más que cualquier peligro que pudiera imaginar hasta ahora. Con esta responsabilidad sobre mis hombros tenía que pensar en cómo salir de ahí. Entonces, como una llamarada, la idea vino a mi mente, así concebí una estrategia para volver a casa.

Tomé un palo de madera que había en la cueva, sin soltar a la bebé liberé mi mano derecha y sobre el suelo comencé a trazar un mapa, imaginando el territorio según los recuerdos de mis pocos viajes anteriores. Tracé una ruta que podría ser segura, recordé que había una taberna cruzando el río a ciento cincuenta kilómetros de las puertas de Épizon, eso sería unos quince kilómetros de la cueva.

— *Esperaré hasta el amanecer y entonces partiré.*

Las horas seguían pasando y no podía pensar, parecía que mi mente estuviese bloqueada, nada funcionaba, todo estaba mal. Pensaba en lo tranquila que ella se encontraba.

— *¡Necesita un nombre!*

Recordé aquellas iniciales marcadas en la vieja espada que mi padre me había heredado.

— *¡Entonces ese será su nombre!*

Al aclarar la mañana sentí una luz en el rostro. Comencé a mirar hacia diferentes puntos de la cueva, necesitaba comprobar si no había algo o alguien más con nosotros. Como pude me levanté, tenía los brazos adoloridos, los músculos tullidos; traté de empezar a desprender las pesadas rocas que había en la entrada. Poco a poco la luz comenzó a iluminar nuevamente el lugar. Sentí el calor recorrer todo mi cuerpo, por fin me sentía a salvo. Admiré a la hermosa Marián, iluminada majestuosamente por los rayos de luz, nuevamente quedé impactado y maravillado por aquella hermosa criatura.

Estaba cada vez más decidido a salir pronto de ahí. Después de un rato lo logré. Di una zancada al exterior de aquella cueva que, después, marqué con una X para siempre recordarla por si necesitara volver a utilizarla, ya que había sido mi salvación. Me dispuse a seguir mi plan de escape, aunque sabía que los zogúraths no atacaban de día, nada me sorprendería después de haber vivido lo de ayer.

Por fin divisé a la lejanía la taberna Epizéa, con sus grandiosas murallas. Eran el doble de altas que dos grandes robles. Era habitual que las tabernas tuviesen en las esquinas enormes antorchas para iluminar; también servían para evitar que cualquier animal o ser vivo tratase de trepar por los muros. Todas las tabernas, mesones o posadas tenían prácticamente la misma composición: murallas altas, antorchas y soldados para evitar que los zogúraths pudieran acercarse. Esas bestias parecen tener un gran gusto por los seres vivos, incluso cuando no tienen hambre; este peligro es algo muy habitual en estos días, teniendo la vida de un viajero.

Como guardianes había un piquete de, al menos, treinta y cinco hombres, salvaguardando los sueños de las personas; todas las puertas, ventanas o entradas eran cerradas casi herméticamente antes del ocaso. Obviamente, para aquellos viajeros desafortunados que llegaban después de que todo fuese cerrado, el costo a pagar era muy elevado, al menos por entrar a las murallas. Costaba demasiadas piezas de oro, pero siempre la vida es más apreciada que las posesiones

Quienes eran perseguidos por salvajes, a veces eran ayudados por los viajeros y los soldados. Ahora bien, que algunos también fungían como entretenimiento para los soldados porque los viajeros que venían escapando de algún zogúrath no tenían ninguna oportunidad.

Cada vez estaba más cerca de casa, gracias a que había conseguido salir de peligro. Por el momento, a pesar de ver ya la seguridad de la taberna tan próxima, quedaban algunas horas de larga caminata, pero el día se encontraba en plenitud, por lo que no temía por algún encuentro desagradable. Mi mente solo volvía a ese instante, donde por la impresión todavía no entendía qué hacíamos vivos.

Nadie puede sobrevivir a esto, un ataque de zogúrath. Lo más increíble es: *¿quién sería nuestro extraño salvador?* Si en todos los antiguos textos jamás se ha documentado que alguien lograse matar a un zogúrath.

— *Necesito volver a ver a ese hombre misterioso.*

Por ahora solo sabía que lo podría reconocer por aquel colmillo de zogúrath que llevaba como trofeo colgado de su cuello, así como el que convirtió en una daga en contra de esos salvajes animales.

Aquella cueva quedó atrás hace diez kilómetros, aproximadamente. Estaba encaminado hacia la ruta que rigurosamente había planeado en la cueva. En esta ocasión sorteando todas las trampas de los salvajes y nómades que por ahí habitaban.

Cuentan los viajeros, de quienes he escuchado historias, que de todos los peligros de Imphéria,[5] caer en una trampa de los salvajes es, por mucho, lo más desagradable, ya que no les interesa quitarle la vida a quienes toman desprevenidos, sino robarles toda la comida y pertenencias de valor. Eso deja al viajero a la deriva, eventualmente el destino te encara de igual manera, porque pasaría mucho tiempo antes de volver a conseguir alimento alguno. Eso acaba con las esperanzas y normalmente lleva a cometer errores mortales.

Precavido, me dirigí hacia Epizéa antes del anochecer. A lo lejos pude escuchar a unos salvajes gritando, también dando saltos. Al aproximarme y verlos, noté que estaban celebrando un extraño baile ritual, en un principio no le di ninguna importancia hasta que vi que dos niñas pequeñas, de tez amarillenta, cabello negro y ojos rasgados, se encontraban en el centro del círculo atadas con lazos hechos de maleza espinosa. Aquellos salvajes las tenían atrapadas sin posibilidad de escape, las inocentes no tendrían ni siquiera quince años. Quise correr a ayudarlas, de lo contrario pasaría algo que de solo pensarlo se me erizaba la piel. Dejé a la pequeña envuelta en telas debajo de un árbol, al parecer ella había cambiado algo en mí: *¿por qué demonios tienen que hacerle esto a dos inocentes niñas?, ¿por*

---

5   Tomando en cuenta que las tribus nómades, que desde los tiempos de las guerras de las legiones han sido resaltados como un peligro, existen ladrones o desertores que por el camino asechan a los poco aventurados que deciden viajar de una ciudad a otra. Sin contar la fauna que asecha en el bosque Evergreen y en los territorios Ananítas, Los zogúraths son considerados como la especie más peligrosa.

qué? Pensé y, entonces, me apresuré a descender de la alcarria y los salvajes voltearon abruptamente.

Parecía, que no imaginaban que alguien interrumpiera su ritual. Uno, el que más colgantes tenía en su cuerpo, gritó en un dialecto. Supuse que era su líder ordenando el ataque. Me apresuré a sacar mi arco, dirigiendo una flecha certera en el pecho de su líder, el cual inmediatamente murió. Los demás huyeron despavoridos, al acercarme a liberar a las pequeñas de sus captores, noté la cara del líder llena de barro, todo indica que ellos lo utilizan para evitar que los insectos lastimen su piel.

Al soltar a las pequeñas regresé por mi bebé, quien dormía plácidamente, ignorando los peligros que la rodeaban. Las pequeñas me agradecían en un idioma que nunca había escuchado, sin lugar a dudas quedan demasiadas cosas por descubrir en nuestro mundo; las niñas se apresuraron a correr entre el bosque, alejadas de las veredas, a pesar de que intenté decirles que se detuvieran, ellas parecían muy seguras de a dónde se dirigían. Creo que irían al nordeste: *algún día exploraré esos lugares desconocidos.*

Caminé una hora más hasta que, por fin, llegué al portón rodeado de murallas. Esta taberna tenía algo diferente, era de mayor tamaño.

Me acerqué a los soldados y pedí entrar, me identifiqué como comerciante, así logré cruzar las puertas de Epizéa.

Observé maravillado los portones metálicos a manera de calabozo que se cerraron detrás de nosotros. Sentí una gran serenidad, mi bebé al fin estaba a salvo. El entorno era tranquilo, tanto que daba la sensación de paz; a la derecha había cabañas con techos de madera, las tejas de color marrón hacían juego con el roble del que estaban construidas. En una de ellas, había un peletero; en otra, el letrero portaba orgulloso el símbolo de armería de la legión humana.[6] Caminé unos pasos más, el cansancio era superior a mí. Entonces encontré al frente una edificación de piedra de tres pisos; era la entrada de la taberna principal. Un lugar popular en donde se juntaban los humanos habitantes de Épizon a contar historias, tomar cerveza, jugar al *jarghen*,[7] dardos, ajedrez, básicamente juegos de azar muy populares que garantizaban diversión y una que otra vez alguna disputa entre ancianos que pasaban sus tardes apostando en el lugar. Algunos hombres huían de la rutina, inventándole algún viaje a sus esposas; claro está, que a donde iban a parar era a la vieja taberna.

Pasaban sus días jugando y escuchando las historias de los viajeros y saltimbancos que se quedaban en la posada: *Un lugar en donde por fin podría descansar.* Deseé una cerveza de malta y un panecillo del viejo Bob, a quien

---

6   El símbolo de armería era una señal de honor y orgullo para cada una de las legiones de Imphéria. El de la legión humana era reconocible porque son dos espadas entrecruzadas rodeadas con hojas de olivo doradas.

7   1— Jarghen - Juego de fichas color marrón y marfil en donde cada jugador toma un turno para hacer dos movimientos. Consiste en conquistar la mayor parte del tablero oval.
2— Juego de estrategia parecido al ajedrez.

conocí tiempo atrás en Épizon. Él mismo fue quien me contó de aquella taberna, recuerdo bien sus palabras.

— *Si alguna vez te pierdes, recuerda que al norte de la capital humana hay una taberna en la cual podrás refugiarte, después de todo el exterior es peligroso de día, pero de noche es mortal.*

En ese momento lo que más ilusión me hacía era una cama. Al fin un lugar para descansar cómodamente.

CAPÍTULO 2

"Un largo trayecto a casa"

La nieve nocturna cubría las copas de los árboles, al igual que los techos de los establecimientos de aquel lugar de descanso, el aire estaba helado. Crucé las dos puertas de pino con herrajes que rechinaban al pasar.

La primera estancia, donde se llevaban a cabo las apuestas, estaba separada de la principal, ya que en esta taberna eran una de las actividades más populares y por ello había un lugar especial.

Había visto de cerca las apuestas que hacían los ancianos al visitar otras tabernas. Naturalmente, las disputas de juego eran pugnas de honor. Claro que nunca era algo serio y se resolvía jugando otro juego de azar hasta que se empatase el marcador; llevándolos a una ronda final, donde el que sumase más puntos gana la partida; todo con el fin de hacerlo más interesante. Cada vez se apostaban más piezas de oro.

En esa ocasión estaban jugando Ernest Erikson y Frank Wiliamson. Los dos viejos veteranos discutían, cada cual, por su forma de ver las cosas, replicándose sobre las jugadas que hacía el contrario, por supuesto, tratando de acomodar el marcador a su favor. Siempre acusándose de hacer trampa, solo para ganar el oro de las apuestas. Así a voto popular de los humanos que ahí se encontraban y se divertían. Se decidió hacer una ronda de muerte súbita.

De esa forma pasaban el rato, jóvenes, ancianos, músicos y también uno que otro viajero. Algunos trovadores llegaban al atardecer ambientando el lugar con sus historias musicalizadas. Frank Wiliamson era un viejo veterano de guerra, físicamente, no era nada especial: sus ojos eran del color de los robles, un café intenso es a lo que me refiero; su mirada era hosca, pero amable, a la vez sus cejas blancas por el pasar del tiempo hacían alusión al respeto que los demás le tenían, gracias a esto podría ser fácilmente llamado "venerable anciano", lo que es mucho decir.

Tras esas pobladas cejas y aquellos ojos penetrantes había una historia impresionante, misma que más adelante escribiré. Por otra parte, Ernest era un poco más bajo. En comparación con Frank, su pelo era gris y alborotado, llevaba un bigote despeinado que lo hacía lucir excéntrico.

En aquella ocasión transcurrió una tarde entera para lograr empatar su marcador, hasta que en una partida de *Jarghen,* Frank Wiliamson se llevó la victoria, cincuenta monedas de oro (moneda humana). Para determinarlo estaba justamente como juez el viejo Bob, de apellido Wiliamson, que había llegado después de trabajar dentro de las murallas que rodeaban la taberna[8] en donde se encontraba su panadería: "Bob & Frank Bageri". Ya se podrán imaginar la razón de la victoria de Frank aquel día.

Entrado ya en la cámara principal de la vieja taberna, que era una edificación de piedra con acabados de madera robusta en las paredes y tejas de color anaranjado oscuro. En el pórtico había dos columnas de piso a techo y escalones que llevaban a una plataforma de base que, finalmente, topabas con la puertecilla doble de la taberna. Aquel día Ernest Erikson permanecía sentado en una banca de madera baja. La expresión de su rostro no era distinta a la de cualquier humano afligido. En las manos tenía una botella de vidrio que se ensanchaba por debajo, por lo que logré ver dentro había un líquido verde claro, en realidad más transparente que verde, tapado por un corcho.

Se levantó bruscamente y dijo a todos.

— ¡No dejen que se desmaye!, que alguien le ponga un paño de destilado de semillas frente a su narizota de morfo.

Había seis personas formando un círculo alrededor de algo que no alcanzaba a ver, probablemente una persona. Se encontraban aglomerados en una esquina. Un hombre vestido con botas de invierno y pantalones de lana tintada en negro impaciente trataba de abrirse paso

---

8   Todas las "zonas de descanso" se encontraban amuralladas, así se evitaba cualquier ataque; aunque no eran consideradas ciudadelas.

entre la gente, una capa de lana azul cubría su espalda, su estatura era más baja que la de un humano promedio. Se notaba que pertenecía a la raza de los morfos, aunque no estaba seguro de ello. Traía amarrado a la cintura un delgado y negro cincho hecho con piel de ciervo, por el tipo de material se podía ver que era un viajero. Cocido al cinturón una bolsa café para guardar provisiones. Su nariz estaba algo chueca e inclinada, los vellos se juntaban con su enmarañada barba entre negra y grisácea, lo que más llamaba la atención era su rostro casi de mal ver por la cantidad de cicatrices en él; se podía notar claramente que aquel viajero tendría en su haber un sinfín de aventuras: *¿Será cierto?* Me pregunté, pero en ese momento me importaba más descubrir qué es lo que estaban rodeando todas esas personas:

— ¡Abran paso! Gritó el viajero morfo en un tono alto, pero a nadie pareció importarle.

— ¡Les he dicho que se quiten! Ratificó con una voz más fuerte… —humanos inmundos abran paso o les rajaré la garganta.

La aglomeración se disipó rápidamente ante tal grito. Recostado en una banca había otro individuo, alcancé a ver sangre; él se quejaba, además de retorcerse.

— Que será de mí sin mi pobre ojo, malditos zogúraths inmundos. Me pregunté qué le habría pasado. Su voz era rasposa y extraña, no dejaba de repetir las mismas palabras.

— Malditas bestias inmundas, por todas las deidades de D'ynami, ¡que alguien haga algo!

El otro morfo, *el que se quejaba,* era un poco menor de estatura, lo que le quedaba de cabello era anaranjado como las tejas de la taberna, algunos rayos blancos empezaban a inundarlo. Llevaba una barba completa, aunque corta a tono con su cabello. A diferencia del otro tenía un rostro más gentil y vestía con unos pantalones café y una capa del mismo color. A su lado se encontraba un carcaj con flechas y un arco de madera de abedul.

El viejo Bob trajo paños de lino y Ernest Erikson empezó a hacerle curaciones; sabrá dios de dónde aprendió a curar de esa manera, pero era inspirador: *algún día viajaré donde habitan aquellos que se dice que saben curar.* Pensé estremeciéndome de solo imaginarlo, la sola ocurrencia de conocer nuevas tierras me causaba una emoción enorme: *pero después de lo vivido, deberé plantearme mucho mejor los preparativos para mis viajes futuros.*

Extendí mis manos sobre la chimenea para calentarme frente al fuego. Esperé a que alguien atendiera la barra, llevaba tiempo fuera de casa y era necesario conseguir algunas provisiones. Abracé fuertemente a la niña cubriéndola con una manta que improvisé kilómetros atrás, con materiales que había conseguido en D'ynami. Me quedé un rato contemplando sus hermosos ojos azules a la luz del fuego, denotaban un tono azul más claro. Frank Wiliamson se me acercó y con una mirada extrañada dijo:

— Buenas tardes, joven Peter, no es de mi agrado inmiscuirme en los asuntos ajenos, pero la curiosidad me invadió desde que te vi entrar; con toda honestidad contéstame una pregunta: ¿qué es ese pequeño paquete que llevas en brazos?

Tenía aliento a malta. Su aroma era peculiar e inolvidable, como a alcanfor y naftalina. De pronto la pequeña rompió en llanto.

— ¡Ohhh! Exclamó el viejo, un bebé es lo que traes ahí. No sabes que es demasiado peligroso viajar por estas tierras y más con un vástago de esa edad.

Replicó el anciano que, con su mirada característica, me contemplaba:

— ¿Puedo?, preguntó.

— Sí señor, contesté con un tono respetuoso.

Se acercó y tomó a la bebé entre sus manos, desde lo más hondo de su corazón suspiró.

— ¡Qué hermosa eres!, tus ojos me recuerdan las azules aguas del río Northfort, dijo el barbado hombre, entre murmullos.

— Es en verdad hermosa hijo, pero no deberías viajar con ella. Por hoy pueden quedarse aquí, cinco monedas de oro es lo que cuesta la noche, incluyendo sus comidas.

— ¡Muchas gracias! Mañana temprano estaremos por fin en casa; después de un largo viaje y un pésimo recibimiento en D'ynami, me encontré esta hermosa sorpresa. Por poco nos come un zogúrath, pero algo extraño pasó.

Conté sin dar mucho lujo de detalle mi historia. El señor Wiliamson soltó una carcajada *Hahahahaha* acto seguido dijo:

— Lo del pésimo recibimiento te lo creo, ya que es característico de los morfos recibir de mala gana a los nuevos viajeros sobre todo a los poco experimentados.

Carraspeó y se despejó la garganta, como lo hace quien acaba de decir algo imprudente o fuera de contexto. Pero lo del hombre misterioso, *nah*, nadie puede matar a un zogúrath a mano limpia, incluso portando un arma, la probabilidad de sobrevivir es nula. Qué imaginación tienes hijo.

Como había dicho antes, nadie creería mi historia, pero con el pasar de los años el misterioso *héroe*, quien esa noche salvó mi vida, se convertiría en toda una leyenda por las tierras humanas, sobre todo en las historias de hoguera o en las tabernas. Tomé la llave alargada y acobrada, fui a la parte superior de aquella posada llamada Epizéa.[9]

Esa noche dormimos por primera vez en muchos meses en un lugar decente. La cama estaba hecha de madera, tenía un colchón un poco duro, no era lo más cómodo del mundo, pero no estaba mal; era mejor que dormir en una cueva rodeado de polvo y tierra.

Encendí unas velas de cera para alumbrar la habitación. Saqué un paño de lino de mi bolsa de viaje, corté el ovillo con una navaja e improvisé un pañal para la bebé, lo que repetí varias veces. Tomé una máquina de coser que pedí al tabernero y pasé varias horas confec-

---

9   Taberna f. Establecimiento de gran tamaño, rodeado de murallas. De gran importancia, perteneciente a la región oeste, proclamada como tierra perteneciente a la legión Epizéa.

cionando prendas para la pequeña. Con el material que me restaba le cocí una camisetita y con una tela que intercambié con un comerciante a las afueras de D'ynami le hice un abrigo. En una cubeta de acero improvisé una tinta roja con extracto de flores recogidas del camino. Regresé a la habitación, me acerqué a la pequeña:

— Ven, acá hermosa, le dije con cariño.

Cambié su pañal, y saqué una manzana de otra bolsa, con una cuchara vieja de plata,[10] la raspé hasta que quedó una especie de papilla. Cuidadosamente, le di de comer, la recosté sobre la cama y con cuatro almohadas hice una especie de barricada. Esa niña había cambiado mi vida; a pesar de que solo llevábamos pocos días juntos, ya la amaba como lo que pensaba sería amar a una hija.

Al día siguiente tomé la ropa de la bebé y la metí en una bolsa de cuero con asas de tela, me alisté para emprender el viaje. Bajé por las escaleras de madera que daban a la taberna, me acerqué a la barra y ahí estaba Frank limpiando con un paño de lino uno de los tarros en los que se servía la cerveza.

— Buenos días, Peter, ¿han descansado bien?, espero que sí. En cuanto pisaste esta taberna supe que tu viaje había sido algo agitado.

No dije una palabra, tenía la bolsa colgada a mi espalda, en uno de mis brazos llevaba cargando a la

---

10   Mientras que el oro se utilizaba como moneda, el cobre al igual que la plata tenían diferentes usos. Lo más común era hacer utensilios como tenedores, cucharas, barriles de cerveza e incluso cazos de cobre para cocinar, entre otros enceres necesarios.

pequeña, en el otro la máquina de coser, la cual entregué al viejo Frank. Metí la mano a una bolsa de cuero, saqué cinco monedas de oro, entregándoselas y así saldando mi deuda.

En la primera mesa, pegada a la barra, estaban los dos viajeros de la noche anterior. El de cabello anaranjado decía:

— De prisa, viejo amigo, la travesía nos espera, sonaba entusiasmado, mientras que el otro contestaba con una voz balbuceante.

— Eres un viejo necio, no puedo creer que, con todo y el hecho de haberte accidentado, quieras seguir viajando, yo no sé por qué.

Le interrumpió con desdén.

— Sí sabes viejo amigo, lo sabes tanto como yo, seguimos el camino porque quieres descifrar lo que ese extraño del circo ambulante dijo.

El morfo de cabello rojizo aclaró la garganta, cambiando la voz, me parecía que imitaba a alguien.

— *Si estos mapas siguen, viajando desinteresados de oro y riquezas, encontrarán algo increíble. Si el bosque boreal lográis cruzar y a sus peligros superáis, encontraréis a aquellos… sí, me refiero a esos que poco de aventuras saben. Sin embargo, muchas sabidurías poseen, si lo visto no os sorprende, seguid al norte su osada aventura, puede que encontréis algo que os sorprenda.*

— Eso no tiene sentido, este mapa no nos guiará a ninguna parte, debemos de fijar otra ruta, es algo arriesgado, más con tu reciente accidente. Dijo el morfo de capa azul golpeando la mesa.

— Pero, amigo, qué hay de vivir nuevas aventuras…

— Nada, viejo necio, no tengo mucha confianza en ese extraño del circo ambulante. Recuerda lo que sucedió la última vez… volveremos a casa, ya dejaremos esa aventura para otra ocasión.

Los extraños viajeros tomaron sus cosas, el barbado de las cicatrices en el rostro guardó el mapa que se veía viejo y arrugado en su bolsa de viaje; por su parte, el de cabello anaranjado con parche negro en el ojo, refunfuñó poco gustoso de lo que su compañero le había dicho. Salieron de la taberna y desaparecieron en el horizonte.

— ¿Qué extraños sujetos no cree? ¿Usted los había visto antes?, dije en tono curioso al viejo Frank.

— A decir verdad, no, ellos son viajeros como tú, pocas veces regresan a Epizéa, a excepción de los hombres que habitan en los pueblos cercanos, por supuesto, quienes más nos visitan son los ciudadanos de Épizon, que gustan de nuestra cerveza, también suelen venir en búsqueda de aventuras con las damas de esta taberna. Pese a lo que decía el tabernero tenía lógica, Fruncí el ceño y me marché.

— Hasta pronto joven Peter, que tengas un agradable camino a casa.

— Hasta pronto respetable Frank Williamson, nos veremos en alguna otra ocasión…

Crucé la puertecilla doble de la taberna y me dispuse a emprender el regreso a casa. Pasaron diez y siete días con diez y seis noches, lo que duró la travesía a partir de la salida de Epizéa hasta llegar a Épizon, la capital humana. El viaje fue tranquilo. De día nos desplazábamos, mientras que por las noches nos ocultábamos en cuevas que parecían estar estratégicamente posicionadas a lo largo del camino. Hasta que llegábamos a alguna posada o a una ciudadela humana de los alrededores.

Parado a las afueras de Épizon contemplé el majestuoso portón, custodiado por cuatro pacificadores[11] epizéos, al momento recordé que prometí a una vieja amiga traer un recuerdo del viaje.

Entré a la capital humana, sus casas estaban hechas de piedra gris y el humo salía de las chimeneas. Los comerciantes, parados detrás de sus puestos, ofrecían diferentes mercancías. Aunque nada comparado con el comercio de D'ynami, porque es más barato, ya que los morfos podrán tener un carácter muy fuerte, pero cuando de cuentas se trata son unos cabezas dura.

Recorrí el distrito de mercaderes, no tenía idea de qué les gusta a las mujeres. Aún peor no me cruzaba por la cabeza cuál sería el regalo adecuado. Me acerqué a un puesto mercante, la joven de cabello rubio que atendía, con gran amabilidad, preguntó:

— ¿Usted es viajero, cierto?

— Sí, y estoy buscando algo especial; es para una amiga…

— No busque más, este collar de perlas lucirá per-

---

11   Pacificador/es - f. Conjunto de guardias encargados del cuidado de las principales capitales Imphéria. Su tarea es custodiar y mantener la paz.

fecto en el cuello de su "amiga". ¡Ella debe de ser algo especial, eh!, dijo con un tono pícaro.

A decir verdad, Victoria Talton siempre había cuidado de mí, desde que éramos pequeños, así que eso la hacía algo especial. Se podría decir que era una de mis mejores amigas, aunque no lo mencioné en ese momento.

— Veintiocho monedas de oro, es lo que cuesta viajero.

Agradecí, revisé a la bebé quién dormía y seguí el camino. Tres semanas más es lo que tardé en llegar a casa. Era reconfortante llegar a Sinaystheia después de aquel largo trayecto.

Al llegar a casa pensé: *esta mujer necesita un nombre,* tenía la vieja espada de mi padre, eso era lo único que quedaba de él. La hoja de la espada tenía una marca de armería, la contemplé con cuidado, miré a la bebé y reafirmé que *Marián* sería su nombre. Así nació el nombre de esta bella mujer… el nombre de mi amada hija.

El tiempo voló, cuál las aves en el firmamento. Pasaron las estaciones, la luna nos anunciaba el pasar del tiempo; como agua corriente de un río pasaron cinco años con seis meses desde mi viaje a D'ynami. Ansiaba el momento de volver a comerciar con esos curiosos seres llamados "morfos". Aunque ahora era mi principal consigna cuidar de Marián. Yo apenas tenía veinte años, esto seguía siendo una gran responsabilidad sobre mis hombros.

— Vamos hija, se nos hace tarde, te quedarás un tiempo en casa de Victoria Talton.

Avisé a Marián mientras alistaba mí ya gastada bolsa de viaje con provisiones para cuatro meses, que es la duración promedio del trayecto hacia D´ynami, y de regreso a casa. En esta ocasión no me emocionaba emprender este viaje, ya que la idea de dejar a mi hija en casa era algo desalentadora.

—¡Qué bueno!, veré a Victoria pronto papá.

Una sonrisa se dibujó en el rostro de mi hija a la vez que empacaba sus cosas, entusiasmada exclamó:

— ¡Vamos padre, ya quiero jugar con Victoria, también me enseñará a hacer galletas, ella lo prometió la última vez que fuimos!

Sin preguntar nada más crucé el pórtico, Marián siguió mis pasos; en ese momento me sentí engrandecido. Mi pequeña no sabía nada de lo sucedido hace ya casi seis años y, por su bienestar, no pensaba tocar el tema hasta que fuese mayor de edad para entender algo tan duro como que yo no soy su padre, aunque la amo como tal.

— ¡Victoria!, ¿estás en casa?, toqué repetidamente la puerta de aquella casita de madera con tejas rojas de ladrillo.

— Mira quién te vino a visitar.

Continúe asomándome por la ventana redonda al lado de la puerta, pero no pude ver porque estaba cubierta con una cortina de lino color hueso. Victoria abrió la puerta, me miró con aquellos ojos color miel, su cabello era rizado, de color castaño claro, traía puesto un vestido negro de tirantes con círculos rojos y unas medias grises, todo perfectamente a juego. Del cuello le colgaba el collar de perlas que le había traído de Épizon en aquella ocasión.

Me miró directamente a los ojos, sus labios se entreabrieron:

— Hola Peter.

La voz le temblaba, y se le entrecortaba, sus mejillas se enrojecieron, después de todo nos conocíamos desde niños. No entendía por qué siempre se ruborizaba al verme.

— ¡Victoria!, dijo Marián con alegría y entusiasmo.

Súbitamente, giré la cabeza hacia la pequeña. Con una voz melancólica le dije:

– Pórtate bien, hija.

Di media vuelta, levanté la mano en señal de despedida. Victoria hizo lo mismo y en ese momento partí hacia D'ynami, la bella capital morfa me estaba esperando de nueva cuenta, para realizar el comercio que traería beneficios a Épizon. Después de todo no podía fallarles a los mercaderes de la legión humana. Era esencial para ellos traer nueva mercancía. Esto marcaba una diferencia abismal: tanto en la compraventa como la sustentabilidad de Sinaystheia. Mi objetivo era conseguir una ruta comercial de D'ynami a mi pueblo, así lograría ayudar y proveer a quienes más lo necesitaran, después de todo soy un comerciante, ese es el papel que desempeño dentro de la legión humana, es lo menos que puedo hacer por el lugar que me vio crecer.

Mientras me alejaba, giré la cabeza mirando lo más

preciado que tenía. Victoria corrió a toda velocidad hacia mí, me alcanzó y sin previo aviso me abrazó besándome en la mejilla.

CAPÍTULO 3

"Bienvenido moag"

Me dispuse a emprender el último de mis viajes del año. Las fiestas del reino humano comprenden de octubre a diciembre, por fin tenía una familia con la cual celebrar algo.

— *Ah, mi hermosa Marián.*

Suspiré, ya preparado con espada, armadura, provisiones y bolsas de cuero para traer la mercancía de vuelta a casa:

— *Espero que logre comerciar suficiente este año.*

Esperanzado, continué caminando con el aire del campo, rozándome el rostro; crucé el pueblo. La anciana Chey llevaba, como siempre, un costal de estambre, aunque advertí que en esta ocasión estaba medio vacío, lo que significaba que pronto se acabaría la mercancía, de ser así la anciana no tendría qué vender y perdería parte de sus ganancias. De tener una ruta comercial, se podría aumentar la cantidad de mercancía, disminuyendo el hambre y desabasto en los pueblos de la legión humana. Llevaba cabildeando la idea durante casi seis años. Todo empezó cuando regresé a casa y me observé con una bebé entre mis brazos. Fue en ese momento que caí en cuenta que no podía cambiar la situación monárquica en la legión, aunque después de pensarlo detenidamente descubrí que podría hacer algo para mejorar la situación, aprovechando mi conocimiento en rutas, por supuesto la experiencia ayudó bastante.

En ocasiones ir desde Sinaystheia hasta D´ynami no es cosa fácil. Me esperaba un trayecto largo y peligroso. Esta vez, preparado para cualquier cosa. Aunque un encuentro con otro zogúrath resultaría fatal. Es bien sabido que casi no hay viajeros; somos pocos los valientes o, como nos dicen algunas veces, "los *trastocados*", los que nos atrevemos a cruzar desde las cascadas salvajes de Eulín, hasta las ciudades más violentas de nuestro mundo. Claro está me refiero a Anán, por supuesto también a los pueblos pertenecientes a su legión.

Los Ananítas fueron los humanos que osaron atacar a los morfos; por ellos la soberana República Morfa, juzgó a todos los humanos, se sabe en estos años que los epizéos y los habitantes de Sinaystheia no queremos guerra, sino comercio; mientras ellos que son de naturaleza agresiva; por denominarlo de alguna forma, buscan siempre la conquista.

Cuentan los ancianos[12] que hubo unas terribles guerras. Los Ananítas mancharon el nombre de la le-

---

12   Veteranos m. Miembros de la legión humana. Se llaman a sí mismos como los veteranos de la legión Epizéa.

gión humana. Luego, la legión se dividió en dos, pero eso fue ya hace más de cien años. Pese a eso los morfos no olvidan lo que les hicieron, en sus corazones lastimados guardan gran rencor contra los humanos. Es por eso por lo que siempre D'ynami resulta difícil, aunque después de cinco años de ir y venir se podría decir que hice migas con los habitantes del este; también con los de pueblos aledaños, aunque todavía me falta mucho por conocer.

Hace mucho no emprendo el viaje a D'ynami. Como siempre en cada ocasión espero encontrarme con nuevos mercaderes, nuevas mercancías y por supuesto nuevos moags.[13]

Comencé con mi ruta habitual, ya bien conocida. Los días transcurrían rápidamente, llevado casi un mes con dos semanas de viaje, todo iba marchando según lo planeado, hasta que un hecho interesante sucedió en la taberna Gedia.[14] Como en la mayoría de las tabernas que ya he visitado; había un tabernero mal encarado, algunas doncellas ofreciendo *las mieles de su juventud* por monedas de oro, jugadores empedernidos y varios pillos que buscaban siempre sacar provecho del borracho en turno. Todo ocurría de manera muy natural, hasta que aquel hombre entrecano comenzó a conversar conmigo.

---

13   Moag quiere decir "amigo" en idioma morfo o mejor denominado como morphico.

14   Taberna f. Establecimiento de tamaño mediano rodeado de murallas. De gran importancia y perteneciente a la región este. "Gedia" es una de las tabernas más importantes del sureste.

— Dime joven viajero, ¿qué te trae a estas tierras?

La conversación, como en todos los lugares de viajeros, era natural, además de habitual. Ya me había acostumbrado a recibir ese trato de la gente, pues era normal aquel recibimiento en mesones, tabernas y posadas.

Intercambiamos historias durante tres o cuatro horas, tal vez; a diferencia de otras ocasiones, congeniamos bastante bien. Le comenté sobre la idea de realizar una importante ruta mercante entre D'ynami, y mi bella Épizon. Él se dedicaba al comercio igual que yo, aunque decía ya no quería seguir viajando.

— Tengo la idea de retirarme, me gustaría vivir en esta taberna, ¿sabes muchacho?, muchas cosas pasan por aquí. Es interesante conocer todo tipo de personas, este lugar no está nada mal. Morfos, humanos y todos aquellos que se atreven a llegar por aquí siempre, sin excepción alguna, tienen historias interesantes que ofrecer. Ya entenderás cuando los años pasen toda esta palabrería, que al fin de cuentas solo eso es. Asentí intrigado por todas aquellas sabias palabras que el hombre me decía. Me resultaba extraño que quisiera vivir en la taberna y no de vuelta en casa donde podría estar con su familia disfrutando de los años que le restasen de vida. Por lo que me atreví a preguntar algunos consejos para acrecentar mis ganancias, además de mejores métodos para transportar todo lo que yo compraba o vendía. Entonces algo inesperado sucedió.

— ¡Ven conmigo, muchacho! — dijo el anciano, indicando con un gesto que lo siguiese.

Salimos de aquella taberna. Amarrada en un establo se encontraba una montura, perfectamente ensillada, aunque necesitaba herraduras. Su pelaje era café, tenía también manchas blancas, era alto y majestuoso, pastaba ahí dentro, ignorando nuestra presencia. No era un animal común, sino que tenía la pinta de ser un corcel de gran aguante por el grosor de sus piernas y la resistencia que parecía tener, por la fuerza de sus chamorros. Al lado de aquel establo se encontraba una especie de carreta de madera que, deduje, era jalada por aquella cabalgadura. Así aprendí cómo mover muchas mercancías en un solo viaje, lo cual me daría una gran ventaja y aumentaría mis ingresos. Casi no existían monturas en los lugares que he visitado, por lo cual es muy extraño encontrarlas. El viejo me propuso un trato interesante, que no sé si vendría como resultado de la cantidad de malta que habíamos bebido aquella noche. Pero me dijo:

– Lleva la montura a tu viaje, cuando vuelvas espero me dejes la mitad de tus ganancias y dos grandes sacos de tabaco morfo. Ese será el pago, así tendrás una montura para realizar la ruta que tanto anhelas.

Entramos de nuevo a la taberna. Como era costumbre en las tierras Imphéricas, cuando se hacía un pacto, debía ser de honor. Se necesitaba la presencia de tres testigos más dos jueces para validarlo, tomé la mano de aquel hombre, recité las palabras acostumbradas y el trato quedo cerrado.

— He de partir amigo, Lore-han. Muchas gracias

por tan amena plática, sobre todo por facilitarme el viaje. Nos veremos a mi regreso honorable caballero.

Dije al mercader, mientras estrechaba su mano.

— Mucha suerte, joven Peter, espero que tu viaje sea tranquilo, hasta pronto y buen mercadeo.

Salí apresuradamente en mi montura, cruzando las majestuosas puertas de la muralla, cabalgué hasta la siguiente taberna, viajando varios días completos, pasando de mesón en mesón y de posada a taberna.

Me sentía libre y, por supuesto, más seguro subido en una montura. Era como uno de esos guerreros, como sacado de las historias dignas de ser contadas por los veteranos de las legiones. Divisé a lo lejos una ciudadela en donde vivían tanto humanos como morfos e hice una cabalgata elegante hasta llegar a los muros que la rodeaban. Esa noche descansé en Musnug esa pequeña ciudad que se encontraba al norte de D'ynami. A la mañana siguiente crucé las puertas de la posada, caminé hacia el establo donde estaba mi montura. Alarmado descubrí que ya no se encontraba ahí, rápidamente corrí a las afueras del pueblo. Quien quiera que se haya llevado a mi corcel no debía de estar tan lejos, ya que los desgastados herrajes no se lo permitirían.

Al hacer el trato con aquel hombre, como era común, el *vendedor* le otorgaba al *comprador* un pergamino con unas palabras escritas y la firma de ambas partes, como símbolo de propiedad. Por seguridad en las ciudades, por lo general más en las humanas, los herreros no arreglan las monturas si no se lleva el pergamino de propiedad. Claro que los salvajes roban a los viajeros sus monturas, pero son tan poco civilizados, que por obvias razones no irían por ahí buscando que un herrero les arreglara la silla o los herrajes. Pero los truhanes, viles ladrones que rondaban tanto las ciudadelas como las capitales, ellos sí que buscaban hacerles mejoras a las monturas. Es por eso por lo que se llegó a un consenso en donde la comunidad de herreros decidió no arreglar monturas ni vender piezas a menos que el portador de esta tenga en su poder el pergamino de propiedad, claro, firmado por el anterior dueño de la montura.

Era sumamente extraño ver a gente transportándose o transportando mercancía, ya que los animales que las jalaban eran muy difíciles de hallar. Si a eso le sumamos la falta de seguridad en los caminos, tenemos como resultado que todos los viajes son naturalmente largos. Regresé y recorrí el pequeño pueblo. En la calle principal, se podían ver la taberna del pueblo, un establo, una tienda de víveres y herrerías; aunque no en todos los pueblos, en su mayoría había telares. Siendo ellos quienes manufacturaban desde bolsas, carcajes para guardar flechas, ropa, chaquetas de tela, jubones, entre otras cosas.

— ¡Me han robado!, grité, enfurecido.

Entonces una niña de aproximadamente once años se me acercó y con una voz tímida, entrecortada me dijo:

— ¿Qué le han robado?,

— Un corcel con un carro de carga de madera.

— He visto a unos hombres con la cara cubierta llevarse unas cosas hoy muy temprano.

— Dime jovencita, ¿por dónde se fueron?

— No debo decirle, ya que todos temen a estos truhanes. ¡Si me vieran hablando con usted, me matarían, a mi familia también!

Con una voz temerosa, la pequeña bajó la mirada. Lo matarían a usted sin dudarlo ni un segundo. Aunque aquí entre nosotros, continuó bajando la voz.

— Se esconden en donde los taberneros tiran los desechos de alimentos y los dueños de los establos tiran los desechos de sus corceles. Se lo pido, por favor no diga a nadie que le he dicho nada, de lo contrario las consecuencias serían terribles, pude notar una lágrima resbalando sobre la mejilla de la pequeña.

— *¿Será, en serio, tan terrible esta banda de ladrones?*

Después de lo vivido tiempo atrás, me encontraba listo para enfrentar cualquier cosa, o eso es lo que creía.

— ¿En verdad los buscará, señor?, preguntó la pequeña, pero antes de que pudiese responderle, la voz de un hombre anciano se escuchó a lo lejos:

— ¡Heidin, ven aquí, te he dicho mil veces que no hables con extraños! ¡No estarás contándole a este hombre lo que tú ya sabes!, exclamó con una voz misteriosa.

— ¡Te lo he dicho, niña!, dijo levantando la voz.

— Si Arthos y sus viles amigos, se enteran de que le has dicho algo a este hombre, me matarían, también a ti. Nos asesinarían como a tus padres. De todos modos, qué te hace pensar que un forastero nos ayudará.

Prosiguió con la voz cansada y los ojos brillosos.

— Resulta, señor, que me han robado mi corcel y no vacilaré en recuperarlo, así tenga que enfrentar a ese tal Arthos.

— Ese es su problema señor, nosotros no queremos conflictos, tenemos demasiado con soportar la presencia de esos sucios morfos. Ni hablar de los ladrones que amenazan nuestras vidas diariamente.

Me pareció entender que se refería a Arthos. Se sentía por la forma en que se expresaba, que era un viejo Ananíta, de esos que desprecian a mis amigos morfos, sin saber la verdad que se ocultaba dentro de los horrores de aquellas historias contadas.

— Vamos niña, no hables con extraños, mucho menos con este comerciante de poca monta.

— P… Pero abuelo, tartamudeó la pequeña.

—Pero nada, es peligroso Heidin, lo hago por tu bien.

El anciano dio la media vuelta con la pequeña, así desaparecieron en el horizonte.

Mientras me apresuré a encontrar el escondite de los ladrones. Sabía que me esperaba un gran encuentro. Seguro de que la espada de mi padre, empuñada en nombre del honor y la justicia, harían lo suyo. Para así pronto volver al camino. Escondidos detrás de una cabaña de piedra con tejas rojas algo desgastadas, logré divisar a los ladrones. Mi corcel se encontraba amarrado a un tubo metálico que salía del suelo, probablemente resultado de desechos enterrados hace años en aquel lugar. Inquieto por el mal trato de un hombre quien azotaba y arremetía contra la criatura con rabia, le dije al enmascarado:

— ¡Oye, esas no son formas de tratar a un animal!

Volteó con una mirada pesada, aunque no sentí miedo, ni por un segundo.

— No sabes en lo que te estás metiendo viajero.

Soltó una carcajada soberbia, a la vez que se dirigía hacia mí, sacó un arma poco peculiar. De hierro afilada hasta las trancas, mientras que yo empuñé la espada de mi padre, rechazando la estocada que me lanzó. Seis hombres salieron de la penumbra y entre ellos uno levantó la voz pronunciando:

— ¡Este viajero no vale nada, matadle!

Los seis se abalanzaron hacia mí; mi corazón dio un vuelco, yo rechazaba sus estocadas, uno de ellos con sus cuchillos afilados golpeó mi costado. Por suerte tenía puesta la armadura de mi padre. Arremetí contra él, cayó al suelo y vi, por encima del hombro, que uno de ellos se disponía a atacarme por la espalda. Con un giro medio lo atravesé por el pecho; al tercero lo atravesé por la garganta, los últimos dos me acorralaron contra el muro de la cabaña junto a aquel basurero. Uno lanzó su mejor golpe y rozó mi hombro con su daga, arremetí hacia él cortándole la cara, pero era fuerte. Continuó dándome batalla, pero terminé escabulléndome con un movimiento osado, cortándole una pierna, mientras el último volteó furtivamente a ver a Arthos.

— Suficiente, yo le mataré personalmente. Corrió

hacia mí. Con un puñetazo logró desbalancearme, aunque no dejó que cayera, ya que tiró de mi jubón, pero, al tratar de volver a arremeter, esquivé el golpe. Lo golpeé con toda la fuerza que tenía en el rostro, su máscara hecha de una tela entintada en rojo cayó. El rostro de aquel hombre estaba lleno de cicatrices, con esa piel tostada, sucia por el hollín que se combinaba con la sangre que le provoqué. Me miró con ojos de odio y dijo.

— Maldito viajero, ¿sabes algo?, todos me temen en este pueblo y un sucio e insignificante comerciante, sin ningún conocimiento sobre batallas, no me derrotará. Esto no te lo perdonaré nunca, así que ¡muere!

Alzó la voz atacándome. Intenté esquivar el golpe, pero tarde me di cuenta de su daga clavada en mi hombro derecho. Di un alarido de dolor, en ese momento, pensé únicamente en Marián y en lo que ella me necesitaba. En un arranque de furia saqué de un solo tajo la daga de mi hombro, atravesando el pecho de Arthos. Es así como recuperé mi montura. Después de atender mis heridas en la botica del pueblo, hice un viaje directo a D'ynami, aquella ciudad estaba solamente a unos noventa kilómetros de Musnug.

A lo lejos divisé la muralla de obsidiana que reflejaba los rayos del sol, rodeaba la capital morfa. Al acercarme a los portones se encontraban dos pacificadores a cada lado cuidando la entrada. Uno era una mujer morfa, vestida de pies a cabeza con una armadura de hierro, con la marca de la armada de la legión morfa[15] tallada en un tono de gris más oscuro.

Crucé los portones. El piso de piedra marcaba los caminos, a lo lejos se levantaba majestuoso el castillo del rey morfo, hecho del mismo material que la muralla. Eso era increíble; en ciertos momentos parecía un castillo de luz, en otros un impresionante negro profundo dejaba sorprendidos a los viajeros debido a su gran tamaño. Crucé un bloque de casas de tejas azules. A diferencia de Sinaystheia, las puertas de las casas eran de hierro con decoraciones plateadas y el exterior de granito negro. A mi alrededor había un sin fin de cosas que observar, un distrito comercial, en donde sin duda se podía conseguir casi de todo. Maravillado me quedé al ver la forma en la que funcionaba el comercio en el distrito de mercaderes; no sé bien si lo entendía todo por mi naturaleza de comerciante, o porque era demasiado obvio para un observador que todo consistía en un sistema de compraventa en donde eras respetado, de igual manera al ser quien provee las materias primas, comprador o simplemente un viajero que viene a comprar un producto manufacturado en la ciudad. Crucé el mercadillo de los morfos, pasando por puestos de fruta, verduras y otros productos de la cosecha agraria.

---

15   El símbolo de la legión morfa se llevaba tanto en las armaduras, como en las armas. Se portaba orgulloso grabado en las entradas de las ciudades, letreros, etcétera. Era reconocible por ser una alabarda dentro de un escudo de color azul grisáceo. Color que para los morfos simbolizaba la valentía.

Al final de la calle me encontré con un pórtico abierto, en donde se apreciaba maquinaria rudimentaria de corte, un peletero con un casco curtía las pieles. Llevaba sobre la cabeza un casco de piel. Del otro lado de la calle, un zaguán en donde se observaba una base de piedra. Una especie de *pozo* con hierro fundido, en el fondo se veía un color anaranjado brillante que también era intenso. Era ahí donde se forjaban armas, escudos y armaduras. Más adelante, un vago tirado en la acera con una botella de vidrio en la mano advertía mi presencia y murmuraba:

— Malditos humanos no son bienvenidos en esta ciudad, ¿por qué siguen viniendo?

D'ynami era una de las pocas ciudades en las que había peleteros y se fabricaban ropas de cuero curtido. Afuera de cada establecimiento se podían encontrar letreros de madera pintados con óxido, que indicaban en idioma morfo el nombre del lugar. Me acerqué a un establecimiento al final de la calle y pedí con el lorde[16] de ese comercio, al cual le hablé de una ruta segura en la que llevar ropa, comida, entre otros enseres a Épizon. Muchos contestaban de una manera hostil, mientras los conocidos en viajes anteriores me recibían dándome a beber un brebaje hecho con plantas y agua caliente.

En ese viaje platiqué con Zilander, *señor de los peleteros*, quien me hizo algunas observaciones sobre mi

---

16   Se le llamaban Lordes a los dueños de los establecimientos, ellos eran quienes tomaban las decisiones sobre el comercio. Manejando los gremios de mercaderes.

plan. Prendió su pipa, se recostó en su silla y tras una bocanada de humo dijo:

—Cuenta conmigo, viejo amigo. Convenceré a esos tercos del gremio de comerciantes de hacer tratos con ustedes, los humanos, aunque no será fácil. La guerra ha terminado, ¿sabes?, es conveniente para ambas partes que tu plan se lleve a cabo.

Me dio una gran satisfacción el saber que contaba con lorde Zilander Orienn. Lo difícil sería convencer a los mercaderes menores, como los que venden productos agrarios, eso era malo, ya que lo que más se necesitaba en los reinos humanos eran algunos de los granos que solo se daban en esta ciudad. Como especias y algunos cítricos.

Zilander me observó con sus amables ojos. Jaló su barba negra, tras dar un suspiro de alivio, me ofreció alojarme en su casa durante toda la semana.

La última noche, nos encontrábamos sentados en la mesa de madera de la estancia, platicábamos sobre las monturas, mientras Zilander sorbía el potaje de patatas y col que había preparado su esposa. Les conté sobre el trato que había hecho con Lore-han, seguido de la hazaña para recuperar la montura; con gran énfasis en la batalla en contra de Arthos y los bandidos de Musnug.

—*Peter*, amigo, los mercaderes de tabaco me dejaron estas dos bolsas para ti. Me enteré de que las habías solicitado hace tres días, también que las habías pagado por adelantado, ya sabes lo que dicen: *"El que bien paga, bien lo tratan"*.

El morfo, quien no era diferente a otros de su especie, con su nariz regordeta sin forma, sus orejas redondeadas, sus barbas largas y, por supuesto, su característica baja estatura. Expiró otra bocanada de humo recitando con orgullo:

— Es bien sabido que el tabaco morfo no se compara a ningún otro de Imphéria, es obvio que aquel señor llamado Lore-han te pidiera algo de tan alta calidad, mejor aún: tabaco puro de D'ynami, Ohhh sí, siempre es el mejor.

Se pavoneó Zilander a la vez que me observaba, fumando de su pipa; después de un largo rato de platicar nos levantamos de la mesa, su esposa recogió y fuimos a dormir.

Después de los días de comercio, como habían sido los anteriores, me sentía agotado y dormí como un saguach.[17] Salí de la casa de tejas azules, crucé la ciudad con el carro de madera lleno a tope con provisiones para Épizon y Sinaystheia; encaminándome hacia la salida, vi el enorme palacio, parecía no tener entrada, me pregunté: *¿cómo se verá el rey morfo que ahí habita?, dicen que casi no sale a la ciudad.*

En el viaje de regreso a casa tuve la idea de pasar por Epizéa para saludar a mis viejos amigos. La vereda rocosa que tomé desvió mi camino, lo cual me hizo parar en un pequeño y amurallado pueblo morfo. En verdad era parecido a la capital, con la diferencia de que no había

---

17   Forma en que los morfos llamaban a algunos animales salvajes como osos y lobos.

la variedad de mercaderes como los que ahí habitaban; solo una peletería, al igual que unos pocos mercaderes de alimentos. Las pequeñas casas de tejas naranjas eran de algún modo distintas a las de la capital. Pregunté a un joven morfo sobre los comercios de esta ciudad, él me platicó acerca de los productos agrarios, aunque curiosamente me dijo que este pueblo era especial, ya que vivía una de las familias joyeras más importantes de la legión morfa.

—Anteriormente, vivían en D´ynami, pero el abuelo Rafú J`dion paró en este pueblo después de la Gran Guerra. ¿Podrías llevarme con "los joyeros"?, pregunté a la vez que hacía un ademán señalando el camino.

—Por supuesto, contestó el joven morfo y comenzamos la marcha hacia la joyería de la familia J´dion; era el lugar perfecto para comprar el regalo que anhelaba para conmemorar el cumpleaños número seis de Marián. Al salir del pueblo tomé la ruta habitual, paré en Gedia. Lore-han me recibió con gran euforia.

— ¡Mi pedido ha llegado!, exclamó el anciano, saqué dos bolsas de cuero repletas de tabaco.

— El mejor tabaco de todos. ¿Qué tal tu viaje en montura?, muchacho.

Conté también a Lore-han mis aventuras, quien me hizo saber que él había tenido más acontecimientos emocionantes en sus viajes; iba apurado por lo cual solo dormí una noche en la taberna, entregué tres mil piezas de oro como pago por la montura, me despidió elogiando mi honor, también mi palabra. Apresuré el paso, ya que quería llegar lo más pronto posible a casa. Después de un mes de viaje, cuidándome de los salvajes de las tribus nómades y los peligros exteriores, tras parar de mesón en taberna llegué a Epizéa nuevamente. En esta ocasión el recibimiento fue fúnebre, puesto que llegué al funeral de mi viejo amigo Bob Wiliamson, fallecido días antes. Estaban Frank, Ernest y el resto de mis amigos humanos, los cuales al igual que yo, lamentaban mucho la pérdida de aquel excelente panadero; a espaldas de la taberna casi unido a la muralla exterior que rodeaba el lugar, había un pequeño cementerio en donde dimos sepultura como despedida a Bob, *el panadero*.

Tres semanas después, al fin de nuevo en casa, después de cuatro meses de haber viajado, me dispuse a hacer los preparativos para las festividades del reino humano. Para muchos era una época muy buena, ya que era la temporada de vendimia. En estas festividades se conmemoraba la firma de aquel concilio que se celebró años antes; poniendo fin a las guerras legionarias. Llegando así la paz entre humanos y morfos.

Al entrar a la casa de Victoria el olor a pan era exquisito, Marián me abrazó y tomó mi mano.

— ¡Papá!, exclamó con esos ojos emocionados que la caracterizaban.

— Victoria me ha enseñado a hacer pan.

Marián me estiró una hogaza de delicioso pan hecho con especias; Victoria, con un delantal a la cintura, preparaba dulce de almendras con caña de azúcar; volteó a verme como siempre con las mejillas sonrojadas, me saludó e invitó a pasar a la mesa con una seña.

— Me da gusto que vuelvas Peter, me sorprende que llegaras antes de lo esperado. — A mí me da gusto volver, ¿qué tal se ha portado Marián en mi ausencia?

— Eh, Marián, maravillosamente.

— Aprendimos a hacer pan, potajes, galletas y muchas cosas deliciosas padre, dijo Marián a la vez que tomaba un bocado de patata gratinada.

— Peter, tengo que contarte algo que sucedió en tu ausencia.

Victoria bajó la voz, recorriendo la silla para acercarse hacia la mía, cautelosamente empezó a contar lo que había pasado:

— Por la mañana en el mercado, Marián se acercó al salvaje perro del herrero.

— ¿Ese que ha mordido a tantas personas, cómo se han acercado a él?, pregunté más por preocupación que por intriga.

— ¿Pero cómo detuvieron el ataque?

Victoria comentó que el perro parecía hipnotizado por Marián. Se tiró al suelo, mostró su barriga, permitiendo que la pequeña lo acariciara e incluso que jalara de sus orejas, sin que emitiera ni un solo gruñido.

— Parecía manso, ¡eso nunca había sucedido antes!

Al terminar su historia, noté que Victoria estaba un poco rara, podrá ser que lo sucedido la dejó preocupada. Quizás la tomó por sorpresa que aquel perro poco amigable se comportara de esa manera con la pequeña.

— No me sorprende que hasta el más salvaje de los animales quiera dejarse acariciar por esta linda niña, es natural que no se resista a su belleza, después de todo esa es la forma de ser de Marián.

Acaricié la cabeza de mi hija. Después de eso seguimos disfrutando de la cena, el fuego y por supuesto el ambiente familiar en el que nos encontrábamos.

Aquella hermosa época de celebración pasó rápidamente, en la cual disfruté de la fiesta llamada Júbilo de otoño, al igual que los onomásticos de los siguientes meses, sin darnos cuenta volvieron a caer las nevadas. Me encontraba celebrando las fiestas de fin de año: el solsticio de invierno, esta vez con el pecho lleno de orgullo de pasar un gratificante momento con la familia que había anhelado tener, y había comenzado con el milagro sucedido hace ya seis años. Al terminar la cena saqué de una bolsa de lana roja con un bordado finísimo en letras verdes brillante, que decía D'jdion. Distintivo por excelencia de la joyería morfa.

Dentro, una moneda de plata con una inscripción en idioma mórfico que decía: *La justicia será hecha al caer el orgullo de los hombres*. Como dije, el regalo perfecto para Marián.

Al terminar la cena de celebración de fin de año, Marián, cansada de correr y cantar, se quedó dormida en el regazo de Victoria, quien cuidadosamente la acomodó en una de las habitaciones de su casa. Luego me hizo una seña juguetona para que fuera al cuarto de al lado donde Marián dormía tan plácidamente.

—Dime, Victoria, ¿Qué es lo que pasa?

Pregunté con un tono relajado, apretó los labios

como si quisiera decir algo, mientras se sonrojaba aún más, bajando la mirada. Yo solo podía observarla, la luz de la luna que por la ventana sé asomaba y dibujaba perfectamente su silueta. Su piel me llamaba, quería abalanzarme desesperadamente, no podía pensar en nada más que en Victoria, cuando súbitamente me sacó de ese hermoso cuadro, que yo contemplaba, me tomó de las manos; su piel tersa se sintió entre mis dedos, en ese momento sentí como nunca antes su calidez, sin dejar que Victoria pronunciara otra palabra lo entendí: Era un sentimiento único, uno que no había experimentado antes, el corazón empezó a latirme aceleradamente, separé mis labios para declamar.

— Entre tus labios carmesí, perdido entre tus dos maravillosos luceros, te he de confesar que llevo tiempo desesperado por sentir el roce de tus labios que, cuál caricia de rocío, alimentan con suavidad las rosas ya marchitas en mi alma. Desde aquel hermoso jardín te confieso mi amor incondicional, eterno, que como la claridad de un cristalino manantial se entregará hoy y siempre a la única mujer que en verdad he amado, Victoria Talton yo … Te amo.

Victoria, con lágrimas en los ojos, se lanzó a mis brazos. Me besó apasionadamente. Parecía que nuestros cuerpos eran uno, aquella noche de luna llena, Victoria me dijo esas palabras que jamás habré de olvidar:

— Tenía miedo de confesarte mi amor, que lo he sentido desde el momento en que te vi por primera vez, siempre supe que serías el amor de mi vida.

Interrumpí:

— Perdona, no quise herir tus sentimientos al no descubrir la verdad, ahora que lo sé, te pertenezco eternamente.

Aquella noche la magia envolvió la pequeña casa de Victoria, mientras que el firmamento, como testigo, podrá declamar eternamente el amor que ahí se profesaba.

CAPÍTULO 4

"El zogúrath legendario de Eulín"

Año 2918 DGA

Han pasado ya diez y siete años desde aquel día cuando me encontré con Marián, ese maravilloso momento que le dio un giro inesperado a mi realidad. Era una niña muy activa, con ansias de viajes y aventuras. Cuanto más crece, más temeraria se vuelve.

En cuanto a mí, la vida me ha ido curtiendo, así pasé de ser un joven, a ser el hombre en el que me he convertido. Debo de decir que no ha sido fácil, aunque ahora siento que conozco más este mundo.

—¡Papá, llévame de expedición! Me gustaría conocer los magníficos lugares que has visitado. Cuéntame acerca de los increíbles morfos, ¿podemos ir con ellos? Marián se encontraba muy entusiasmada, quería saber todo acerca de los viajes.

— Paciencia, hija mía, recuerda que afuera es demasiado peligroso. La naturaleza y el entorno no son seguros. Viajar conlleva muchos riesgos a los que no quiero que te enfrentes todavía

—¡Eres injusto padre, quiero ser una viajera como tú! Suspiró, a la vez, que me hacía una rabieta y reclamaba sobre sus deseos de convertirse en una expedicionaria.

— Quisiera hablar con los morfos. ¿Qué hay de ir al mercado de la capital, conocer a los comerciantes y escuchar sus fascinantes historias? ¡Ya tengo diez y siete años! Iré a buscarlos contigo o sin ti.

— No tan rápido, jovencita, la capital no es segura, es demasiado grande eso sin tomar en cuenta el riesgo que conlleva llegar hasta ahí.

Pensé detenidamente antes de responder las peticiones que Marián me hacía…

— He tomado una decisión, iremos de viaje, hija mía. Pero el destino será el oeste; hacia las cataratas de Eulín, podremos pasar por el pueblo y conocer a la gente; estaremos ahí unas cuantas noches y luego regresamos a casa.

— ¡Gracias, papá, gracias, gracias, gracias! El entusiasmo se podía notar en Marián, nunca la había visto tan emocionada. Me gusta hacerla feliz y aunque deseo protegerla, es muy terca y de no llevarla a este viaje tomaría una decisión inapropiada. Ella no está lista para salir sola, ya que los peligros abundan en todos los rincones.

. K

Las lágrimas me impedían seguir leyendo el viejo diario de Peter, por lo que tomé el de Marián para continuar aquel relato. A mi alrededor estaban atentos, esperando escuchar más, querían desesperadamente saber qué sucedió con Peter, Marián y Victoria.

Marián

Recuerdo la emoción invadiendo todo mi cuerpo. Mi padre se encontraba a la luz de la vela con un pergamino frente a él. Nunca me dejaba ver lo que escribía, pero parecía ser muy importante. Con un soplo apagó la vela:

— Marián, debemos de descansar, mañana emprenderemos un viaje fundamental.

—Si lo sé, pero ¿cómo dormir con esta emoción tan grande que me llena de alegría?

Por fin conocería algo más allá de Sinaystheia, no podía dejar de imaginar paisajes, personas, aventuras y distintos tipos de ropa; mi emoción era tan grande que me infiltré en su cuarto de escritura para fisgonear un poco. Ahí fue cuando vi varios pergaminos con los mapas de los lugares que mi padre había visitado. Al frente de todos se encontraba uno muy especial, Era el de la ruta que emprenderíamos al día siguiente.

Al amanecer mi padre preguntó a Victoria si tenía listas las provisiones. Entre todos llenamos la carreta con lo necesario. Entonces, se declaró iniciada nuestra aventura. Partimos con dirección norte, esa es la ruta que mi padre acostumbra.

— Hija, el camino es bastante peligroso, al viajar deberás considerar que cada decisión es esencial para tu supervivencia.

Esto no era nuevo para mí, lo había escuchado en cada ocasión durante toda mi infancia. Al parecer hoy se intensificó, se le veía preocupado, éramos solo nosotros tres. Recorrimos varios kilómetros y, por primera vez, conocí una de las famosas tabernas de las que me ha contado. Era exactamente igual que en todas las increíbles anécdotas. Entramos y pude observar a un tabernero de barba negra, con la frente llena de cicatrices. *¿Qué le habrá pasado?* No dejaba de hacer teorías en mi mente:

— *¡Es probable que fuese un viajero!, mmm no, qué tal sí… eso es muy poco probable… o tal vez… sí, ¡eso es! … Tuvo un encuentro con algún zogúrath, pero seguramente no sería eso, pues mi padre es el único ser humano que ha logrado sobrevivir a esos animales; por eso es natural que nadie le crea cuando cuenta su historia. Hace muchísimo tiempo ya no lo hace, él dice que no vale la pena compartir con aquellos que no desean escuchar.*

En ese momento vinieron a mi mente aquellos tontos niños de Sinaystheia, que habían osado reírse de él cuándo festejábamos *el solsticio de invierno* hace cuatro años. Son solo unos ingenuos, no saben nada sobre aventuras. Mi padre es y será el mejor viajero, también el mejor comerciante.

Estaba tan emocionada que quería escuchar las historias del tabernero, quien se encontraba muy ocupado sirviendo las extrañas bebidas y brebajes para los viajeros. También ansiaba escuchar aquellos relatos que los trovadores siempre compartían. Es sabido que lo hacían solo para obtener una bebida gratis. Repentinamente, entraron por las puertas de la taberna tocando sus instrumentos. Ya me sentía toda una aventurera; pronto tuvimos que ir a dormir, mi padre quería descansar, pues continuaba advirtiéndome todos los peligros a los que podríamos enfrentarnos.

Al día siguiente salimos con la primera luz de la mañana. Las horas pasaron rápidamente, después de cabalgar cautelosamente a paso veloz por todos aquellos paisajes para mí desconocidos. Era como vivir un sueño. En el ocaso, nos aproximamos a las murallas de la grandiosa Épizon, todo era impresionante, tenían una altura como de cuatro casas puestas una encima de la otra, por lo que desde fuera solo se veía la muralla y la inmensidad del castillo en lo alto de una montaña, vigilante de todo el paisaje. Entramos a aquella hermosa ciudad de la que tanto se hablaba en casa. En las ciudades de noche siempre existía vida, a diferencia de lo que he visto de los viajeros, a mí me encanta hacer cosas por las noches, pues es cuando la mayoría de las fiestas suceden.

Cenamos en el mesón El ocaso de Eletphéria; por unas piezas de oro nos hartamos de comer, mi padre al parecer quería ya buscar posada. Al no encontrarla nos quedamos en casa de un viajero amigo suyo. Sospecho, que lo conocen en todos los lugares a los que llegamos, definitivamente ¡es el mejor!

Al amanecer me levantó para que fuésemos al famoso mercado de Épizon. Estaba lleno de pequeñas carretas donde acomodaban todo tipo de mercancías, en hileras los comerciantes se formaban para mostrar sus productos. Las riñas eran algo muy común, se generaban por cualquier cosa: desde el precio, hasta la calidad. Nunca olvidaré aquellos lugares tan pintorescos y emocionantes. El día había transcurrido, ahora dirigiéndonos de nuevo a las grandes murallas de Épizon rumbo a Eulín. El empedrado formaba calzadas entre piedras de río más oscuras para el camino y más clara para los costados. Las carretas de madera con remaches de hierro fundido llenaban la ciudad de un sonido muy particular, como si se tratase de una corriente de agua golpeando muchas rocas.

Al voltear la mirada, se podía ver un grandioso castillo sobre la colina, al centro de la ciudad que dominaba todo el paisaje, sus banderines de tela hondeaban alto y fuerte honrando el reino.

Nos dispusimos a salir de aquella gran capital humana, dirigiéndonos a un mesón cercano. El viaje no sería demasiado largo, aunque sabía bien que a pesar de que contábamos con la montura y la carreta la travesía duraba, al menos, un día entero. Las últimas luces de la tarde se empezaban a perder cuando de pronto llegamos a Eulín. Evidentemente, una ciudad más pequeña que las que había conocido hasta ahora. Tenía también murallas, aunque de menor tamaño. Mientras mi padre tomaba una helada cerveza de malta, yo con un chocolate caliente, no paraba de maravillarme con todas esas fascinantes historias que de la boca del tabernero salían, ¡claro! Nunca mejores que las que mi padre me ha contado.

Pasado el ocaso y temprano al día siguiente bajamos al comedor a desayunar. La comida era extraña, ya que nos encontrábamos cerca de un lago del cual desembocaban unas cataratas, por lo que los alimentos eran básicamente pescados. El tabernero nos estiró unos platos de sardinas asadas con tomate. Si bien no era lo que más me gustaba, me habían enseñado a recibir los alimentos que se me ofrecían, de lo contrario sería grosero para los anfitriones. Dos pequeños extraños caminaron hacia nosotros, yo no podía parar de reír, también de preguntarle a mi padre, quiénes eran aquellas curiosas criaturas; el gruñón, que no tenía un parche en el ojo, alcanzó a escuchar las risas y también las preguntas que hacía, ahí fue cuando el mismo hombrecillo con ropajes color azul y barba más grisácea que negra empezó a gritar furioso.

— ¡Malditos humanos insolentes! Qué, ¿acaso nadie te enseñó a respetar a los mayores?

— Disculpa a mi viejo amigo, es un poco amargado, aunque, aquí entre nosotros, tiene un gran corazón, pero no lo acepta.

— ¡Maldito Letter, viejo idiota!, ¿siempre tienes que interrumpirme? Esta muchachita necesita una lección. Mi padre interrumpió la discusión.

— Hola queridos "moags", disculparán a mi hija, es la primera vez que se encuentra con un morfo de frente. Explicó de forma afable. Dio un sorbo a su tarro antes de continuar.

—Además, no son unos morfos cualquiera…

Escuchaba a mi padre hablar mientras que mi madre me alertaba sobre lo que sucedería a continuación.

— Marián, tu padre quiere decirte algo importante. Recargué los codos sobre la mesa y coloqué las manos sobre mi quijada, escuchando atenta.

— Honorables guerreros de la legión morfa, reconocería el símbolo de su legión en cualquier parte de Imphéria. Marián, si aún no crees que eso es impresionante, espera a saber el resto…

Mi padre acercó su mano a mi oreja y a su cara, como si me quisiera decir un secreto: el que está vestido de azul, es un gran general. Por lo que veo tiene uno de los rangos más altos de su división; observa el símbolo que atraviesa el escudo de armero con una alabarda, esa arma es la que utilizan los miembros élite de su legión. Esto nos muestra, que ha luchado a favor del gran concilio.

— Pero ¿no se supone que el gran concilio, es un tratado de paz entre los pueblos imphéricos?

Recalqué haciéndole saber lo mucho que había aprendido cuando estudiaba con el profesor Gerald. Pero esas clases me aburrían demasiado, así que me levantaba dando brincos por toda la casa de Victoria, a la vez que saboteaba sus clases. Era divertido burlarme de ese regordete profesor. Aunque no se sabe mucho de lo sucedido antes de las guerras mórficas, él trataba de inculcarme historia contemporánea; la parte interesante comenzó con el tema de la guerra civil de los Ananítas. Allí descubrí que quería conocerlo todo, ver qué había más allá de los muros, conocer diferentes personas, pero, sobre todo, ver un zogúrath de frente. No entiendo el temor de la gente hacia estos animales. Mi opinión es que no deben de ser tan temibles como cuentan, creo que tengo la capacidad de ver uno, hasta supongo que podría darle pelea a uno de ellos.

El morfo de barba roja hizo una reverencia como si a la realeza saludase, señaló con la mirada a su compañero y prosiguió.

— Joven humana, mi nombre es Letter, este viejo amargo es mi amigo… Caso.

— Siempre es un gusto conocer nuevos viajeros, aunque apuesto que no han recorrido, ni pasado las aventuras de mi padre. Sabían que una vez tuvo un enfrentamiento con un *zogú*...

—Marián, lamento interrumpir tu intención de contar una emocionante historia, pero por lo que he dicho antes estos hombres han visto y vivido mucho más que yo.

— Hasta que encuentro un ser humano medianamente razonable.

Dijo Caso a la vez que se le dibujaba en el rostro una sonrisa retorcida; la plática se alargó un rato. Letter y Caso conversaban animadamente con mi padre, mientras nosotras escuchábamos atentas las interesantes aventuras de estos singulares personajes.

La puerta se abrió de golpe, un grupo de trovadores entraron a la taberna, era demasiado temprano para la presencia de los cantores viajeros, pues según mi padre ellos llegaban casi al caer la tarde. Será una oportunidad invaluable para escuchar sus cantos y sus relatos musicalizados. Los instrumentos de los viajeros cantores eran variados: laúdes de cuatro cuerdas, tambores, flautines, violines y gaitas. Uno de ellos, quien tenía un sombrero bombacho, traía consigo una cítara.

Se sentaron en la barra, pidiendo amablemente al tabernero de barba incipiente que sirviera cinco tarros de hidromiel.

— ¡Vamos, muchacho!, toma tu cerveza, acompáñanos. Se dirigió Letter a mi padre, chocando sus respectivos tarros en señal de estar brindando.

— Es el momento que todos esperábamos. Compartiremos nuestras historias, escucharemos las de aquellos saltimbancos, por supuesto también contaremos las que hemos vivido mi viejo amigo Caso y yo. ¡Espero, amigos viajeros que tengan algo interesante que contar!

Soltó una carcajada que resonó por todo el lugar; se sentaron los trovadores, dos humanos, Letter, Caso, mi padre, Victoria y junto a ella yo.

Los trovadores empezaron a afinar sus instrumentos. A través de su música nos deleitaron con sus aventuras: contaban cómo venían de una pequeña ciudad humana, en donde conocieron hermosas mujeres, que con su hospitalidad los alojaron. Otro trovador empezó a cantar su historia que hablaba sobre cómo conquistó a una mujer llamada Andry dándole rosas, aunque después que la doncella lo persiguiera portando en la mano una espada poco aguzada.[18]

Reímos y escuchamos la música por un rato, cuando de pronto a Letter se notaba entusiasmado. Carraspeó, para llamar la atención de todos, para así poder hablar:

— ¡Bravo, bravísimo! Me gusta la forma en que cuentan las historias los trovadores, bien decía mi padre: *La música es la forma exquisita para expresar nuestro carácter*. Es el momento de que les cuente cómo perdí mi ojo, tiene que ver con esos viajeros extraños.

Aprovechemos que Caso se ha ido, siéntense y pónganse cómodos y escuchen atentamente lo que en este momento habré de relatarles: era una noche de invierno, me encontraba en aquella colina congelada buscando algunos troncos de madera; Caso esperaba en una de las tabernas más conocidas del pueblo. Como siempre, seguramente se quejaba sobre el frío. Esto que les cuento pasó hace diez y seis o diez y siete años aproximadamente. En ese entonces Caso era diferente, le faltaban muchas cicatrices y, por lo tanto, también experiencia; nunca lo va a aceptar, pero así es ese viejo gruñón, sin remedio al que hoy llamo hermano.

Vestido con mis botas de invierno, mi capa de pieles de animales y mi cota hecha de malla para resistir los golpes, me aventuré. La tormenta empezó a caer; a lo lejos escuché un rugido ensordecedor, me escondí entre los helechos y vi difusamente a una persona

---

18   Según el diccionario de la Real Academia Española: Aguzado/da: Del part. De aguzar. 1. adj. Que tiene forma aguda.

muy grande, peleando con un zogúrath que, por lo que recuerdo, era enorme. No los aburriré con detalles de este horrible animal, pues podría causarles terror el escuchar cómo era aquella maldita bestia

Esta última frase estaba formulada en una especie de ironía, ya que todos conocíamos el peligro que significaba tener un encuentro con los zogúraths.

Este extraño abrazaba al animal; parecía un baile de garras y rugidos. El hombre cayó sobre los helechos; llevaba una vestimenta muy extraña, parecía no ser civilizado, estaba de espaldas a mí cuando el animal me vio con esos ojos entre gris y amarillento, quedé paralizado; entre forcejeos se iban acercando. El hombre no se percataba de mi presencia, pero el animal lo empujaba arrastrándolo poco a poco hasta donde me encontraba. Finalmente, me topé con el individuo en cuestión quién pisó mi bota. Súbitamente, volteó y así, sin más dijo:

— Corre, si no quieres morir.

Él cayó de espaldas mientras yo intenté huir, pero fue demasiado tarde. Había una trampa metros adelante y mi pie se atoró en ella. El animal dio una mordida al hombre y él mismo dio un alarido cayendo al suelo. El animal se acercó arañando mi rostro con una de sus inmundas garras llenas de lodo, sacándome así un ojo. El dolor era insoportable. Vi al hombre levantarse y correr hacia la bestia. Después de eso ya no supe qué pasó, pues quedé inconsciente. Pero ¿saben? No me molesta usar este parche, es parte de la experiencia. Bien dicen por ahí, *más sabe el diablo por viejo que por diablo.*

Mientras Letter más se adentraba en su historia, mi padre atento lo escuchaba. Por la forma en que reaccionaba, había algo más. Conozco muy bien a papá y no es fácil de sorprender con una historia. Más aún cuando Letter mencionó la batalla de aquel hombre con el zogúrath. Insospechadamente, el rostro de mi padre cambió por completo.

— *¿Me pregunto que estará pensando?*, daba un sorbo a mi chocolate caliente, cuando de pronto la voz de mi padre, que pagaba la comida de los viajeros, interrumpió mis pensamientos.

— Me ha dado mucho gusto haberlos conocido.

Mi padre miraba fijamente a Letter mientras que Caso, con un ademán, pedía su quinto tarro de cerveza de barril.

— Moag Peter, que tengan un viaje ameno. Habremos de encontrarnos más tarde. De ser así, me gustaría que compartamos más de mis historias bajo un cálido fuego. Por cierto, gracias por la comida, aunque creo que no deberías de pagar por la bebida de este ebrio loco al que llamo hermano.

— Vamos Letter, tenemos que irnos, hay que atender algunos asuntos importantes.

Decía Caso de forma seria, a pesar de llevar cinco tarros de cerveza, no parecía estar ebrio como Letter había dicho hace un momento. Nuestros nuevos amigos emprendieron la marcha, mientras nosotros teníamos un camino por delante. Mi padre prometió llevarme a conocer las cascadas que se encontraban a unos cuantos kilómetros del poblado de Eulín. Emocionada, terminé de comer y junto con Victoria fuimos a la cabaña contigua a recoger provisiones para lo que sería mi primera excursión real.

Metí en una bolsa todo tipo de cosas: un par de hogazas de pan que compramos en el mercadillo antes de llegar a Eulín; un hacha vieja de mi padre, la cual por lo que me contó sé que había sido un regalo de Roren Häz un peletero que conoció hace nueve años. También una botella con jugo de melocotón y carne de jabalí que sabía deliciosa cocinada a la leña. Salimos de las murallas de Eulín dirigiéndonos hacia el noroeste, por un acebal, cuya madera era muy poco común.

— En tiempos de guerra: los leñadores de Rótum talaban unos cuantos acebos para hacer las empuñaduras de las armas para los generales Ananítas, mientras que el hierro era usado para forjar las armas de los generales morfos.

Explicó mi padre mientras recorríamos aquella zona. Los troncos de los árboles eran blancos y las hojas tenían un tono verde oscuro. En las copas, las flores resplandecían con sus blancos pétalos, en desorden crecían frutos redondos y rojizos. Me maravillaba el paisaje realmente hermoso, por supuesto nuevo para mí.

Salimos del acebal, recorríamos un tanto el camino, aunque a ratos descansábamos; hacíamos paradas para beber agua y darle de beber a nuestro caballo. Hasta que llegamos a un valle, recorrimos la orilla del riachuelo hasta llegar al fin a las majestuosas cascadas de Eulín. El agua era cristalina, chocando con las rocas en una cascada más pequeña, por encima de ella una mayor.

— Es un buen momento para comer.

Asentí con la cabeza a la indicación de mi padre, a la vez que preparaba los alimentos, ansiosa de inspeccionar libremente el lugar. Victoria se puso en cuclillas, mi padre tomó la pequeña hacha y fue a buscar algo de leña.

— Ahora regreso, iré a inspeccionar.

— No tardes, Peter.

Miré a Victoria, que tenía la mirada clavada en mi padre, con las mejillas tan rojas como los frutos de los acebos. Victoria es una de las mujeres más guapas de Sinaystheia, al menos eso pienso yo.

— ¡Voy a investigar!

— No te alejes de mi vista, ¡entendiste jovencita! … Algo más, tampoco te metas en problemas.

Las advertencias de mamá eran sensatas, aunque yo estaba demasiado emocionada como para preocuparme de eso ahora. Me aproximé a la cascada pequeña; debajo había un lago con agua muy clara, era una vista impresionante. Era tan hermoso que parecía combinar la fantasía y la realidad. Seguí caminando y sorprendentemente descubrí, por encima de ella, una cascada más grande que desembocaba en un acantilado parecía no tener fondo, se notaba cómo el agua se pulverizaba al caer. Retrocedí hasta la parte del lago, hacía tanto calor que decidí nadar.

Detrás de la cascada había una cueva, me pareció poco interesante hasta que vi algo brillar detrás de la cortina de agua cristalina. Eran unos ojos color ámbar, sentí que me miraban fijamente, de esas veces que sabes cuándo te están observando. Algo me decía que no era buena idea entrar, pero, dentro de mí, nació una sensación de curiosidad. Ávida de aventura no me tomó más que medio segundo decidir inspeccionar la cueva: *¿Quizás sea un zogúrath?*, me dije, aunque es poco probable. Entonces, sin hacer demasiado embrollo, me decidí a entrar.

El agua que caía estaba más fría que la del lago, ya que una elevación de rocas le hacía sombra. Entré a la cueva, pero no vi nada. Detrás de un cúmulo de rocas salió una bestia gigante; esos ojos ámbar debían de pertenecerle, aunque al interior no brillaban tanto. El animal rugió, me asusté y traté de salir de ahí, de pronto se abalanzó hacia mí dándome un coletazo, su cuerpo no estaba del todo expuesto, parte de él yacía detrás de las rocas. Recargué mis manos contra el piso, respiré hondo y tomé una daga que tenía metida entre el cinturón, quise darle pelea, pero al ver la inmensidad de animal descubrí lo que en verdad era… un zogúrath, aunque no lo parecía; al menos no coincidía con las descripciones que tenía. Este no tenía pelo, sino escamas desde la base de la cabeza hasta la punta de la cola, la que terminaba en un puntiagudo aguijón. Estaba oscuro, aun así, no podía distinguir bien al animal: sus patas tenían grandes garras y sus fauces eran impresionantes, era rápido, aunque caminaba en cuatro patas. Di una zancada hacia atrás, pero tropecé con una piedra bastante extraña, de pronto me descubrí tirada en el suelo; sentí al zogúrath acechándome y, antes que otra cosa sucediera, hice lo que haría alguien con miedo, Grité…

Victoria

Me encontraba preparando la comida cuando escuché un grito desesperado.

— ¡Peter! … ¡Peter! - grité un par de veces sin respuesta alguna.

— ¡Ayuda!

La garganta empezó arderme, Marián estaba en peligro, pero no sabía qué hacer; corrí a la orilla del lago, tratando de divisarla, detrás de la cascada vi una sombra gigante cuando de pronto escuché otro grito: ¡Padre!

La sombra se movía, pero no alcanzaba a ver bien qué estaba sucediendo, así que respiré hondo, me quité las botas y salté. De pronto una cola gigantesca llena de escamas de colores verdes, rojos y ámbar cruzó la cortina de agua; rápidamente volvió a entrar, entonces escuché el choque de aquella cola contra algo. ¡Aaaaaaaaaaaaaaaagh!

Era un grito de desesperación, aunque esta vez, combinado con angustia y dolor.

Peter corría velozmente sin la camisa. Mientras que, por otro lado, Marián se precipitó de entre la cascada junto con la cola escamosa, segundos después un animal gigantesco salió de entre la cortina de agua, su rugido fue impresionante, tanto que me estremecí, mientras que Peter dio un salto hacia el lago.

— ¡Marián!, gritó Peter mientras se quedaba atónito por la inmensidad de aquella extraña criatura.

Peter

Al caer, mi cuerpo se golpeó contra el agua, aunque en ese momento el dolor poco me importaba. Al salir a la superficie logré enfocar bien a aquella bestia, sin duda era un zogúrath; aunque nada parecido al que me había topado aquella tarde de invierno hace muchos años ya.

Nadé a toda prisa hacia Marián quien sangraba inconsciente, en ese momento no me importaba nada más que salvarla: *Marián, mi hermosa hija, si algo le pasara no podría soportarlo.* Nadé con todas mis fuerzas, al alcanzarla la tomé por debajo de los brazos a la vez que pataleaba hacia atrás. El zogúrath volvió a rugir, fue entonces que descubrí que no estábamos tan lejos de la orilla y lancé a Marián. Sentí a la bestia detrás de mí, entonces indiqué a Victoria con una seña que se encargara de Marián.

— ¡Cuidado, Peter!

Asomé la cabeza sobre el agua, girando para ver si el animal estaba de tras de mí. Entonces, antes de hacer nada, grité:

— Victoria cuida mucho a Marián.

Una lágrima apareció sobre la mejilla de Victoria, entonces tomé el hacha y la lancé hacia la cabeza del zogúrath. Pude ver cómo se le clavó, aunque no parecía hacerle daño, nuevamente volví a sentirme perdido entonces, como algo milagroso, se me ocurrió evadirlo por debajo del agua. Los ojos me ardían, pero no podía cerrarlos, mientras que tenía un sentimiento de impotencia. Ahora tenía que escapar; nuevamente nadé lo más fuerte que pude, la respiración me empezó a faltar, pero tenía que salir. Temía que aquel extraño zogúrath estuviera esperándome. Al llegar a la superficie, algo increíble sucedió: estaba Marián parada a la orilla del río, tendiéndome la empuñadura de la espada de mi padre, la tomé, mientras que Marián y Victoria tiraban con todas sus fuerzas; en ese momento, al salir del agua Marián cayó inconsciente.

— ¡Corre Victoria!

Grité mientras veía al zogúrath nadar hacia nosotros, y cargaba a Marián. Cuando el animal pisó tierra pude ver que era de dos metros de largo, entonces hice lo único que podía corrí con todas mis fuerzas.

CAPÍTULO 5

"Un hallazgo siniestro"

Corriendo y jadeando logramos escapar de ese maldito animal. Una vez que entramos al acebal regresé la mirada para cerciorarme de que no nos seguía. Todavía no sabemos si estar vivos fue suerte o simplemente un milagro.

Recosté a mi princesa sobre la carreta de la montura, rasgué su camisa para inspeccionar la herida; al darle la vuelta noté el enorme aguijón que se encontraba incrustado en su espalda, brotaba sangre por los lados de la herida. Noté cómo aumentaba el calor de su piel; se sentía una temperatura impresionante, por lo que inmediatamente Victoria empezó a poner paños húmedos sobre su frente.

Sentí la necesidad de sacar el aguijón, por lo que tomando mi cuchillo comencé a retirarlo. De él emanaba un líquido transparente con tonos amarillentos, por lo que imaginé que se trataría de algún tipo de veneno, lo junté en un pequeño frasco para que los médicos pudieran analizarlo. Cuando la sangre parecía salir ya sin aquel misterioso veneno, la vendé y le apliqué un ungüento que tenía para las heridas.

Como pudimos, rearmamos la expedición para llegar nuevamente a Eulín, esperando encontrar a un médico que supiera cómo tratarla. Emprendimos camino a toda prisa; nuestra preocupación crecía con el tiempo, Marián, entre sueños, alucinaba. Victoria seguía incrédula por lo sucedido. El camino se me hizo eterno, más que cualquier viaje que he emprendido. Vociferando que me abrieran inmediatamente las puertas, llegué a las murallas; los soldados al ver mi preocupación abrieron de prisa, así entramos nuevamente a aquella taberna. Desesperada Victoria rogó al tabernero que llamaran al médico más cercano, la angustia era tan grande que, sin dudarlo un momento, enviaron a la hija del médico en su búsqueda; la chica partió rápidamente.

De la penumbra emergieron Letter y Caso; esos viejos ya conocidos, alarmados, preguntando qué había pasado. Exaltado empecé a contar lo sucedido, los dos morfos parecían escuchar con atención, sin perder ningún detalle de mi historia, de pronto exclamó el militar.

— ¡Esa pobre niña, es tan joven!

Letter se apresuró a ver la herida, así como el aguijón, inspeccionando detalladamente el frasco de veneno; la preocupación se contagió a todos los presentes, era una imagen lúgubre, entre luz de candiles combinados con el atardecer que se precipitaba sobre nosotros

Se abrió la puerta de madera entre rechinidos, anunciado la entrada de Warren Waggon, por fin el médico había llegado, se presentó formalmente, primero sin ver a Marián, preguntó qué es lo que había ocurrido, analizó con detenimiento las características del aguijón y el veneno. Entró en un silencio sepulcral, así como la taberna, se acercó lentamente a Marián, que estaba recostada sobre uno de los tablones que hacían de mesa. Tocó su frente, analizó sus signos vitales e inmediatamente pidió que la trasladaran a una recámara, comenzando a tratarla.

Continuó con los paños húmedos para bajar la fiebre, también pidió urgentemente agua para mantenerla hidratada. Revisó la herida, comenzó a palparla y a exprimirla con unas pinzas, el color de su piel se había tornado en dos auras, una verde continuando con un color morado, hasta que llegaba a la tonalidad normal. Las horas transcurrieron lentamente, en las cuales el médico no emitía ni una sola palabra. Parecía que empezaba a clarear. Victoria se encontraba a un lado de la cama, mientras que el médico en el otro. Los pequeños morfos parecían tener una voluntad de hierro, pues custodiaban la puerta férreamente, sin dejar que ningún curioso se pudiera acercar.

La madrugada comenzó, los tenues rayos de luz empezaron a indicar que el sol estaría pronto, por lo que uno de los pequeños, el bonachón, tocó a la puerta para preguntarle al médico qué sucedía. El médico continuaba callado, parecía absorto en la situación, sin dar un solo detalle. El pequeño morfo le indicó con una seña al militar, el otro sacó su alabarda, abalanzándose sobre el médico con una fuerza feroz y al sentir el filo que rozaba su cuello, les hizo una seña para hablar afuera de la habitación. Salimos los cuatro en una procesión silenciosa, a lo que Warren comenzó a contarnos:

—Nunca he visto cosa similar la herida, a pesar de haberla limpiado, sigue supurando, no puedo dar un diagnóstico de lo que sucede porque ni yo mismo lo sé.

Caso volvió a abalanzarse sobre él diciéndole:

—¡Maldito hombre cobarde, cuéntanos todo lo que sabes o enfrentaras tu muerte en este mismo lugar!

El médico retomó el habla, nervioso, ya que Caso lo miraba con esos ojos tan profundos como amenazadores, tartamudeando continuó con su "diagnóstico", contó que su maestro le había relatado una historia similar años atrás, cuando era aprendiz, pero ese caso había sido mortal, no existía cura para lo que había sucedido y entonces procedió a darme el pésame. Impotente por lo dicho, el pequeño militar y yo nos abalanzamos juntos, dispuestos a quitarle la vida al médico.

— Amigos no hay que perder la calma, tenemos que ser prudentes, dejemos que el doctor nos diga qué opciones tenemos, es cierto, esta es una situación difícil, pero… ¿Acaso amigo médico, no dejarás que la situación se te salga de las manos o sí?, de lo contrario, ¿asumirás las consecuencias de tus decisiones?

Preguntó Letter calmo, al médico a la vez que hacía una mirada de complicidad al pequeño morfo militar, quien sostenía firmemente su arma cercana al cuello del doctor, qué temeroso asentía en silencio, debajo de él apareció un charco amarillo, en ese momento descubrí lo determinado y amenazador que puede ser mi nuevo moag Caso.

El médico se quedó pensando un buen rato, a la par se calmaban los ánimos, cuando Letter hizo una seña a su amigo Caso insinuándole que no tenía sentido seguir amenazando a Waggon.

— Hable ya de una buena vez Warren, si no quiere que este viejo al que llamo hermano le raje la garganta.

Era extraño escuchar al pequeño amable hablar de esa forma, supongo que perdió los estribos debido a la situación.

Victoria secó sus lágrimas y con una mirada furtiva dirigida a los dos morfos, le indicó a Letter que fuera con ella.

— Ya basta, ustedes dos, si es que quieren una respuesta, seguir amenazando al doctor no va a llevarnos a lo que deseamos obtener, más vale que mantengan la calma.

Los ánimos se tranquilizaron, finalmente Caso guardó su alabarda. Bajamos al comedor de la taberna, sentándonos todos en una mesa con bancas altas.

Jess Waggon, se encontraba platicando con un joven humano, parecía que coqueteaba con él, pero no puse atención a eso, más bien estaba enfocado en su padre. Waggon tenía dos hijas, una joven rubia que era muy guapa, esa era Jess, mientras que Mónica era castaña y lo que en ella destacaba era su inteligencia.

Después de una cerveza de malta, Waggon soltó un poco la lengua buscando en lo más profundo de su cabeza una respuesta, ya sin la inminente amenaza de muerte de Caso, así que recordó que había un gran colega experto en casos extraños, por lo que nos indicó que tendríamos que llegar a Epizéa. Cerca de la montaña, en una pequeña taberna abandonada que el médico había adaptado a manera de hospital, podría ser que ahí supieran un poco más acerca de esto, aunque aclaró que lo más probable es que no exista una esperanza real.

Caso, entre una mueca y un grito extraño, exclamó.

— Ya ves este médico solo necesitaba un pequeño susto, estos humanos son muy blandos para hablar, si hubiese sido uno de mis soldados jamás hubiese dicho una sola palabra, a pesar de las peores torturas.

Sin más nos dispusimos a emprender el camino hasta la vieja taberna abandonada.

Con rumbo al nordeste y cargados de provisiones, nuevamente en la montura avanzamos a paso veloz hacia nuestro destino, en esta ocasión con un hueco en el estómago, la angustia torturante y la ansiedad de encontrar la respuesta a este rompecabezas, nada cobraba sentido; aunque tener a la élite del ejército morfo de mi lado me tranquilizaba. ¿Qué nos depararía el camino a partir de ahora?, esa pregunta me carcomía por dentro. A lo lejos divisamos una nube de humo, Caso advirtió el peligro.

— ¡No te detengas por nada Peter!

El morfo se puso en guardia levantándose del

asiento e hizo una seña a Letter que indicaba cuidar los flancos y la retaguardia.

Pese a la lejanía de la nube de humo el sonido de las flechas nos confirmó que algo malo estaba ocurriendo. De entre la maleza salió un salvaje nómade gritando, Caso quien se encontraba a mi lado desenfundó la alabarda. El salvaje aceleró el paso y saltó hacia nosotros, ese sería su peor error. La alabarda del morfo lo atravesó del costado, otro salvaje saltó a la parte trasera de la carreta cuando Letter gritó:

— ¡Nos atacan por la retaguardia!

Desenfundó su daga, enterrándola en el estómago del salvaje, subiendo rápidamente hacia el esternón, le dio un giro brusco, pateando al salvaje hacia atrás de manera que cayó muerto, tomó su arco y apuntó hacia adelante.

De pronto el panorama empeoraba. De los arbustos hacia el frente salieron cinco nómades más, se abalanzaron hacia notros tratando de impedir el paso; el valiente guerrero morfo inclinó el cuerpo hacia delante y saltó hacia la montura, tomó las riendas, apretó el paso del caballo, con su alabarda en mano cuál aguerrido caballero, su arma afilada cortaba el viento

Desde atrás se escuchó el zumbido de dos certeras flechas que se incrustaron en los ojos de dos salvajes que venían en formación de ataque, Caso blandió su arma de lado a lado dejando sin vida a dos atacantes, mientras que la montura pasaba por encima del último de ellos.

El certero arquero que nos acompañaba comenzó a disparar hacia atrás, mató a cinco más que planeaban emboscarnos y con una carcajada dijo:

—¡Tenemos el camino libre, continuemos nuestro viaje!

Seguimos andando unos kilómetros para estar seguros de no encontrarnos con más ataques sorpresivos, montado en el caballo, Caso jaló la rienda para detener la marcha. Al descender de la carreta, comenzamos a analizar los daños, primero comprobamos que Marián y Victoria estuviesen bien. Victoria la abrazaba fuertemente contra su pecho con una mirada afligida. Ya que vimos que se encontraban sin un rasguño empezamos a revisar la carreta que estaba llena de flechas, los costados con paredes de madera parecían una diana de alguna maloliente taberna, comencé a removerlas con cuidado, pues, tenían un gran valor en el mercado, como adornos para las casas y cantinas. Al analizar las flechas, Letter comprobó que se trataba de una tribu extremadamente violenta, que las usaban con plumas bicolor entre azul y rojo escarlata, además se les conocía por despellejar vivos a sus prisioneros, de manera lenta acompañada de mucho dolor. Decía Letter que sus dioses eran la muerte y el dolor en una especie de matrimonio extraño, que les exigía este tipo de sacrificios humanos; Caso comentó:

— Malditos salvajes, no tienen idea que, a estos enanos viajeros, nadie jamás habrá de despellejar.

El altercado nos había desviado del camino, al parecer nos inclinamos al norte, por lo que aquellas montañas ya bien conocidas por mí me revelaban un nuevo panorama. Aunque los viejos fantasmas del pasado estaban de regreso no muy lejos había encontrado a esa pequeña, la historia imposible sucedió muy cerca de aquel lugar, como para respirar con tranquilidad. Todo indicaba que las horas de viaje seguro se agotarían pronto, por lo que retomamos la marcha en este nuevo lado de la montaña. Continuamos por algunas horas cuando el sol comenzó a acostarse; la preocupación de los tres solo iba en aumento. Sin decir una palabra nuestro intercambio de miradas lo decía todo, volví a alentar a la montura para apretar el paso, llegamos al río Northfort, vimos una zona de donde se podía apreciar el fondo muy cercano y nos dispusimos a cruzarlo. Letter se movió, al parecer había sentido ese mismo escalofrío que yo, vimos salir humo por detrás de unos árboles, pensamos que sería el hospital que buscábamos, aunque Caso con voz ronca preguntó si serían otros malditos salvajes.

Llegamos a una especie de hacienda rodeada por una muralla de madera, aunque más bien parecía ser una cerca, desconfié, pues pensé que eso no mantendría alejados a los zogúraths. Conforme nos aproximábamos a la cerca empezamos a notar colmillos enterrados en los postes de madera, no cabía duda de que eran de esos animales despreciables. Nuestro miedo solo crecía, mientras en la entrada de la cerca había un arco con osamentas muy grandes, ninguno de los tres lo podíamos creer, el olor a sangre me remontó diez y siete años en el tiempo, estábamos pasmados, ni siquiera Caso, que es tan aguerrido, podía ocultar su incomodidad ante lo que estaba viendo. El tiempo apremiaba con los últimos rayos de luz, sin dudarlo entramos a la propiedad, podría describirse como un pequeño valle de muerte y desolación, el olor putrefacto de carne con sangre era insoportable.

Seguimos la senda hasta la casa que se encontraba en lo alto. No era una casa cualquiera, pues parecía una fortaleza, donde las ventanas se cerraban con grandes herrajes que ni veinte hombres podrían tirar, nuestras sospechas seguían en aumento.

— ¡Este lugar está maldito! Exclamó Letter mientras Caso le gritaba:

— Viejo amigo, este lugar no está maldito, sin embargo, no me da buena espina.

Caso bajó de la carreta, ahí Victoria llamó nuestra atención, pues Marián estaba teniendo convulsiones, nos apresuramos a ayudarle hasta que después de algunos minutos Marián quedó rendida de nuevo sobre la pequeña cama que habíamos improvisado en la carreta. Victoria abrió las cortinas por el frente y por detrás, los últimos rayos de luz comenzaron a iluminar el rostro de Marián, que parecía un ser celestial, durmiendo ya como si nada estuviera sucediendo, cuando la puerta de madera se abrió de manera repentina y violenta.

Un hombre con una estructura ósea bastante sólida, muy fornido, asomó entre el marco de la puerta, comparándolo con los pequeños aventureros que nos acompañaban parecía ser un roble al lado de un arbusto, su mirada era dura, mientras su mandíbula cuadrada le daba una forma muy peculiar a su rostro.

La forma en la que vestía era única, un jubón café a juego con sus pantalones, por encima de los hombros usaba una capa gruesa, era una piel de zogúrath. Colgaba un collar de su cuello, era de cuero grueso, con un colmillo al final, parecía ser el de un zogúrath. De repente me quedé helado, muerto tal vez; parecía que había viajado en el tiempo, no podía creerlo.

El pequeño Letter comenzó a hablar con este hombre, le contó que buscábamos, el hospital, se encogió de hombros sin emitir una palabra. El hombre comenzó a revisar con detenimiento la carreta, cuando pasaba por la parte de atrás vio esa cara angelical de la pequeña Marián iluminada por los últimos destellos de luz. Caso quedó receloso a manera de protección sin que el hombre notara su presencia. Es cuando con una voz grave, preguntó quién era la mujer, también qué era lo que tenía, logré articular palabra y comencé a contar la desafortunada historia. El hombre, sin quitar la vista de Marián, nos invitó a pasar.

Entramos temerosos con una combinación extraña de asombro por las paredes de madera, con columnas de piedra. Veíamos fragmentos de osamentas repartidas a manera de adornos, no nos atrevíamos a preguntar de dónde habían salido todos esos artículos hechos de partes de zogúraths, yo solo podía recordar el día que Marián llegó a mi vida. Nos ofreció una habitación para mi pequeña, la subimos; Victoria permaneció a su lado mientras los demás estábamos en la mesa junto a la chimenea con un puchero que olía delicioso. Primero nos dio indicaciones precisas de cómo llegar al lugar que buscábamos, pude notar que lo único que a él le interesaba era saber de Marián, ya con un poco más de valor debido a los hidromieles que nos había ofrecido, pregunté su nombre, contestó brevemente.

— Mi nombre es Balter.

En mi búsqueda de respuestas a la mayor interrogante de mi vida, comencé a contar aquella historia que tenía muchos años sin relatar; aquella de cómo había llegado Marián a mi vida. El hombre escuchó cada detalle, que me permitieron concluir sin interrupciones, también sin ningún asombro. Esta reacción jamás la había esperado, a esto agregué que había una extraña sensación en el aire, como si algo me llamara para acercarme en esa dirección.

Cuando el pequeño Letter, asombrado de lo que yo decía, comenzó a contar el acontecimiento que le sucedió cuando perdió un ojo. También escuchamos su historia pacientemente, ambos acordamos en que algo lo atraía a aquella zona. Al parecer Balter no mostraba ningún asombro a todo lo que le contábamos, como si la historia le resultara familiar. Interrumpí para preguntar de dónde había el sacado su collar y contestó con una risa sarcástica. El pequeño le dijo:

— Eres un mercader oscuro nadie tiene tantas cosas de zogúrath en un mismo lugar.

Balter volvió a reír, diciendo.

— No soy ni comerciante, ni mucho menos creo que sus historias son creíbles, pues esas sucedieron la misma noche. Letter me miró con asombro, mientras Caso escuchaba pacientemente.

—Aquella noche de invierno hace diez y siete años salí a cazar como de costumbre, quería preparar un puchero de zarigüeya, mi caza como siempre era normal, rutinaria. Cuando de pronto algo me trastornó, no sabía lo que sucedía, sin embargo, mi instinto me indicaba ir al río Northforth; Abandoné mi caza dispuesto a descubrir qué era lo que me atraía, fue cuando a lo lejos vi a una hermosa mujer que paseaba por el río, con una bebé entre sus brazos, envuelta con una manta negra con brillos dorados.

Era la mujer más hermosa que he visto nunca. A la distancia se escuchó un gruñido profundo, traté de llegar a su encuentro, lamentablemente al alcanzarlos el maldito animal ya la había matado. Comencé a forcejear con él, la lucha era cruenta, la pequeña quedó tendida en el suelo, su madre yacía muerta atrás de los matorrales. El forcejeo nos alejó un poco de la zona, pues temía por la pequeña, caí en una zanja, el animal al darme por muerto regresó a terminar su asesina labor. Cuando colgaba yo de una raíz seca, busqué la fuerza necesaria para salir e impedir el asesinato, de pronto vi un joven que, con la bebé en brazos, cruzaba desesperadamente, el río, unos metros más adelante justo cuando el zogúrath iba a alcanzarlos cayó al suelo abrazando a la pequeña.

Volví a la pelea dispuesto a eliminar al animal, algo se movió en los helechos cercanos, lo que me distrajo, aprovechó el zogúrath para darme un mordisco, como pude me recuperé, solo para alertar a ese pequeño para que corriera por su vida, ahora era demasiado tarde, pues le había sacado un ojo. Maté al animal de una certera puñalada en el corazón. Al ver que el muchacho seguía respirando, mientras la pequeña no paraba de llorar, me marché a dar sepultura a aquella hermosa mujer.

El silencio y la sorpresa se apoderó de nosotros, había encontrado a nuestro salvador, también a quien le debía mi vida. Tenía ya muchas respuestas, como es natural, también demasiadas preguntas, pero mi impresión era tal que no pude articular palabra.

—Como ven no soy un mercader oscuro, tiene mucho que no trabajo para esos pillos, aunque constantemente vienen a querer comprar artículos de zogúrath.

Los pequeños seguían boquiabiertos, a lo que Caso, como siempre sereno cuál tumba exclamó:

— ¡Gracias!, hombre misterioso, pues de no ser por ti la desgracia hubiese sido mayor.

La cena continúa con demasiadas preguntas, la que más nos asombraba era, ¿cómo alguien podía matar a un zogúrath?, los pequeños se dispusieron en guardia para resguardar la casa, para lo que Balter con otra carcajada exclamó:

—Ellos no se acercan, pues saben que su muerte será segura, duerman tranquilos pequeños morfos. En un tono burlón continuó: en mi morada estarán seguros.

Me quedé a solas con Balter, pues no sabía cómo agradecer lo que él había hecho por nosotros. También pensé que sería excelente para acompañarnos en los viajes, pues ahora estaríamos seguros de que ningún mercenario o salvaje se atrevería a atacarnos. Ahora con Balter de nuestro lado tampoco lo haría ningún zogúrath, le propuse acompañarnos, incluso le rogué para que lo hiciera, primero se negó rotundamente, burlándose a ratos. Traté de hacerle entender lo que Marián significaba para mí, es cuando me cuestionó:

— ¿Acaso ella es lo que más amas en el mundo?

Naturalmente, asentí, fue cuando con un tono más serio continuó:

—Si encontramos la cura para la pequeña, ¿jurarás que podré desposarla?

Quedé nuevamente asombrado, pensando en esas palabras que se clavaban como puñales en todo mi cuerpo. La sensación me retornaba al día que salvó nuestras vidas, en mi mente comencé a negociar. El médico me había dejado claro lo que sucedería de no encontrar una cura, sentí un escalofrío que recorrió toda mi espalda. *¿Será que, de hacer un trato con este hombre, podré acercarme a él más adelante y convencerlo de no desposar a mi hija?, de aceptar venir con nosotros, lo pondría en marcha, ¡ese sería mi plan a seguir!* Dudé por un rato más, hasta que llegué a la conclusión. *De cualquier manera, la vida de Marián era más importante que cualquier cosa.* Acepté el trato de Balter, quien se veía confiado de todo; aquella noche terminó en un juramento de honor.

CAPÍTULO 6

"Los secretos de Anán"

Aquella noche tomé la decisión más difícil de mi vida, a lo que mi amada Victoria no respondió muy bien. Como de costumbre le conté sobre la conversación y el pacto de caballeros que había hecho con Balter, sus ojos, aunque hermosos se llenaron de lágrimas a la vez que de mis labios salían las palabras, el rubor de su cara en esta ocasión era algo distinto, ya que esta vez lo que la ruborizaba era la ira aunada con decepción, nunca la había visto tan enojada en todos los años que llevábamos juntos.

—¡Peter S. Reisk! ¡Cómo pudiste siquiera pensarlo!

Su cara se transformó con una mezcla de enfado, preocupación, con detonaciones de tristeza.

—Es mi hija de la que estás hablando, lo más preciado que tenemos.

—Victoria sé que es lo mejor de nuestra vida, pero… ¿Acaso no es más importante la salud de nuestra hija, que cualquier otra cosa en esta existencia?

Buscando fuerza donde no tenía intenté hablar lo más sereno posible, por lo que continuó, esta vez con la voz completamente entre cortada.

— Es mi hija, no voy a dejar que un salvaje como Balter nos la quite, debe existir otra alternativa Peter.

— El trato ya está hecho, es un juramento de honor, sabes que el quebrantarlo sería motivo de consecuencias graves. Además, a este hombre le debemos la vida y también nuestra felicidad.

Victoria suspiró profundamente, tratando de calmarse, se sentó a la orilla de la cama, cubierta de una cobija hecha de algodón y lana, algo extraño de ver en los reinos humanos, parecía ser un trabajo digno de morfos.

— ¿Qué haremos, amor mío?

Las lágrimas se derramaban lentamente sobre las mejillas de mi amada, por una parte, sabía que era una locura haber hecho un trato así con Balter, pero por la otra este hombre sería de gran ayuda en el viaje. Por lo que nos apoyaría a cruzar la adversidad, tenía la esperanza de terminar esta pesadilla que estábamos viviendo. Algo dentro de mí me decía que había que correr algunos riesgos para volver pronto a Sinaystheia y continuar con mis planes de comercio, una vida tranquila al lado de mi hija, disfrutando de la compañía del amor de mi vida, de pronto me atacó un sentimiento de hastío, recorriendo todo mi cuerpo. De alguna manera sabía que era el culpable de todo lo que le sucedía a mi hija.

— Hermosa Victoria, entiendo tu preocupación,

pero en ocasiones vale la pena arriesgarlo todo con tal de conseguir la salud de tus seres amados. Es un riesgo que debemos tomar, recuerda lo que nos dijo Waggon, no hay cura para esta desgracia que nuestra hija está sufriendo.

Odiaría tenerlo que decir en voz alta, aunque por dentro la incertidumbre me mataba, sobre todo porque no sabía cuánto tiempo me quedaba a lado de Marián.

—¡Cancela el trato, no te dejaré hacerlo!

¡Victoria estaba furiosa, nunca la había escuchado gritar de esa manera! Todos en la hacienda de Balter se exaltaron, no pasaron ni diez segundos cuando nuestros pequeños amigos se aparecieron fuera de la habitación en la que estábamos.

—Peter, amigo mío, ¿todo se encuentra bien?

Se escuchó la voz de Letter, quien hablaba a través de la rendija de la puerta, y murmurante la voz de Caso que, como ya era costumbre, refunfuñaba.

—No seas entrometido moag, no deberías de meterte en los asuntos del corazón de los demás.

En ese momento se me partió el corazón, ya que Victoria rompió en llanto, Letter irrumpió en la habitación, lo que consideré fue un acto desconsiderado e impulsivo.

—Ya, ya, calma joven amiga, no hay por qué preocuparse, recuerda que todo problema tiene una solución.

Desde el marco de la puerta Caso observaba, aunque después de un rato decidió pasar, haciendo una rabieta a la vez que reclamaba a Letter por su tan imprudente acto. Todos discutíamos sobre la charla que había tenido con Balter aquella noche, en un momento dado nuestras voces se anteponían. Los pequeños morfos levantaban la voz para dar su opinión, era increíble que, a pesar de su estatura, pudieran gritar tan fuerte. Caso tomó acción, poniendo "sobre la mesa" los puntos importantes acerca el tema, mientras Letter seguía consolando a Victoria, haciéndole saber que teníamos su apoyo, también que harían lo posible para ayudar.

— Moags es conveniente que durmamos un poco, ya que nos espera un viaje agitado, no se preocupen de nada, puesto que estoy seguro de que lo que ahora parece una tragedia, pronto pasará.

Era extraño escuchar a Caso hacer un comentario tan optimista. Letter continúo hablando y lo que dijo me pareció extraño.

—Puede ser que haya esperanzas, realmente pienso que debemos mantenernos optimistas, algo me dice que pronto obtendremos respuestas acerca de la picadura que sufrió nuestra valiente joven. Después de todo da la impresión de que sabremos más acerca de lo que le ocurre. Todos se retiraron, entonces pude hablar sensatamente con Victoria.

— Entiendo tu preocupación, pero esta es la oportunidad que tenemos para hacer un viaje más rápido. Con Balter de nuestro lado reduciremos el tiempo y entre más pronto comencemos, mayores posibilidades tendremos de salvarla.

— Amor mío disculpa la forma en la que te hablé, es nuestra única hija, temo perderla Peter.

— Lo sé, estoy consciente de que es arriesgado, pero tenemos que considerar la posibilidad de que tal vez no sobreviva.

Victoria mordió su labio en seña de preocupación, me abrazó asintiendo con la cabeza, en el fondo sabía, al igual que yo, que haríamos todo lo posible para salvarla.

No pude conciliar el sueño, ya que no dejaba de darle vueltas al asunto buscando incesantemente alternativas. Finalmente, después de cavilar tanto tiempo el sueño me ganó, aunque intranquilo pude dormir un poco antes de retomar el viaje.

A la mañana siguiente, bajamos a la estancia; Letter y Caso hacían guardia, solemnes e incansables. Como siempre pude darme cuenta de que contaba con esos dos. Nos sentamos en la mesa de madera, una especie de marmita hecha de peltre hervía sobre el fuego, hice una seña a Letter y Caso para que se acercasen al comedor. Una voz tanto lúgubre como estruendosa interrumpió nuestra discusión.

— ¡El desayuno está listo!, veo que durmieron como vástagos en cuna de plumas. Era Balter, el silencio inundó toda la sala, mientras el corpulento hombre soltó una carcajada sarcástica.

— *Me pregunto ¿por qué estará tan tranquilo?*

Quería añadir algo más a lo que decían a Letter y Caso, pero Balter volvió a interrumpir, con lo que continuó:

— Qué bueno que lo que vale hoy día es la palabra y el honor.

Volvió a reír. El desayuno transcurrió con un silencio sepulcral, nuestra comunicación se limitó a un intercambio de miradas que no podría describirse más que como un silencio incómodo. Acordamos partir en dos horas. El viaje se reanudaría pronto. Letter y Caso agradecieron por la comida y terminaron de empacar la carreta, mientras nosotros subimos al cuarto de Marián a avisarle que pronto partiríamos. Al abrir la puerta notamos que Marián estaba ya completamente preparada para nuestro viaje.

— ¡Padre! Ningún trato habrá de cancelarse.

Bajamos al salón de aquella hacienda, tanto Victoria como yo nos adelantamos; la dulce voz de Marián vino desde el vestíbulo. Caminó hacia nosotros; firme y decidida nos miró a todos.

—Es mi vida de la que estamos hablando, ¡si lo que tengo que hacer es casarme con Balter, lo haré!, como siempre dices padre: *en ocasiones se debe ser valiente, si bien es necesario tomar los riesgos, para mantenernos a salvo.*

Un silencio se produjo en la sala, todos estábamos atónitos por el valor que presentaba Marián pese a su condición. Al ver a Balter noté una sonrisa de satisfacción en su rostro.

En ese momento dejamos North Valley, dirigiéndonos hacia el sur. Cruzamos el río Northfort por un claro de piedras y en cuestión de horas llegamos al camino que subía la montaña donde se veían las murallas como la de cualquier taberna, con la diferencia de que la bandera que ondeaba era blanca con una cruz roja.

Salieron un par de guardias para cuestionarnos acerca de nuestras intenciones en el lugar.

Saqué un pergamino en el que estaba escrito de puño y letra del médico Warren Waggon. Uno de los guardias gritó:

— ¡Abrid las puertas, dejad pasar a esta diligencia!

Dejamos a *Ferdinand* en el establo, ese era el nombre con el que Marián llamaba cariñosamente a nuestra montura.

Entramos en el hospital, preguntando por el doctor Zilerd, del que nos habló Warren; aunque por el momento se encontraba atendiendo una urgencia fue el boticario en turno quien tomó el escrito que le envío Warren y parecía un epitafio. El médico perdió color, y desapareció a toda prisa para buscar ayuda.

Durante un rato estuvimos sentados en los cómodos sillones del lugar, mientras Marián se encontraba en una habitación, donde había muchos miembros del personal. Atrás de la barra había una puerta que se abrió de par en par dejando entrever el interior, donde muchas personas iban y venían. Era curioso, pues parecía un pequeño ejército ordenado, desde el pasillo se apersonó un médico, parecía ser el que buscábamos, se nos acercó, le entregamos el pergamino al galeno Zilerd, quien lo tomó rápidamente. Comenzó a leerlo y también palideció, nos dijo que afortunadamente estaba de visita la doctora Pirla Ferrum, la mejor del reino humano. De manera precipitada marchó a buscarla, llegó una mujer mayor de estructura normal, y cabello corto. Denotaba un carácter fuerte. Sin presentarse propiamente dijo:

— Cuéntenme qué ha sucedido.

Comenzamos a rememorar aquella historia horrible que ocurrió en Eulín; mientras la contábamos ella lanzaba muchas preguntas: sobre el zogúrath, características, peso aproximado; continúo preguntando, pero ahora sobre Marián, escuchó hasta la última palabra sin decirnos nada, se marchó a ver a Marián con Zilerd siguiéndola.

Letter apresuradamente le llamó a Zilerd para entregarle los frascos que contenían el veneno y el aguijón, así desaparecieron en la habitación.

Las horas transcurrieron muy lentamente, tratamos de entrar a la habitación; Zilerd nos pidió que nos retiráramos a la sala de espera. Por lo que pudo apreciar Victoria, nuestra pequeña jadeaba y se movía descontroladamente. La doctora Ferrum la detenía para controlarla, mientras le suministraba unas pastillas con las que Marián quedó inquietantemente inmóvil.

Dos horas después la doctora Ferrum salió de la habitación tal cual había entrado, con la misma expresión, sin siquiera inmutarse por lo sucedido. Se dirigió a nosotros, ordenando que los demás se retirasen.

— ¿Qué tiene nuestra hija?, dígamelo, no puedo con la agonía.

La doctora comenzó a explicarnos.

— Como ustedes saben existen zogúraths, pero no todos son iguales, algunos son más fuertes, rápidos, también los hay malditos, a estos les llaman legendarios, pues casi nada se sabe de ellos. Algunos desarrollan venenos que han arrasado con piquetes de soldados de forma instantánea; con muertes horripilantes y desgraciadas, al parecer su hija es distinta, pues además de que ha sobrevivido, parece que tiene cierta resistencia. Seré muy sincera con ustedes, la verdad su hija no entiendo por qué sigue viva. En realidad, no hay nada que hacer.

La tensión del ambiente aumentaba conforme la doctora Ferrum hablaba. Pirla Ferrum tallaba sus manos una contra la otra, al parecer estaba pensando o procesando algún tipo de información, entonces el silencio se rompió cuando ella exclamó.

—¡Esperen un momento!, tengo un viejo colega en la parte sur de Anán, que tal vez podría saber un poco más. Les daré medicamentos que ayudarán a bajar la fiebre, reducir las alucinaciones, controlando las convulsiones; pero nada de esto le ayudará de forma definitiva, es probable que muera y solo tienen medicamento para dos meses. Después de este tiempo su corazón finalmente cederá, muriendo desangrada de la peor forma.

Victoria no lo pudo evitar, tras escuchar lo que aquella doctora dictaminaba rompió en llanto. Se abrazó fuerte a mí, los demás acudieron rápidamente para enterarse del oscuro diagnóstico, la doctora volvió a interrumpir diciendo.

— Ahora pueden pasar a verla, lamento mucho que las cosas sean así. Pobre niña, seguramente tenía mucho porque vivir.

Entramos a la habitación; el ver a Marián de esa manera me partía el corazón, es una escena tan horrible como difícil de describir: tumbada en la cama de aquella taberna/hospital ardía en fiebre, de pronto el momento se volvió solemne. Letter y Caso se encontraban como siempre deteniendo a Victoria quien estaba en estado de shock, Balter detrás de ellos observando cuidadosamente lo que sucedía. De pronto Marián empezó a balbucear, parecía estar entre sueños y alucinaciones.

Al principio era lastimoso, nada podía distinguirse, después comenzó a hablar como si nos relatara otra realidad en la que estaba inmersa.

—Unos ojos ámbar me están mirando tras aquellas rocas, la curiosidad me está venciendo, puede más que yo, me acerco lentamente para ver qué es lo que se esconde en el fondo de aquella cueva. Tengo frío, siempre hace frío, cala mis huesos, tanto que no puedo moverme. Deseo la hoguera caliente de casa, en este momento, pero ya es tarde, el dolor en mi espalda punza cuál puñales que se encarnan, aunque me duele más el espíritu que se me está partiendo en este momento en el que profundizo en aquellos ojos ámbar.

Me estoy hundiendo en las profundidades de este lago, al fondo solo se veo oscuridad. El abismo y agua pulverizándose a mi alrededor, cae desde el cielo. Se ve como una trágica lluvia, solo puedo escuchar gritos y lamentos a la lejanía. Sigo hundiéndome en aquel abismo infinito, como lo es el ver el cielo por las noches, pero sin estrellas, tengo frío nuevamente siento que mi alma abandona mi cuerpo, estoy atrapada en la oscuridad.

Súbitamente, nuestra pequeña volvió en sí, todos estábamos paralizados, nos miró y rompió en llanto. Solo la abrazamos, entendíamos perfectamente lo que había sucedido en aquella cueva. La noche transcurrió en vela, al pasar la media noche acordamos hacer turnos para cuidar de Marián. Victoria, quien estaba muy cansada no dejaba de abrazarla.

—Victoria, vayamos afuera, Letter y Caso se encargarán mientras tanto.

—No deseo moverme de aquí Peter, ¿podrían dejarme estar un momento más con ella?

Se dirigió a los morfos, quienes entendieron inmediatamente que Victoria no abandonaría la habitación.

—Vamos Letter, es momento de que nuestros amigos tengan privacidad.

Letter, Caso y Balter salieron de la habitación, Victoria me hizo una seña para que vaya con ellos.

Sentados en la parte de abajo, que hacía de comedor, pedimos algo para comer. Quien atendía nos trajo un lechón a la leña y una jarra de hidromiel, acompañado de cuatro tazas de tizana hecha con una planta para calmar los nervios, así empezamos a planear el trayecto. Saqué de una bolsa mi tintero y una hoja de pergamino transparente, por supuesto los mapas que había trazado a lo largo de todos mis viajes por Imphéria.

—La ruta más lógica, amigos, es pasando por Epizéa subir hacia el bosque Evergreen y alojarnos una noche en el Orgullo de Anán, continuar hacia Gedia, donde nos abasteceremos. Un viejo amigo nos dará lo necesario para continuar. Señalé la ruta trazando un nuevo mapa a lo que Caso agregó.

— Moag Peter, ¿puedo sugerir una ruta, que tal vez ustedes desconozcan? Muy seguro de lo que decía el férreo guerrero continuó.

—Al este de D'ynami existen dos posadas que se encuentran muy cerca de las ruinas, de lo que en sus años de gloria fue la gran ciudad de Rothúm, ahora conocida como Las ruinas de Rothen, el cementerio de los caídos.

Atentamente, escuchábamos a la vez que Caso trazaba sobre la hoja de pergamino transparente, Letter advirtió que sería peligroso pasar por ahí, ya que Rothen era territorio Ananíta.

— Hermano, viejo loco, recuerda que esa zona es peligrosa, ya que se dice que, al sur de las ruinas del cementerio de los caídos, puede existir un zogúrath tan peligroso como el que hizo que nos encontremos en esta situación. Me gustaría sugerir moag Peter una ruta alternativa, si me lo permites. Asentí con la cabeza a lo que Letter continuó.

— Recomiendo ir a D'ynami saliendo por el paso de los dioses; se encuentra al sur de nuestra capital, si bien nos llevará tres días más es más seguro, saben eso solía ser Shipet Kraus, no hay ruta más segura que esa.

Con una expresión llena de molestia Caso se dirigió a Letter de una forma no del todo amable.

— ¡Nuevamente, te basas en las historias de aquel

loco de Millers, no sé por qué le tienes tanta fe a aquel dañado hombre! Si es que a eso se le puede llamar "un hombre", lo único que sé, continuó de forma un poco más sensata:

—Es que confió en ti, viejo amigo, si dices que el paso de los dioses nos llevará salvos, entonces que así sea. Caso levantó la copa, hablando en idioma morfo dijo:

— *Vidum, liberta, Moag ventur Jarem*. Salud por los amigos, bienaventurados a la vida y a la libertad.

A la mañana siguiente dispuestos a emprender la ruta trazada aquella noche de primavera, nuevamente nos encontrábamos prontos para salir. Cuando la doctora Pirla Ferrum se acercó a nosotros.

—Buenos días, señores, espero que pasaran buena noche, ahora tienen el tiempo contado hasta encontrar algo que pueda ayudarles a curar a su pequeña.

Les revelaré un gran secreto de nosotros los médicos. La ruta que usamos alejada de los peligros y conflictos principales, deben dirigirse a Epizéa, bajar a la parte sur de la ciudad de Épizon, cuando lleguen a las montañas que se encuentran con el río de oro y plata, ahí caminarán por la orilla de la montaña hasta encontrar un pequeño puente de madera que los llevará a tierras Ananítas.

Deberán llegar caminando a la muralla por la orilla del río, donde encontrarán que tiene unas rocas superficiales por las que podrán cruzar. Al frente se encuentran las ruinas, ustedes seguirán la vereda del río, de manera que después de un par de días, lograrán llegar a la pequeña ciudadela donde mi amigo se encuentra. Es un poco loco por lo que vive en una cueva cerca de unas cascadas. Entréguenle el pergamino que les doy en un sobre cerrado, no deberá de abrirse por ningún motivo. Ahora, si por alguna razón son capturados por los Ananítas, destrúyanlo, pues nadie deberá saber nunca el contenido de esto.

Agradecimos a la doctora Ferrum, ahora continuaríamos el viaje. Aunque a Balter le pareció una locura descabellada, sabíamos que con la montura solo tardaríamos cinco días en llegar. El tiempo estaba en nuestra contra, cualquier atajo era tan valioso como diez mil sacos llenos de oro.

Tomamos nuestro camino de manera apresurada, en Epizéa adquirimos las provisiones necesarias, estábamos en una carrera mortal. Si bien Marián parecía sentirse mejor. Victoria no dejaba que se moviese para nada, ya en Épizon, cruzamos la ciudad a toda prisa, pasamos la noche en una pequeña posada en la parte más cercana al sur de la ciudad. Podíamos ver las grandes montañas que nos protegían de los Ananítas como una barrera natural, parecía que la naturaleza estaba en contra de los conflictos.

El sol estaba en su esplendor, era temprano por la mañana cuando llegamos a la orilla del río, tuvimos que bajar de la montura. Llegamos hasta el puente que la doctora Ferrum nos había descrito, lo cruzamos uno a uno de manera cuidadosa, la corriente era intensa y rápida, chocaba con algunas piedras superficiales, que hacían unas salpicaduras de agua impresionantes. Llegando a la otra orilla continuamos por la ribera. Estábamos ya en tierras Ananítas, el atardecer estaba pronto, encontramos una pequeña taberna para pasar la noche. Mencionamos que veníamos de Anán y nuestros pequeños amigos morfos entraron con capas que ocultaban de alguna manera su verdadera identidad.

Después de cenar e instalarnos, vimos desde las ventanas el río que parecía un hilo de plata que se extendía en el horizonte hasta donde la vista alcanzaba. Aquello era una vista inigualable. En otras condiciones hubiésemos disfrutado de este hermoso paisaje, Marián veía atónita el horizonte sin lograr conciliar el sueño.

Unas cuantas horas después retomamos el camino, Balter sugirió que saliéramos de la taberna en la madrugada para aprovechar el tiempo, era arriesgado, aunque lo era más no apresurarnos. Preparamos la montura, a la vez que nos alistábamos para recorrer el camino, aunque esta vez desconocido para casi todos nosotros. Dentro de la taberna la actividad continuaba. Permanecían unos cuantos borrachos de turno que seguían bebiendo, son los típicos que vagan de posada a taberna, en el camino consiguen algunas monedas, llegan a los lugares con el espíritu roto y la actitud cabizbaja.

Detrás de la barra estaba el tabernero bastante molesto porque llevaba toda la noche ahí. Su cara estaba llena de agujeros, sus ojos eran castaños, pequeños, su nariz era puntiaguda, lo poco que le quedaba de pelo era tan delgado que parecía que se desprendería en cualquier momento. Nos sentamos Letter, Caso, Balter y yo en una mesa de madera rodeada de bancos, la conversación fluía.

— ¿Quién será el amigo de la doctora Ferrum?, tengo curiosidad acerca de la información que podrá proporcionarnos.

Me dirigí a los dos morfos, quienes me observaban detrás de las capuchas que Victoria añadió a sus capas para guardar su identidad, lo hice un tanto para continuar con la plática. Aunque también para romper el hielo, ya que todos estábamos un tanto serios. Letter observaba con atención todo lo que sucedía, volteando a ver a Caso; cualquiera que no los conociera pensaría que aquello era una conversación común y corriente, pero cuando los vi podría jurar que se estaban comunicando solo con la mirada.

— Peter, sea lo que sea que nos diga el individuo que conoceremos, seguramente será útil para encontrar alguna pista para resolver esta situación.

Caso hablaba entre susurros para no revelar su verdadera identidad, ya que era riesgoso debido a que nos encontrábamos en el corazón de las tierras Ananítas.

Para ese momento de la madrugada el tabernero nos observaba curiosamente, tratando de descubrir los rostros detrás de las capas de mis amigos morfos.

— Me gustaría comprar algunos productos para comerciar en el próximo pueblo, aprovechando que nos encontramos en estas tierras.

Dije a todos en la mesa a la vez que les platicaba un

plan que había estado desarrollando a lo largo del viaje.

— Sería muy bueno tener una caravana que lleve las materias primas de pueblo en pueblo: veinte carretas acompañadas de un piquete de doce hombres por carreta. Quiero adquirir una montura hembra para que se reproduzca, teniendo así más monturas, reduciendo los tiempos de viaje y acelerando la entrega.

Continúe hablando con quienes ya consideraba mis amigos. De pronto de la oscuridad detrás de la capucha azul cocida en la capa de Caso, lanzó una seña con los ojos, acompañada de una más con las manos, Letter nuevamente entendió lo que Caso quería decir, miré por encima del hombro para encontrarme con dos hombres que nos observaban fijamente y estaban muy pendientes de nuestra conversación.

Victoria llegó junto con Marián a la mesa, entonces cambiamos el tema, por supuesto no queríamos seguir llamando la atención. Grunem, el tabernero se acercó atraído por nuestra charla y comentó algo interesante.

—Son muy osados amigos viajeros, es una gran hazaña venir aquí y creer que nadie descubriría la intención de su viaje, ¿quieren derribar nuestro comercio?

Lo que el tabernero había escuchado era tan poco común, que nos podrían matar en ese momento, curiosamente los extraños habían ya desaparecido.

— Si quieren que su viaje termine bien y encontrar lo que están buscando, les aconsejo ir hacia las ruinas de Rothen, ahí tal vez podrán encontrar a un viejo comerciante, aunque ya está totalmente loco, si tienen un poco de suerte puede que les dé alguna pista acerca de lo que están buscando, tengan mucho cuidado, ya que aquí las paredes escuchan. Deben de ser prudentes, pues en estas tierras hay poderes ocultos de los que poco se conoce y mucho se debe temer. Algo más deben saber, misteriosos hombres frente a ustedes podrán aparecer, de los horrores del mundo a la logia roja, todos debemos temer.

Nos apresuramos a liquidar nuestra cuenta con Grunem para marcharnos. Montamos pronto la expedición en dirección al médico. Llegamos al medio día donde los rayos del sol se reflejaban y colaban entre la magnífica cascada. Entre las rocas pudimos ver una entreteja de madera que se abría como abanico el agua.

Nos acercamos para llamar a la puerta rápidamente. La ciudad estaba, según la doctora Ferrum, muy próxima. De pronto la puerta se abrió, un ser muy particular atendió. El hombre era pálido y esquelético, nos hablaba con palabras un poco extrañas y nos costaba trabajo entenderle. Le indicamos que veníamos de parte de la doctora Ferrum, le entregamos los sobres. Sus ojos comenzaron a abrirse hasta parecer dos bolas de cristal y súbitamente enmudeció… Con una seña nos invitó a pasar.

CAPÍTULO 7

"El habitante del castillo de ónix"

El escuálido hombre descorchó una botella de un extraño brebaje de color lila. Se estiró para bajar de la repisa un vaso de madera, lo sirvió y se sentó en los sillones acomodados en un semicírculo. Nos miró fijamente durante un rato, poniendo la boca en forma circular como si quisiese decir algo, pero luego llevaba su mano hacia su mentón, como pensando un poco más. Bebía un sorbo del destilado, nos observaba, repitiendo la acción una y otra vez, hasta que por fin se decidió a hablar.

— Tenemos una situación un poco delicada

Tomó el sobre de la doctora Ferrum, abriendo con cuidado el sello de cera, leyendo la carta, debajo del pergamino se encontraba el escrito de Warren Wagon, con detenimiento comenzó a leer todos los documentos, los gestos de su rostro no hacían más que empeorar. Sin dilatar mucho nos instruyó para que fuésemos inmediatamente a ver a los médicos de la corte del rey de la legión morfa. Nos entregó un blasón, tomando un nuevo sobre, añadiendo a los pergaminos uno escrito por él, con instrucciones.

— Ahora deberán dirigirse hacia D`ynami, tomando las grutas de Anán, pararán en las montañas del sur, donde las heladas cubren los techos de tabernas y mesones. Las estaciones parecen estar detenidas, deberán tener cuidado, ya que las cosechas se congelan. Es bien sabido que el tipo de zogúraths que ahí habitan detectan el calor de sus presas… Algo más, subirán la vereda del promontorio, en donde encontrarán una cueva que se conecta al otro lado, entren con antorchas para mantener el calor, puesto que es gélido el corazón de la montaña.

Emprendimos el viaje, agradeciendo al escuálido hombre, que lo que tenía de delgado lo tenía de extraño.

— Por cierto, ¿cuál es su nombre?, preguntó Letter.

A lo que respondió:

— Eso es lo de menos en este momento, marchen ahora, espero puedan llegar antes del anochecer a su destino, recuerden tienen el tiempo en su contra, ahora parece estar bien, pero su joven hija pronto empeorará, dense prisa.

Salimos rápidamente de la cabaña emprendiendo nuestro nuevo viaje.

Unas cuantas horas de viaje después, llegamos a la ciudadela Pragonus, tomamos el camino hacia el sur empezando a recorrer la vereda que nos llevaría a la cima de la montaña; al atardecer estábamos al pie de esta. El paisaje desde arriba era magnífico, las cabañas de Pragonus, se divisaban a lo lejos llenas de hielo en los techos, cabalgamos por cinco kilómetros y nos encontrábamos con la entrada de aquella caverna, la cual, hacía perfectamente honor a su nombre, nos encontrábamos en Las grutas de Anán. Letter y Caso, cortaron trozos de tela de lino que colocaron sobre palos, amarrándolos con hilo de cáñamo, de una bolsa sacaron un destilado de alto contenido alcohólico que utilizaron para remojar la tela, añadieron grasa de animal a la mezcla. Mientras yo preparaba bolsas con madera, provisiones y demás utensilios necesarios para pasar la cueva.

— Bueno, amigos, creo que estamos listos para continuar.

Letter se escuchaba entusiasmado por la nueva aventura que nos esperaba, a lo que Caso asintió. Balter con un tono de desdén, habló después del silencio que guardó durante casi todo el camino.

— No lo lograremos viajando juntos, no puedo exponer la salud de Marián, saben bien a qué me refiero.

Añadió con un aire de valentía, Marián observaba cómo Balter la admiraba. En ese momento vi que Balter observaba a Marián de un modo completamente distinto a como se comportaba con el resto. Marián lo observó de vuelta, devolviendo su gesto de valentía con una pícara sonrisa.

—Sugiero que nos separemos, pero Marián vendrá conmigo.

Negué con la cabeza al comentario de Balter:

— ¡Eso no sucederá mientras yo viva!, en todo caso iré con ustedes por el paso de las grutas. Letter, Caso les encargo a Victoria, cuídenla como el tesoro que representa para mí; viejos moags, ¡no sé qué tienen, lo único que sé es que puedo confiar ciegamente en ustedes!

Los morfos asintieron, mientras Caso imperativamente indicó a Letter.

— ¡Andando, es hora de una nueva aventura!, entrégales el blasón para que puedan entrar rápidamente a D`ynami, nosotros ya nos las arreglaremos. Me miró y con un tono confiado me dijo.

— Nos veremos en el castillo del rey, ¡andando!

Dieron unos cuantos pasos, mientras que Letter, chasqueó los dedos como si recordara algo.

— Por cierto, Peter, cuando entregues el blasón, dirás que nosotros estamos en camino, también que convocamos una reunión urgente con el rey Yiruz Nothabol de la legión morfa perteneciente a la casa *Zaer*, con esto el rey los recibirá de inmediato.

Partimos Balter, Marián y yo al interior de la caverna, mientras Letter, Caso y Victoria, recorrían el camino guiando la carreta. La caverna se estrechaba conforme caminábamos. Las paredes de roca helada calaban los huesos, se podía ver el vapor de agua saliendo de nuestras bocas al respirar, del techo se veían unas afiladas lanzas de hielo que, son el movimiento, podrían caer en cualquier momento, nos movíamos cautelosos por la cueva mientras Marián se emocionaba cada vez más, hablaba con Balter sin cesar y parecía de pronto hasta juguetear con él, obviamente mi irritación crecía a medida que los notaba cada vez más cercanos. El desdichado aprovechaba cada oportunidad para demostrar su superioridad frente a los demás.

Marián acercaba la antorcha a las paredes congeladas, de las cuales las gotas de agua comenzaban a precipitarse, pero conforme avanzaban se volvían a congelar, eso me sorprendía. De pronto nos detuvimos al escuchar un estruendo en la tierra que movía toda la cueva, parecía un lamento profundo de un ser milenario que anunciara el mal y la destrucción, cuando esto sucedió decidimos pegarnos a las paredes de la caverna, es cuando las lanzas de hielo comenzaron a caer sobre nosotros. Es inimaginable el poder de este mundo. En cuanto el movimiento cesó, empezamos a comprobar que la caída del hielo se detuvo, aunque seguía oscilando sobre nuestras cabezas, un largo trozo de hielo se precipitó de manera repentina. Nosotros no lo notamos, apenas sentimos el fuerte empujón de Balter que se había lanzado para ponernos a salvo. No podía creerlo, una vez más había salvado nuestra vida, me levanté rápidamente. Balter soltó una fuerte carcajada, entre las risas burlonas se insinuó hacia mí diciendo entre dientes.

— No estaré siempre para salvarte. Con una voz susurrante y burlona continuó:

— Tienes suerte de que está Marián presente, de lo contrario es probable que no lo estarías contando.

Marián con gran molestia volteó hacia Balter, entrecerrando los ojos con una mirada tan profunda como penetrante, inmediatamente Balter lo entendió, se quedó callado y durante una hora no dijo una palabra.

Tres horas después, vimos un halo de luz que se asomaba al fondo de la cueva. Apretamos el paso, al salir a lo lejos se veía el castillo de ónix, con su espléndido brillo a la luz del atardecer. Nos quedaba muy poco para llegar a D`ynami. Por fin se resolvería la incógnita que hace años llego a mí, ¿cómo será quien habite ese castillo?

Caminamos unos cinco kilómetros hasta que llegamos a las enormes puertas principales de la capital; sus adornos eran algo impresionante. A comparación de las otras entradas que daban acceso se notaba el esplendor y el lujo.

A la entrada vimos a una pacificadora quien, gritando y con un gesto de desaprobación, regañaba a los guardias. Queríamos acercarnos para pedir la entrada, pero a la vez no deseábamos interrumpir la acción correctiva que estaba aplicando a los miembros de la guardia de la puerta.

—Es ridículo, ¿por qué lo dejaron escapar? Son una manada de lobos, aunque inútiles. Nadie en mi guardia puede hacer un acto tan deplorable. ¡Debería mandarlos a la horca, por su estupidez! No merecen la guillotina, esa sería una muerte rápida ¡aprésenlos ahora mismo!

Los guardias vestían con una armadura color azul grisáceo que, por supuesto, los diferenciaba. Parecían ser de la guardia real. Hicieron caso a la pacificadora morfa que estaba furiosa ante una situación desconocida para nosotros.

Los guardias marcharon en una procesión silenciosa. Adentrándose en las profundidades de la ciudad. La pacificadora se retiró el casco. A pesar de ser una morfa era una de las más bellas que había visto. A diferencia de lo que por lo general se ve en la raza de los morfos su nariz no estaba tan desviada, incluso se podría decir que era muy atractiva. Aunque, claro, su carácter fuerte no le hacía justicia. Su cabellera era de un color rojo brillante y su cara llena de pecas combinaba con sus ojos color ámbar, su cuerpo estaba tonificado. Pero lo que más llamaba la atención era su estatura, mediría un metro y medio, eso es mucho decir y más porque los morfos en general medían diez centímetros menos. Algo en su cara se me hacía familiar, aunque por las prisas no logré distinguir qué era. Nos acercamos cautos, pidiendo la entrada a aquella mujer de la guardia morfa, misma que empezó a cuestionarnos diciendo:

— ¿Qué los trae por aquí, viajeros?

Balter la observó de pies a cabeza y comenzó a hablarle.

— ¡Hemos venido desde tierras muy lejanas! La situación es algo delicada señora. La guardia frunció el ceño en señal de molestia, por la forma en que Balter se dirigió a ella.

— ¿Podría usted disculpar a nuestro amigo, noble guerrera?

Le dije a la dama en cuestión. Quien muy molesta

por la situación tenía su mano cerca de la empuñadura de su espada. Rápidamente, saqué el blasón; entonces la pacificadora cambió su semblante, tambіén soltó la empuñadura de su arma. Se presentó formalmente.

— Soy la general de la guardia real de D`ynami, protectora y encargada de la seguridad de todas las murallas que ustedes pueden ver. Mi nombre es Ferrovitz W. Letter.

Nuestro semblante palideció. Marián me miro con cara de asombro, mientras que al voltear a ver a Balter este reía a carcajada limpia.

— ¿Qué le parece tan gracioso, inmundo humano? Recuerde que el respeto en esta ciudad lo debe usted a nosotros.

Balter sin parar de reír exclamó:

— Es usted igual a su padre, pero tiene el humor de Caso.

La pequeña morfa preguntó entonces por Letter y Caso.

— ¿Es posible que ustedes tuviesen el honor de conocer a mi padre y a mi tío Caso? ¡El admirable capitán general de la élite de nuestra amada legión! Y por supuesto al general de esta, me refiero a mi padre.

Sus ojos brillaron, denotando la admiración que tenía hacia nuestros pequeños moag. Expliqué a la hija de Letter que no solamente teníamos el honor de conocerlos, sino que nos acompañaban en nuestro viaje. Por otra parte, conté en resumidas palabras lo que había sucedido hasta ahora.

— Lamento mucho escuchar lo que está sucediendo señor Peter. Apresurémonos a llegar al castillo del grandioso rey Yiruz Nothabol. Estoy segura de que pronto encontraremos la solución al problema.

Inmediatamente, ordenó a un piquete de cincuenta soldados ir al encuentro de Letter y Caso para así escoltarlos como merecen hasta el castillo.

Victoria

Mientras todo esto sucedía en D'ynami. En el sendero de Pragonus rumbo a la cuna de la legión morfa, nos encontrábamos Letter, Caso y yo cabalgando prontamente hacia el este. Letter y yo conversábamos alegremente. Caso tomaba firmemente las riendas del caballo apretando el paso para llegar pronto a nuestro esperado encuentro. Repentinamente, los soldados de la armada marchaban en perfecto orden hacia la montura. *Ferdinand* se inquietó al ver a los hombres marchar y frenó de golpe, comenzando a relinchar. Caso se estiró para tocar la coronilla del animal; por supuesto por su estatura solo logró alcanzar la parte anterior de la cabeza, acariciando suavemente la crin del noble *Ferdinand*. El caballo se relajó por sentir la firme mano del que ahora era su jinete.

Los caballeros descendieron y se inclinaron ante los grandes generales. Me quedé atónita al presenciar los honores que rendían los armados de la legión morfa.

— Bienvenidos a su reino generales. Dijo el capitán con la más respetuosa voz. Adelante nos espera la mitad de la diligencia. Tenemos caballos que rinden tributo a sus honorables personas.

El general hizo una seña e inmediatamente descendieron tres guardias. Letter con su ya conocido carácter afable me ofreció cabalgar en la primera de las tres monturas que los guardias ofrecieron a los dos generales.

El caballo era blanco, su pelaje brillaba haciendo notar sus tonos plateados.

— Gracias moag. Es la primera vez que Letter y Caso me escucharon decir "amigo" en idioma mórfico. Lo cual les alegró y sorprendió bastante, al igual que a todos los soldados presentes.

Me sentía digna de una historia de caballería, princesas y reyes, montando aquel magnífico corcel. Letter y Caso tomaron los otros dos caballos. Con una cabalgata digna de sus rangos militares avanzaron por el sendero. Los tres soldados que tan amablemente nos ofrecieron sus monturas, tomaron la carreta junto con *Ferdinand* cabalgando hasta el sendero que nos llevaría a las puertas del castillo en D'ynami.

CAPÍTULO 8

"Una luz entre las tinieblas"

Estábamos frente al castillo. Las paredes de ónix reflejaban la luz perfectamente. Parecía un espejo donde no se veían hendiduras ni marcas. Repentinamente, se empezaron a escuchar el sonar de las piezas dentro de la pared, entonces comenzó a desplazarse lentamente de manera vertical dejando ver las primeras hendiduras en la piedra, revelando la entrada a aquel majestuoso castillo. Las paredes terminaron de desplazarse abriendo un arco perfecto dando entrada al castillo de ónix. Estábamos atónitos ante aquella majestuosa demostración de arte y arquitectura, nunca habíamos visto algo similar. Las paredes, por dentro, eran de un mármol blanco que deslumbraba. Las marquesinas de ónix con esmeraldas rubíes y ópalos entregaban destellos multicolores. La generala Ferrovitz nos indicó esperar, mientras nos custodiaban pocos guardias. Pasados unos minutos comenzó a desfilar la corte real para guiarnos hasta la sala principal donde el rey nos esperaba, nos dirigimos respetuosamente hasta la cámara principal tratando de guardar la mayor compostura.

Entregamos a uno de los vasallos los pergaminos para que se los diera al rey. Tiempo después se nos permitió entrar ante la majestad morfa.

— Estimados amigos de la corte, recibid a nuestros viajeros que nos honran con su presencia. Ofrézcanles hospedaje, vino, alimentos y lo que puedan necesitar.

Tanto las personas de la corte como nosotros estábamos estupefactos ante tan amable recibimiento, ya que nos encontrábamos ante el que ha reinado por treinta años la legión morfa. El rey tenía ropajes impresionantes, muy dignos de su posición dentro de la realeza de D`ynami. Con una diferencia abismal a las de los morfos que hemos conocido a lo largo de nuestro trayecto, este era algo diferente:

Bajo y regordete; con el cabello gris brillante, de no saber que lo era, se podrían confundir con unos hilos de plata, su nariz era redonda, ensanchada hacia la punta, sus orejas grandes y curvadas daban una forma muy curiosa a su rostro. Por encima de la boca descansaba un bigote perfectamente recortado. De sus hombros se desprendía una capa morada con los bordes cosidos en hilo de oro decorado con pelaje de animales. Toda la vestimenta que llevaba aquel personaje real hacía juego con su capa, utilizando colores dorados, plateados, lila y magenta.

Se pensaría que cualquier personaje de tal alcurnia llevaría sobre su cabeza una corona, aunque el rey Yiruz, era entre todos muy peculiar. Si uno observaba detenidamente el arma vería que tenía una alabarda con la hoja platinada con decoraciones doradas. No pude evitarlo, así que por unos cuantos minutos mientras nos daba la bienvenida observé detenidamente la hoja del arma, la que el rey morfo sostenía como si fuera su cetro.

Pronto nos presentamos ante su majestad, contando brevemente lo que nos ocurría. Escuchó pacientemente y respondió:

— Habremos de encontrar alguna solución a su problema, mientras tanto, pónganse cómodos moags y disfruten su estancia en D'ynami.

Por alguna razón su amabilidad me resultaba extraña debido a lo sucedido años atrás entre los morfos y los humanos; sin embargo, no me lo parecía tanto, ya que nuestro amigo Letter tenía una forma de ser algo similar, aunque su amabilidad lo distinguía de los otros que habitan la región este de Imphéria. Ferrovitz entró a la sala haciendo un saludo apropiado al rey, acercándose a nosotros para informar de la pronta llegada de Letter y Caso al castillo.

— Ah, por lo que veo mis viejos moags Letter y Caso están en camino. ¡Excelente! Entonces será mejor preparar todo para esta grata visita.

Se notaba a leguas que el carismático rey trataba igual a todos los habitantes, así fueses un aprendiz de herrero o un comerciante, un lacayo o un invitado, el rey sentía empatía por todos.

— Al anochecer ofreceré una gala de bienvenida.

Por supuesto me gustaría que me honraran con su presencia, moag Peter.

— Será un honor su majestad.

—Entonces… ¡Que así sea!, preparen los aposentos de nuestros invitados, también que descansen de su tan agitado viaje.

Soltó un par de carcajadas que retumbaron en las paredes de aquel majestuoso salón, salimos escoltados por Ferrovitz y algunos miembros de la corte, quienes nos acompañaron a nuestras habitaciones. Tiempo después tocaron a mi puerta, era un siervo muy amable que me notificaba que, en breves momentos, llegaría mi esposa a la habitación, pues la estaban asistiendo para asearse y elaborando sus ropajes.

— Me extraña que nos hayan recibido de esa manera, ¿sabes amada mía?, más me extraña siendo los morfos como son. Comenté a Victoria dentro de la lujosa habitación en el palacio de ónix.

—No debes de extrañarte, amor mío. Un caballero como tú debería de ser tratado de esa manera a cualquier lugar al que llegase.

Con una voz juguetona me respondió. Ahora teníamos mucho tiempo para descansar antes de la gala nocturna que ofrecería el rey. Desde la ventana se podía ver perfectamente toda D`ynami; tan resplandeciente y majestuosa como siempre.

Victoria observaba los jardines que se encontraban posteriores a la explanada principal del castillo. Un montón de arbustos formaban un laberinto verde.

— Sería muy fácil perderse ahí abajo entre todo ese follaje, ¿no lo crees amor mío?

Me acerqué lentamente al arco de la ventana para observar y maravillarme de los paisajes que ostentaba el castillo morfo. Abracé a Victoria por la espalda, cuando el sol empezó a ocultarse en el horizonte. Nuevamente, me encontraba agradecido por estar junto a la "luz que ilumina mi vida". Nos miramos a los ojos, disfrutando de la tersura de sus labios. Entonces, ante ese atardecer que teñía el cuarto de un color anaranjado brillante, después de mucho tiempo pudimos entrelazar nuestras almas, volviendo a ser una sola.

Unas cuantas horas después bajamos aquella hermosa escalinata, rumbo a la cámara principal donde la gala estaba ocurriendo.

Las antorchas alumbraban todo el salón. Las paredes y pisos de mármol brillaban bajo una luz que hacía cálido el ambiente en aquella habitación. Había una mesa de mármol tallado, con elegantes ornamentas color plata. Las copas, llenas de licores destilados o cálices que parecían tener un alto grado de alcohol, se veía que todos los presentes bebían alegremente antes de comenzar el festín. Al fondo de la sala se encontraban, El lorde Molinder Faendwor, señor de los herreros; Lucy Macniwel a la que llamaban la dama de la corte; Lance Mcwarren, lorde de la corte real; Henlhy Mcwarren, miembro del jurado real, entre muchos otros. Platicaban animadamente sobre los "nuevos" decretos dictaminados en los últimos meses por el tesorero Abe Reinfothe en nombre del rey. Algunos no estaban de acuerdo, así que debatían sus puntos cada uno dando su perspectiva sobre el tema; eso llevaba a que la conversación tuviera un carácter apasionado como difícil, a manera de debate.

De pronto se unió a ellos el recién llegado al salón: lorde Zilander Orienn, señor de los peleteros. Mi amigo y aliado en el comercio interrumpió a Molinder involucrándose en la plática.

— Me disculparán… pero yo he comerciado con muchos habitantes de Imphéria… por más de veinticinco años. He visto de todo. Desde comerciantes mal encarados, como pillos quienes te venden mercancía dañada o rota. Apretó los dientes, refunfuñando; haciendo gestos de desprecio, continuó. Me he topado desgraciadamente, con mercantes que hacen pasar una bolsa de ochocientos gramos como si pesara un kilo. Esas personas merecen que les corten una mano. De todos modos, los nuevos decretos del tesorero Reinfothe me parecen infames.

Lucy, la dama de la corte interrumpió de manera abrupta y dijo:

— Mira que subir los impuestos a todos los comerciantes, ¡eso es terrible! Aunque conozco bien al rey. Estoy segura de que esto no lo sabe todavía. Ya que siempre ha sido justo, tratando a todos como sus iguales.

— ¡Claro que no! Exclamó furioso Zilander, esta infamia no es obra del rey, es obvio que esto es una de las artimañas del tesorero.

Lucy intentó aportar algo más cuando Zilander interrumpió nuevamente:

—Las personas de los pueblos están muy molestas, si el rey no le pone un alto a Reinfothe comenzarán los levantamientos.

La cara de Zilander denotaba angustia. Desde que lo conocí años antes, descubrí esa magnífica cualidad en él. Se preocupaba por el pueblo morfo. No solo hacía eso sino que como me ayudó en aquella ocasión hospedándome en su casa siempre tenía ese detalle con viajeros, comerciantes o incluso alojaba a personas con pocas posibilidades en invierno.

Sonaron las liras reales, entonces todos guardaron un silencio sepulcral, comenzó el desfile de la corte. Caminaban lentamente sobre una alfombra azul, con hilos de plata. Era una muestra sin precedente de protocolo, en toda la extensión de la palabra. El peregrinar de la corte comenzaba por los lacayos, continuaba con las familias nobles y seguía con la milicia de élite. Nos sorprendió ver a Caso y a Letter con tan bellos ropajes, era verdad que teníamos unos moags muy especiales, después entró el rey junto con su esposa, todos se apartaron para que tomaran sus lugares, entonces se nos acercaron unos asistentes indicándonos que nuestro lugar sería en la mesa del rey.

Todos en la sala estaban perplejos, pues esto no era nada habitual, nadie podía sentarse en la misma mesa que el rey. Sin duda debían ser muy importantes.

—¿Qué tal ha sido su viaje?, estimados moags, ¿agitado?

Giré la cabeza para dirigirme a Caso. Mientras el militar devoraba una pata de cerdo estofada, con una expresión muy singular en el rostro.

— Ahhhg querido hermano ¡te estás babeando! Letter soltó ese comentario burlón hacia Caso quien, por primera vez en todo este tiempo, no replicó. Solamente estaba extasiado con los placeres mundanos y las delicias que ahí nos habían ofrecido.

— ¿Qué les han parecido los alimentos?

El rey se regocijaba frotándose la barriga alegremente con la mano derecha; mientras recostado en su elegante silla, con la mano que tenía libre tomaba de su tarro de cerveza de doble malta.

— ¡Ha estado delicioso!

Comento Marián, con una sonrisa y las mejillas sonrojadas. A su lado derecho estaba sentado Balter, los ayudantes de la corte, más temprano, lo despojaron de sus ropajes de aspecto salvaje. Le proporcionaron ropa elegante. Los barberos reales recortaron su barba y pelo. Portaba un aspecto "decente", por llamarlo de alguna manera. Incluso, contrario a lo que inicialmente percibimos del gigantesco hombre, se lograban notar sus músculos por debajo de la camisa azul.

Marián lo observaba, mientras Balter bebía un cuerno repleto de hidromiel; en ese momento él vio a Marián. Ese día pasaron muchas cosas por primera vez; hasta vimos sonreír a Balter, evidente llamaba la atención, varias invitadas lanzaban miradas coquetas hacia él. Victoria atenta a la situación notó en Marián por primera vez celos de aquellas que pretendían robar lo que para ella es ahora su propiedad. No entendíamos a ciencia cierta lo que en esa mesa ocurría, sin embargo, la reina se percató y replicó:

— Es una buena mujer esta pequeña, algo me dice que tiene un corazón noble.

Nos impresionó escuchar esa melódica y tierna voz que hacía sentir sosiego en las almas que aquejadas estaban.

La cena continuó felizmente, con anécdotas de guerra. El rey Yiruz convocó a una junta al día siguiente e invitó a los hombres de la mesa para que fuéramos a tomar un licor mientras fumábamos del mejor tabaco morfo que era posible tener. Inmediatamente, nos retiramos mientras a las mujeres les traían dulces y licores suaves acompañados de infusiones. Esa noche fue inolvidable para todos. El rey convocó a una reunión, en la cual deberían de presentarse los mejores médicos que habitan del este al oeste y del norte al sur del territorio conocido de Imphéria. Esta reunión tendría lugar tres semanas después, tiempo suficiente para que los médicos pudiesen llegar.

El primero en llegar al palacio de ónix fue el médico sin nombre, aquel escuálido hombre que nos encontramos cerca de las grutas de Anán, unos días después se presentó Zilerd, quien venía acompañado de la doctora Pirla Ferrum. Otros doctores desconocidos por nosotros eran morfos, llegaron al castillo el mismo día de la reunión. El último fue Warren Waggon, que venía del lugar más lejano. La junta se llevó a cabo en cuanto hubieron llegado todos. Entraron a la sala real mientras que el rey Yiruz esperaba pacientemente. Marián fue llamada a la cámara donde se realizaba la reunión. A lo lejos pudimos ver a la doctora Ferrum en el estrado dirigiendo este "congreso". Pasaron seis o siete horas, no recuerdo bien, fue entonces que Marián salió acompañada de muchos de ellos.

Caso entró al salón seguido de Letter, el militar escudriñó con una mirada a su amigo. Inmediatamente, el otro comprendió de qué se trataba.

— Lo siento queridos amigos, pero tendrán que esperar aquí, el rey Yiruz, nos convocó a Caso y a mí una reunión privada.

A la distancia vimos que quedaban pocos médicos sentados en la mesa del rey, después de esto la puerta se cerró.

—Marián, ¿qué ha pasado ahí dentro?

Le preguntamos curiosos, mientras salíamos del castillo de ónix para dar un paseo por D`ynami. Caminamos por la explanada empedrada de una manera muy particular, donde se dibujaban patrones que podían ser vistos desde lo alto del castillo. Los comerciantes empezaban a retirar sus pertenencias. A las puertas de una taberna de estilo morfo muy singular se encontraba Ferrovitz, a lo lejos Lucy Macniwel le hizo una seña a la vez que le gritaba a la distancia.

— Feroz Ferrovitz, ¿cómo te encuentras hoy?

A lo que la guerrera contestó:

— ¡Lucy Macniwel!, nada más y nada menos que "la dama de la corte".

No logré escuchar de qué hablaban las dos jóvenes; aunque me dio la impresión de que llevaban mucho tiempo de conocerse.

— A decir verdad, padre, los médicos fueron muy amables conmigo. Pasaron todo ese tiempo examinándome. No entendí muy bien de lo que hablaban. Pero llamó mi atención lo interesados que estaban en mí.

— Muy bien hija; pero quisiera que me pusieras al corriente, sin omitir detalles, de qué es lo que hablaron los médicos. Preguntó Victoria ansiosa de saber qué había sucedido en aquel salón.

— ¿Por qué quieren saber todo de mí? Saben algo… un médico dijo algo de una elegida. Pero de eso ¡ya no quiero hablar!

Victoria y yo no creíamos lo que escuchábamos. Quise intervenir, pero Marián pasó a un estado de molestia mayor y siguió refunfuñando, para después irse con Balter a conversar.

Volvimos a los jardines del castillo y nos encontramos con *Ferdinand* atado junto con seis caballos majestuosos y una carreta que era el triple de grande de la que Lore-han me había obsequiado en aquel viaje.

Marián se puso a juguetear, corriendo junto a todos los caballos; a su paso acariciaba a cada uno de ellos. Entramos al castillo, buscamos a Letter y Caso, para preguntar qué hacía *Ferdinand* atado a una carreta tan majestuosa.

— Querido amigo tenemos una misión importante que nuestro rey nos ha encomendado. Por lo que en esa carreta habremos de viajar, hasta los confines Imphéria, pero antes de partir tendremos una breve audiencia con nuestro amado rey.

Entramos al salón, agradecimos su regalo de manera respetuosa. Se dirigió a nosotros de modo condescendiente.

— Queridos amigos, habrán de viajar al norte, específicamente en línea recta de nuestra gran capital. Aquí tienen un cuerno que tocarán cuando en los bosques estén, estos llenos de niebla les indicarán la dirección correcta. Como referencia utilizarán las montañas con picos de hielo perpetuo. No tengan miedo, pues estarán acompañados de veinte guardias seleccionados por mis mejores generales. Estos les brindarán seguridad y estarán dispuestos a entregar su vida. Cuando lleguen preguntarán por un gran amigo mío. El siempre sencillo, Zorenzo Zuir Zerimar. Él los ayudará en la siguiente etapa de este largo viaje. Este paquete es para ustedes, generales Caso y Letter, ya conocen sus órdenes, cúmplanlas con honor y resguárdenlas con su vida.

— Sí, su majestad.

Contestaron rápidamente, mientras se inclinaban ante Yiruz Nothabol, de la familia real Zaer. No pasaron ni dos horas cuando toda la diligencia estaba lista. La compañía de los nobles soldados era magnífica, pues ya no había de qué preocuparse. Emprendimos el viaje en formación, acompañados de unos cuantos caballos adicionales que seguían las órdenes de los generales.

Caso iba en un caballo de avanzada, mientras

Letter comandaba en la carreta. Marián emocionada exclamaba

— ¡Esto sí es una verdadera aventura!

Salimos de las grandes puertas, nos detuvimos por orden de Ferrovitz que se despidió de su padre, preguntando cuándo se verían nuevamente, mientras las lágrimas escurrían por sus rojas mejillas.

— Pronto querida flor, pronto habrá de ser, cuida ferozmente del reino, despídete de tu tío Caso.

Ya fuera de D`ynami, los campesinos curiosos nos observaban. Seguramente se preguntaban quiénes viajaban en esa carreta fuertemente escoltada. Nos detuvimos al anochecer para cenar y dormir un poco, los guardias dijeron que esto era un comportamiento suicida; por lo que entre ellos se cuestionaban por qué los habían mandado a esta misión de la muerte.

Balter que se encontraba muy pendiente de la nueva estructura de nuestra expedición, comenzó a reírse de ellos causando una molestia increíble entre los soldados. Llegó la hora de dormir y los soldados prepararon sus mantas, las dispusieron en forma circular protegiendo a la carreta, también a la fogata. Balter tomó el mando de los soldados que quedaron en guardia; los dispuso en cada esquina del campamento con la orden de avisar de cualquier ruido sospechoso. Pasaron un par de horas hasta que se escuchó un grito aterrador que exclamaba:

— ¡Zogúraaaaaaaaaath! Balter que se encontraba fumando tabaco con hierbas para mantenerse despierto, se levantó y corrió al encuentro del guardia. Marián quien espiaba desde el interior de la carreta salió corriendo apresurada detrás de Balter.

— Victoria, quédate aquí, bajo ninguna circunstancia se te ocurra seguirme.

— P.... pero Peter.

Victoria con la voz temblorosa, me veía con una mirada indecisa. Me pareció que movió los labios para decir algo más, aunque salí tan aprisa que no logré entender. A lo lejos pude divisar a Marián e inmediatamente corrí hacia ella. Los árboles de aquel bosque impedían ver claramente, era el inicio de una larga fila de serbales estrechando el paso.

— ¡Balter, no vayas!

Exclamó Marián denotando un dejo entre angustia y desesperación, la tomé por la espalda para evitar que se acercara más al animal.

En ese momento la escena se congeló por completo, ya que lo que vimos no era nada normal. Los árboles estaban detenidos, como si pudieran observar lo que ahí sucedía, las hojas carentes de color debido al otoño. En aquella noche todo parecía distinto combinado con aquel aire enrarecido lo volvía un panorama tenebroso.

Balter corría rápidamente al encuentro con el zogúrath, su rostro que de por sí era "duro", se tornó en una expresión bestial: desprovisto de cualquier señal de humanidad. Sus ojos, sin lugar a dudas, parecían los de un loco; algo espeluznante de describir. No pude evitar pensar que todo este tiempo viajábamos con alguien con estas facciones desencajadas, producía un miedo terrible verlo en ese estado, es como si se hubiese convertido en un animal poseído de rabia, con la adrenalina elevada al máximo nivel, totalmente frenético.

Saltó sobre el zogúrath, tomó de su cinturón la daga fabricada de un colmillo; saltó hacia el animal que forcejeaba con Balter, gruñendo y rugiendo con todas sus fuerzas, lanzando mordidas al aire. En el caso de asestar una de esas mordidas sería mortal, "el fin de nuestro acompañante". Como si fuese uno de esos salvajes de las tribus nómades, Balter aulló en lo que parecía ser un grito de guerra. Acuchilló al zogúrath por la nuca, este dio un alarido de dolor. Los guardias, quienes se habían reunido al escuchar a su compañero, estaban atónitos, pero yo estaba estupefacto, congelado por la escena que mis ojos estaban presenciando. Todos los nobles soldados pertenecientes a la armada morfa estaban atemorizados. Era increíble ver hombres tan valientes en ese estado. Ver a aquellos que han salido victoriosos en contra de ejércitos completos, que han enfrentado salvajes nómades y que sobrevivieron a horrores en los campos de batalla, mojar sus pantalones del miedo.

Balter cayó al suelo, el zogúrath se abalanzó sobre él, parecía que este sería nuestro fin. De pronto entre las penumbras surgió Caso quien asestó un golpe al zogúrath con su alabarda. Se clavó violentamente en su cuello, aunque parecía ser una herida apenas superficial. Desde los árboles emergían flechas disparadas desde el arco de Letter que se clavaban fuertemente en el hocico del animal; esto dio tiempo a Balter para recuperarse, se levantó y clavó con su mano derecha la daga en el cuello de la bestia; mientras se balanceaba por los aires, la bestia se movía incesantemente. Apenas tuvo oportunidad, Balter estiró el brazo hacia la vaina de una espada que escondía entre sus ropajes, en la parte trasera de su espalda a la altura del pecho. La espada era delgada, hecha de ónix con un grabado en letras celeste que resaltaba. Esté rezaba: "Moughus moetas" que en idioma mórfico significa *destino y honor*

Balter la clavó en el lomo del animal, le servía como soporte mientras seguía el movimiento incontrolable, el zogúrath alcanzó a asestar un arañazo, pero Balter parecía no sentir dolor, peor aún, cuanto más lo lastimaban, más aumentaba su sed de sangre. En cuanto logró acomodarse se montó sobre el zogúrath, y asestó un golpe directamente a la yugular. Se apoyó sobre la espada y giró para quedar de frente, con la fuerza de un animal en embestida penetró la dura piel de aquella bestia. Con la daga atravesó por debajo del esternón, su brazo entero estaba dentro del animal, la sangre escurría por su cuerpo. El río de sangre corría por el suelo, finalmente sacó su brazo con un pedazo de corazón que había quedado entre su daga.

— ¡Muere basura inmunda e inservible!

Gritaba Balter en ese momento completamente fuera de sí. La bestia cayó al suelo mientras expiraba, en tanto seguía apuñalándola, cuando la criatura ya había perdido la vida. Letter y Caso se acercaron totalmente anonadados por la situación, a comprobar que la bestia hubiese caído.

— ¡Muere basura inmunda e inservible!

Seguía gritando Balter mientras sus ojos estaban en blanco, no había quien lo controlase; justo en ese momento temimos ser los siguientes en aquella horrible carnicería.

Mientras averiguábamos qué es lo que sucedía ordené al piquete de hombres comprobar el campamento, uno de los soldados con una mirada de lástima y compasión intercedió por el zogúrath, debido a la cruel además de macabra forma de su muerte. Letter se acercó para comprobar que Balter se encontrase bien. El hombre quien todavía acuchillaba al zogúrath despiadadamente, le mostró una mirada asesina al pelirrojo morfo.

— Detente Letter, ¡no seas idiota!

Gritaba Caso; en cuanto divisó la mirada de Balter entendió perfectamente que acercarse a aquel hombre en ese momento sería un error mortal.

— Balter, ¡ya está bien!, se ha terminado, no te preocupes.

Con una suave y dulce voz Marián trataba de calmar a Balter, pero conservando una distancia conveniente; sabía que no debía de acercarse, así que continuó.

— Todo ha terminado ahora, podemos marcharnos ya. Te prometo que todo estará bien.

Dijo una vez más, sorprendentemente Balter se tranquilizó y salió de aquel trance en el que parecía estar. Súbitamente, volvió a ser el hombre quien hasta ahora nos había mostrado. Con una mirada perdida y avergonzada, caminó hacia Marián llorando y sollozando, derrumbándose frente a los pies de nuestra joven aventurera.

CAPÍTULO 9

"La travesía a través del bosque de Mageia"

Después de aquella noche, nadie se atrevía a articular una sola palabra. Nuestra marcha parecía más bien una caravana sepulcral, de todos los presentes en la carreta ninguno se atrevía a dirigir una palabra a Balter, mejor aún no existía necesidad de hablar. Letter y Caso manejaban las riendas de sus caballos en la parte delantera de la carroza. Victoria no quitaba la mirada de Balter. Los soldados no paraban de hablar de lo sucedido aquella noche. Sin lugar a duda ahí nació la leyenda de Balter el sanguinario. Después de esto fue difícil conciliar el sueño, Balter había destazado al zogúrath cubriendo la carreta con su piel, decía calmo que esto mantendría alejados a los demás malditos animales. De eso no cabe duda, se había resuelto el misterio de su extraña propiedad. Él, por su parte, se encontraba calmo, como si nada hubiese sucedido. La curiosidad me mataba: *¿Qué pudo haber sucedido para que Balter se tornara de esta manera?* Pensé, por supuesto quise preguntar, pero después de verlo no creía adecuado sacar el tema "a la mesa".

— ¿Te sientes bien Balter?

— Sí, lo estoy, Marián, ¿por qué lo preguntas? Marián negó con la cabeza abriendo mucho los ojos.

— Balter, estás lastimado, ayer curé la lesión en tu espalda y aunque no tienes una herida de gravedad, el moretón es impresionante. No puedo creer que no rompiera tu piel. Balter contestó riendo como ya era su costumbre.

— Querida Marián las pieles que uso sobre mi ropa son de zogúrath, por lo que me protegen de esas bestias malditas, lo que me permite igualar un poco las condiciones de batalla.

Se observaba claramente que mi pequeña veía a Balter de la misma manera en la que Victoria me miraba, parecía ser el reflejo de su madre. Esta hermosa escena me resultaba extraña, pero se interrumpió repentinamente cuando Marián desfalleció sobre los brazos de quien se robaba a mi hija. Victoria atendía a Marián que tenía una convulsión peor que las anteriores. Asomé medio cuerpo de la carreta gritando:

— ¡Apretad el paso, cabalgaremos día y noche hasta el camino indicado por el rey Yiruz! Caso indicó algo con una seña a Letter, adelantando los caballos hasta el frente de la caravana.

Los soldados siguieron a nuestros generales haciendo una formación que semejaba una flecha.[19]

---

19   Formación que se utilizaba comúnmente en la avanzada morfa, para proteger objetivos importantes.

Cabalgamos rápidamente en dirección nordeste, acercándonos a la línea divisora que separaba lo conocido de los nuevos territorios. Ahora sí nos sumergíamos en un verdadero misterio. En la falda de una montaña lejana logramos divisar una taberna, pero era distinta a las demás, las tejas se diferenciaban por ser verde olivo; tenía un gran letrero de madera pintada con cal, las letras enormes indicaban el nombre del lugar La barrera malta, con el dibujo de un hombre corpulento sosteniendo un tarro que pensamos sería de cerveza. Entramos por las puertas de la muralla, claramente los soldados que custodiaban el edificio se encontraban en un estado de ebriedad profundo, apenas lograban articular movimiento certero. Descendimos y los valientes soldados morfos inspeccionaron e inmediatamente aseguraron el perímetro. Entramos en aquel tugurio, el olor penetrante era como de azúcar fermentada, había un ayudante muy peculiar que tenía el tamaño de un morfo, aunque claramente era humano. Letter se acercó para colocarse a un lado y riendo exclamó:

— ¡Por fin encuentro a un humano más pequeño que yo!

El ayudante que parecía cohibido, continúo limpiando mientras ignoraba lo que Letter decía.

— Ahora voy, chiquitín.

Exclamó el pequeño. Marián junto con Balter reían a carcajadas, ya que este se dirigía al tabernero quien fácilmente superaba los dos metros de estatura, tenía unas argollas grandes que colgaban de sus oídos, una barba prominente y desarreglada con tonos rojizos; en comparación con la de nuestro querido moag Letter esta tenía una coloración más oscura.

— Hola chiquitines, ¿qué desean para beber?

Al escuchar esto, Caso, con su mal carácter, se dirigió al corpulento tabernero de forma violenta y exaltada.

— A quién le dices "chiquitín", ¿acaso te burlas de mi tamaño?, vas a probar el hierro morfo de una vez por todas, ¡maldito remedo de humano!

Letter tomó a Caso del jubón, impidiéndole abalanzarse en contra del posadero y murmuró a su amigo:

— No debemos causar problemas, ¿quieres poner toda la "misión" en riesgo?

El tabernero respondió con tono burlón:

— Venderás piñas, pequeño morfo.

Esto carecía de cualquier sentido, miré a Victoria extrañado por la contestación del tabernero. Los ojos de Caso se encendían en un color rojo, cuál hierro fundido. En cuanto más hablaba aquel posadero, era mayor la rabia que Caso acumulaba. A su vez Balter me miró con la misma expresión. Cuando Marián soltó una carcajada que rompió con la seriedad de Caso; Letter se carcajeó junto a Marián, seguimos Victoria, Balter y yo. El tabernero que parecía que nada le importaba, riendo nos ofreció una bebida extraña que nunca habíamos visto antes. Marián preguntó:

— ¿Qué es este brebaje?

El tabernero contestó:

— Toma flaca esto es la mismísima bebida de los dioses. Es ron que produzco yo mismo.

Marián no paraba de reír con todas las expresiones extrañas del tabernero, fue entonces que una mujer muy alta salió de la cocina y muy educadamente nos dio la bienvenida:

— Buenas tardes, bienvenidos a nuestra taberna, mi nombre es Andrea por lo visto ya conocieron a Marlo, mi esposo. El que está limpiando las mesas es Mikel, pero pueden decirle sombra.

Las carcajadas no paraban, todos reíamos, pues esta taberna definitivamente era algo único y por demás divertida. La gente llegaba de sus largos viajes y cansados se sentaban a beber mientras que Marlo contaba unas anécdotas únicas. Nuevamente, alguien se acercó a la barra.

— ¿Qué te sirvo chiquitín?

Preguntó nuevamente Marlo con esa rasposa y singular voz suya. Claro, esto nos provocó otra gran carcajada, ya que la persona que se encontraba frente a él era por poco más alto que Balter, eso es mucho decir, porque Balter es bastante alto. Pasó un rato, Caso seguía bebiendo del extraño ron que Marlo nos ofreció y que rebasaba el grado de alcohol de cualquier hidromiel; entonces entendí perfectamente a los soldados que antes nos habían recibido. Pasada la medianoche Balter, Letter y Caso conversaban como nunca los habíamos visto, eso me hizo concluir lo ebrios que estábamos, a causa de los "rones especiales" de Marlo.

Era hilarante escuchar a Marlo recibir a todos los viajeros; pues a todos los llamaba por igual sin importar su apariencia física.[20]

Después de todo el alboroto que se había creado alrededor de aquel "posadero", Andrea nos sirvió unos platos de deliciosos estofados de venado que, por cierto, era el platillo favorito de Marlo así que él mismo lo preparaba.

— Estimado tabernero, ¿les gustaría acompañarnos? Invité a Marlo a sentarse con nosotros, él asintió, entonces Andrea y Marlo se unieron a compartir la velada

— Dime "chiquitín" …

Marlo cambió la expresión de su rostro.[21] Dirigió una mirada fuerte a Balter:

— ¿Dónde conseguiste esas pieles?, me llaman la atención, ya que parecen ser muy resistentes.

Todos nos miramos con temor a la reacción que pudiese provocar a nuestro enorme amigo.

— Eso no es de tu incumbencia tabernero.

Contestó Balter desdeñando lo que Marlo preguntaba. Marián que estaba sentada entre Marlo y Andrea se acercó a Marlo, dando de codazos y diciendo entre dientes.

— No deberías hacer enojar a "nuestro" Balter, esto podría traerte muchos problemas.

---

20   A los varones les llamaba con el nombre de "chiquitín" y a las damas le decía "chica"; de tanto en tanto cambiaba llamando a algunos "flaco" o "chico". En el caso de ser una dama a la que con gusto servía, le llamaba "flaca" o "rubia".

21   Por lo general Marlo era tan risueño como despreocupado. Cuando cambiaba la expresión de su rostro significaba que abordaría algo más extenso; quizá hablaría de comercio o algún tema con denotaciones más serias.

Marián soltó unas risitas inocentes entre sus habituales ataques de tos incontrolable, esto creemos que pudo incomodar a Marlo, aunque en el momento parecía no importarle.

— No se preocupen, ya que por esta taberna han pasado diversidad de personas. He conocido todo tipo de gente; a pesar de la rudeza en la cara de su amigo, al ver de quién está acompañado… Hizo un ademán señalándonos y continúo hablando.

— … Puedo saber que en el fondo puede ser una buena persona.

— ¿Qué estás diciendo Marlo?… que sobrepasas la cantidad de ron que un ser humano normal puede consumir, eso te hace comenzar con tus desvaríos.

Andrea se dirigió a Marlo a manera de reproche. Balter simplemente negó con la cabeza, parecía no molestarle, al contrario, hizo una mueca que trataba de convertirse en una sonrisa, aunque de manera forzada, parecía darle por su lado. Marián le sonrió a Balter de forma coqueta, la mueca de desprecio que mantenía nuestro "enorme amigo" se tornó en una sonrisa sincera. Pasábamos una noche muy agradable en esta taberna de peculiar decoración; donde habían aprovechado los barriles de madera para hacer las mesas y, por encima de la barra, había una cabeza de venado disecada sobre una base de madera de serbal.

En ese momento observé atentamente, a todos sentados, riendo y comiendo. Me enorgullecí al ver nuestra expedición llena de amigos, aunque no dejaba de pensar en aquella aterradora escena en la que Balter mató a ese gigantesco zogúrath.

Los ojos de Marián reflejaban de manera hermosa la luz de las velas, entregando a todos los presentes unos destellos azulados que eran más intensos que de costumbre, evidentemente veía a Balter como Victoria lo hacía conmigo al principio de nuestro amor. Con toda la algarabía junto con el calor de la plática no había notado la presencia de los dos encapuchados sentados en la mesa posterior. Apenas los noté en segundo plano cuando observé a Marián. En ese momento me llamó la atención su presencia, traté de enfocarlos buscando la imagen de algún rostro tras esas capuchas, pero solo logré ver negrura.

Cielo mío, te noto distraído, ¿te encuentras bien?

Victoria me llevó a las estrellas con su dulce voz, a lo que respondí con la mirada perdida en ella.

—Todo se encuentra bien amor mío; solo pensaba en lo agradable que es compartir la mesa con mi familia y con nuestros buenos amigos.

—El placer es todo tuyo moag Pity.

Dijo Letter burlonamente, con los pómulos casi tan colorados como su barba; obviamente producto de la cantidad de "ron de Marlo" que había bebido. Lo miré extrañado, ya que nadie me había llamado con algún diminutivo. Es por eso por lo que se me hizo extraño que Letter me llamara "Pity". Todos se carcajearon estruendosamente, nos despedimos dándonos las buenas noches, marchando a nuestras habitaciones, dando así por concluida aquella cena que más bien fue una farra en toda regla. Esa noche dormimos plácidamente en La barrera malta.

Al día siguiente en el desayuno volví a notar a los encapuchados. Traté de apresurar a nuestra comitiva, pero no lo logré, entre las risas y anécdotas que Marlo contaba, complementadas por las historias de Letter, el tiempo pasó rápidamente; tampoco faltó alguna intervención de Caso para regañar como siempre a su pelirrojo amigo.

— Hasta pronto amigos míos, nos veremos pronto. Sí pasan por aquí no olviden visitar La barrera malta, chiquitines.

Marlo se despidió afectuosamente en la entrada de aquella taberna. Se acercó a mí y en voz baja dijo:

— Peter, cuida de todos, parecen una agrupación interesante. Pero sobre todo pareces sacar lo mejor de cada uno, mientras tú los guíes podrán destacar sus virtudes personales. ¡Cuídate mucho flaco!

Marlo me abrazó y con toda su corpulencia me levantó del suelo unos cuantos centímetros apretando muy duro. Caso, Letter y Balter no pararon de burlarse de esa despedida en todo el camino haciendo bromas como:

— Victoria no debes perderlo de vista con eso que les gusta a los grandullones.

— Te gustan los barbones y desarreglados, ¿verdad Pity? ¡Ten cuidado con él, Balter! De menos tendremos ron gratis… claro siempre y cuando Peter se encuentre con nosotros.

Todos se reían y seguían diciendo este tipo de cosas.

—Amigos, aunque el barbado hombre parecía gustar de mí, solo puedo tener ojos para Victoria, dije a todos siguiendo el juego.

— Aunque pensándolo bien aquello del ron de Marlo no sonaba tan mal, agregó Caso a lo que Letter interrumpió diciendo.

— Tú siempre pensando en beber, eres un viejo agrio y ebrio.

— Lo de ebrio… nunca lo he negado; soy tanto como tú Letter, aunque lo de agrio… eso me parece impertinente.

En ese momento entendí la clase de relación que tenían Letter y Caso, a pesar de hablarse de esa manera; esa amistad sostenía lazos de hermandad y respeto mutuo.

Armamos la expedición nuevamente, salimos en formación diamanté; como Caso lo había ordenado, todo en perfecto orden militar.

Letter volvió la mirada para notar que unos hombres con capas rojas nos seguían de cerca, por lo que hizo una seña a Caso a manera de alerta. Letter tomó su arco comenzando a disparar certeras flechas en contra de los extraños que se encontraban acechando nuestra expedición. Rápidamente, Caso con cinco soldados cargaron contra los enemigos, los que huyeron en todas direcciones. Bajamos de la carreta para examinar un par de cadáveres. Sin ninguna demora los soldados se pusieron a investigar entre los cuerpos.

Alcancé a ver un par de medallones que colgaban de sus cuellos, a decir verdad, no reconocí el símbolo grabado, ya que no parecía ser el de la legión humana, pero tampoco el escudo de armas de la legión morfa, era un tanto diferente. En el grabado se apreciaban las dos espadas entrecruzadas parecido al símbolo de armería de la legión humana, pero, a diferencia de este, había un alacrán plateado en cada lado de las espadas en lugar de las hojas de olivo doradas. Esto no dejó de dar vueltas en mi cabeza. Además, creía recordar a estos encapuchados en nuestra expedición por tierras Ananítas.

Cabalgamos dirección norte durante una hora cuando el sendero parecía poco transitado, nos llevó a un paisaje distinto a todo lo conocido. El entorno cambió de color cuando nos vimos rodeados de pinos, abedules y álamos. Árboles poco coloridos. Entramos a una zona de bruma intensa e infranqueable. Conforme nos adentrábamos en aquel bosque boreal, más intensa se tornaba la neblina. Pisábamos el musgo resbaloso que volvía lento nuestro tránsito. Apenas podía ver la empuñadura de mi espada, nunca habíamos sentido tanta incertidumbre. Las lámparas de aceite que llevábamos en la carroza se apagaron por la humedad, cuando no encontramos ninguna señal clara de la continuación de la vereda, le pedí a Victoria que tocara aquel largo cuerno de marfil con incrustaciones de oro, que sonaba de manera grave y muy profunda, retumbando en todo el bosque. De la parte trasera de un árbol comenzó a verse lo que parecían ser luciérnagas, que se acercaban hacia nosotros de manera lenta y estilizada, cuando las luces estuvieron a dos metros de distancia comenzó a dibujarse la silueta de una mujer muy alta, rubia, con una túnica azul con pequeños bordados brillantes.

— Síganme amigos. Sean bienvenidos al gran bosque de Mageia.

Su voz suave nos inspiró confianza, por lo que sin cuestionar comenzamos a seguirla. A pesar de la espesa niebla, sabía perfectamente a donde se dirigía. Tocaba los árboles que parecían tener la ruta escrita en ellos. Cruzamos una gran franja de álamos, el terreno comenzó a descender, así continuamos durante dos horas en el mayor de los silencios. El bosque empezó a cambiar dando paso a otro tipo de árboles con colores más vivos y alegres. Abruptamente, la mujer se detuvo indicándonos doblar a la derecha.

Divisamos una formación de árboles que asemejaban una gran muralla. La mujer se detuvo frente a ellos y sacó un arpa pequeña de su bolsa e interpretó una bella melodía, que suave como el rocío de la mañana y en armonía con la naturaleza provocó la apertura de una puerta que no se veía, ya que daba la impresión de ser parte de los troncos de varios árboles. No podíamos creer lo que veíamos, era una maravillosa estructura de piedra cubierta de musgo y enredaderas, por lo que parecía una superficie viva.

Amarramos a nuestras monturas y la hermosa mujer se extrañó, parecía que nuestra acción de amarrar a los animales era una ofensa grave. Inmediatamente, nos exigió que liberásemos a nuestros seis caballos, para que pudiesen sentir la libertad dentro de la seguridad de la muralla.

—Bienvenidos, viajeros mi nombre es Lefka Ezanus.

— Lefka, mi nombre es Victoria Reisk, ella es mi hija Marián, encantada de conocerle.

Las monturas se revolcaban en aquella nutrida vegetación. Flores de todos los colores se movían al ritmo del viento, como haciendo una sonata que endulzaba los oídos, saliendo del arpa de Lefka.

Lefka volvió a dirigirse a nosotros, diciendo con su dulce voz.

— Entren, tomaremos algunas provisiones y retomaremos el camino en cuanto las monturas estén recuperadas de tan cansado viaje. Deben de tener un asunto de extrema importancia. Ese llamado solo lo utilizan las personas cercanas al Justo y gran rey Zorenzo Zuir Zerimar.

Todos seguimos a Lefka dentro de la edificación. Claramente, estábamos impresionados, esto era un mundo nuevo. Hasta los pequeños y valientes morfos, no daban crédito a lo que veían. Letter interrumpió:

— Querida Lefka perteneciente a los nobles y doctos Alquímos, venimos de parte del rey Yiruz Nothabol de la gran D`ynami. Esperamos nos guíes sanos y salvos ante su gran y honorable rey.

Interrumpió Marián abruptamente, la cordial y educada conversación.

— ¿Alquímos? ¿Y eso qué es?

Caso habló honorable y respetuosamente:

—Perdonad a nuestra pequeña amiga que, aunque en extremo valiente muy imprudente puede ser. Marián ellos son nuestros honorables vecinos los Alquímos. Respetuosos de la naturaleza y grandes sabios.

Estábamos muy emocionados, por fin conocíamos algo nuevo, inmediatamente pensé en rutas mercantes. El salón estaba cubierto de repisas llenas de libros y cómodos asientos de tela. Marián curiosa de todo lo que pudiese aprender en aquellas nuevas tierras, sacó un libro de la estantería.

— ¿Puedo tomar algo prestado de aquí?

Preguntó a Lefka a la vez que hacía un ademán señalando la estantería. La tapa gastada del libro era verde con un hombre encapuchado en la portada. Parecía ser una vieja obra literaria.

— Percibo que eres una joven por demás curiosa, Marián. Ese tesoro que sostienes entre tus manos proviene de muchos años antes de que fuese celebrado el gran concilio.

— ¿En serio?, me encantaría entender la lengua en la que está escrito.

— Es una lengua muerta, al parecer ya extinta hace muchos años. Los primeros expedicionarios Alquímos encontraron obras como esta en los vestigios de edificaciones que, según nuestros cálculos, datan de miles de años atrás del gran acontecimiento.

Nos quedamos boquiabiertos al escuchar esto, Victoria intervino:

— ¿Podrías contarnos más acerca del gran acontecimiento?

Lefka colocó su mano en la barbilla, pensando por un momento, y enseguida contestó:

— En realidad, no se sabe mucho sobre el tema. Solamente que antes del gran concilio; incluso antes de las grandes guerras legionarias… antes de conocer el mundo como es actualmente; cohabitaban otro tipo de seres. Nos hemos dedicado a buscar objetos, literatura y alguna pista referente a nuestros antepasados, aunque nuestra búsqueda no ha dado muchos frutos por lo que de esto poco hemos encontrado.

No podíamos articular palabra correctamente, es más ni siquiera en los círculos de pensadores se habla de ello con tanta claridad. Reconozco que, aunque en mi tierra existen sabios, parece nada en comparación con lo escuchado. Marián continuó examinando todos los libros disponibles, sin reparo alguno. Tomó algunos pergaminos enrollados y ávidamente comenzó a analizarlos buscando conocimiento, explicaciones o cualquier pregunta que durante su corta vida se había hecho.

Lefka nos invitó a pasar al comedor. Al parecer aquí la vida en las tabernas es muy distinta, pues servían en su mayoría jugos de frutas y extractos de raíces. Caso preguntó si tenían malta y el tabernero contestó que solo contaban con destilado de ajenjo, pero advirtió que esto era demasiado fuerte para cualquier persona, más para una de poca estatura; Caso molesto la pidió igual, sin importar la advertencia bebió de un solo trago aquel ajenjo. Para después terminar tambaleante junto con Letter y los demás soldados morfos. Nos fuimos a descansar para salir a la mañana siguiente, Lefka advirtió que el viaje sería cansado para nuestros animales.

Despertamos y preparamos la carroza. Victoria preguntó a dónde nos dirigíamos y por qué había sido tan amable con unos perfectos desconocidos. Lefka le contestó que el llamado del cuerno es para los amigos del rey y la obligación de cualquier ciudadano que lo escuche es asistir al portador para llevarlo hasta el castillo de nuestro sabio rey Zorenzo.

Victoria, más calmada, me indicó que comenzáramos el camino; salimos de aquella edificación para encontrarnos a Balter y a Marián cepillando a *Ferdinand* mientras le acariciaban sutilmente. Los soldados morfos se burlaban de Balter por estar inmerso y ser protagonista de tan enternecedora escena.

Salimos en formación de lanza. Por cierto, Caso invitó a la hermosa Lefka a viajar junto a él en su montura para llevarla personalmente; por lo visto nuestro pequeño moag tenía gustos muy particulares, Lefka pareció sonrojarse y asintió con la cabeza.

El viaje continuó tan extraño como había comenzado, siguiendo a Lefka junto con Caso. Pasamos unos siete días con sus respectivas noches entre los árboles y veredas ocultas. Al fin parecía que habíamos avanzado cuando llegamos a una imponente montaña, Lefka indicó que habíamos llegado, para sorpresa de todos, pues pensábamos que había perdido la razón, aunque ninguno se atrevió a mencionar palabra alguna. Estábamos en un gran valle donde solo alcanzaba a verse la montaña, todo era verde hasta donde la vista se perdía. Comenzamos a rodear la montaña, mientras Victoria me advertía que el medicamento de Marián se había agotado la noche anterior; lo que mantuvo bien a mi hija hasta ahora se había terminado. Una gran preocupación volvió a mi mente. Seguramente pronto habría de regresar el malestar y la gravedad de su enfermedad. Nuestra tarde fue por demás angustiante, por lo que hablé con Letter para acelerar el paso. Dentro de la carroza vivíamos una situación difícil, ya que en cuanto pasó el efecto de los medicamentos las convulsiones volvieron tan intensas como los primeros días. Así pasamos el último día de este viaje, rodeando una montaña interminable, que a pesar del hermoso panorama la preocupación por nuestra pequeña volvió de manera intempestiva. Tuvimos que parar al atardecer, ya que Marián solo se ponía peor; parecía que estaba muriendo, por lo que la noche fue terrible y los peligros del mundo se centraron en aquel campamento, Balter con los ojos llorosos realizó su ya típica guardia solemne.

CAPÍTULO 10

"La última esperanza"

Al amanecer el rocío matutino que viajaba en la brisa transportaba los más deliciosos aromas que cualquier campiña cerca de algún bosque boreal pudiese ofrecer. Las copas de los árboles llenas de finísimas gotas que reflejaban la luz del sol naciente nos ofrecían un espectáculo digno de las mejores cortes reales. Marián después de apenas dos horas de haber podido conciliar el sueño, descansaba plácidamente en la carroza como si nada hubiese sucedido la noche anterior. Levantamos el campamento apresuradamente, para retomar el viaje.

Por disposición de Lefka y debido a la situación delicada que presentaba Marián cabalgamos a una velocidad más reducida de lo normal. Durante el trayecto, Victoria se notaba aletargada, entonces fue que noté un malestar en su rostro.

— ¿Te sucede algo amor mío?, pregunté al percatarme de tal situación.

— Me siento un poco mareada, creo que esto es el resultado de tantas emociones fuertes, o quizá el tiempo que hemos pasado en la carreta.

Creo que Victoria no deseaba preocuparme; aunque insistí ella solo negaba con la cabeza, sin poder decir ni palabra debido al malestar que tenía. Más tarde, notó mi expresión, dirigiéndose a mí con una voz tierna y llena de amor.

— Ya pasará amor mío… ahora lo más importante es seguir con seguridad hasta nuestro destino.

Posé mi mano en su mejilla tratando de entender qué pasaba por sus pensamientos, aunque no logré concluir mucho. A la vez sabía que debía ofrecer el mayor apoyo posible. Así fue entonces que continuamos por dos horas en nuestra marcha.

Al avanzar un buen tramo de camino notamos que la montaña mantenía una doble función.

Por un lado, parecía ser un paisaje natural sin ninguna importancia; por el otro un imponente castillo se erguía como saliendo del corazón de la montaña, tenía varias caídas de agua que se precipitaban desde lo alto; grandes enredaderas y algunos trozos de musgo adornaban las paredes logrando el equilibrio perfecto de la arquitectura con la naturaleza. La bellísima ciudad comenzó a develarse ante nuestros ojos, quedamos perplejos al ver que todas las edificaciones parecían tener no más de dos pisos, también de estar rodeados de vegetación.

Los techos de las casas, constituidos con materiales

desconocidos para mí tenían espejos de agua, lo cual, desde las afueras de la ciudad, resaltaban resplandecientes brillos destellantes. Nos acercamos a la entrada, donde comenzaba una gran calzada hecha de rocas planas, las que eliminaban la vibración de nuestra carreta. Nos apresuramos a recorrer aquella calzada rodeada de hermosos árboles frutales que, junto con las flores, nos indicaban el camino hasta la falda de la montaña.

El acceso al castillo lo rodeaba un hermoso lago que servía de barrera natural con el exterior. El pasillo que comunicaba la entrada de aquel majestuoso palacio se encontraba cercado por dos torres de vigilancia, conforme fuimos avanzando logramos ver una herrería en color negro, con exquisitas filigranas representando elementos de la naturaleza.

Entonces Lefka nos solicitó volver a tocar aquel instrumento ante los portones. Inmediatamente, de la torre más alta del castillo, donde hondeaba la bandera de aquella extraña civilización, se extendió la bandera de la legión morfa y las puertas comenzaron a moverse. De manera armónica emanó desde dentro el sonido de instrumentos musicales, de graves tonalidades. A lo que Lefka acompañó con la melodía de su arpa.

Todos presenciábamos un momento sobrecogedor, pues no imaginábamos que tanta cordialidad podría existir entre dos civilizaciones tan diferentes. Se abrieron las segundas puertas que conducían al interior.

Salió una comitiva real, con hombres y mujeres muy altos, esto no solo impresionaba a nuestros pequeños moags, sino que Balter mismo los veía desde abajo. Sus túnicas llegaban hasta los pies recordándome el material del que la manta de Marián estaba hecha; todos portaban báculos de maderas finas incrustadas con piedras de colores. Las mujeres en su mano derecha sostenían libros. Al medio de la comitiva, venía un hombre de mirada sincera; sus ojos eran de color aceituna combinados con tonalidades ámbar, mismos que imponían respeto con solo verlos y serenidad absoluta. El hombre se dirigió a nosotros de manera elocuente.

— Buenas tardes, estimados peregrinos sean ustedes bienvenidos a nuestra humilde capital; es para nosotros un honor tener noticias de nuestro siempre bien recibido dirigente de las legiones mórficas del sur. Bienaventurada joven Ezanus, agradezco infinitamente la asertiva guía que proporcionó a nuestros visitantes.

— Es un honor querido rey, también le traigo noticias de los poblados que seguro le interesarán.

Replicó Lefka mientras se postraba ante el rey Zorenzo, quien asintió amablemente con la cabeza e hizo un ademán para que sus súbditos nos invitaran a entrar.

Entró en primera instancia el gran rey Alquímo seguido de nosotros y su largo séquito. La entrada fue impresionante, todos los que se encontraban dentro y también los que nos seguían bajaron la cabeza, con el puño recargado en la quijada en la más solemne bienvenida para su rey.

Letter y Caso nos indicaron que nos inclináramos en señal de respeto imitando el ademán. Todos replicaron al unísono:

—*Sapientia et fide veritatis dogmata sequimur vestigia.*[22]

Su majestad Zorenzo se sentó en su trono tallado en madera con gemas incrustadas que iban a juego con su báculo; noté más claramente las facciones de aquel hombre, tenía una nariz prominente, pero esbelta, cejas bien pobladas separadas y bien definidas.

Entonces Caso entregó todos los documentos al gran rey, el cual comenzó a revisar cuidadosamente cada uno, mientras asentía dando dejos de sorpresa en su rostro de vez en cuando. Zorenzo se dirigió a nosotros con toda la prudencia y calma en sus palabras:

— Sean ustedes bienvenidos queridos trotamundos, he de decirles que se encuentran en el gran reino de Aristoteia mismo que tengo el honor de dirigir. Este reino ha conservado un gran acervo de conocimientos del pasado; nuestra motivación, además del conocimiento, es hacer llegar la iluminación a todos los habitantes de Imphéria. Nuestro mundo como lo conocemos dista de ser el que fue en el pasado eso los libros nos lo han enseñado. Nos basamos en el respeto a la naturaleza y a vivir en sinergia con la misma en un vínculo respetuoso de todo. Ahora bien, sepan ustedes que nuestro reino los recibe con los brazos abiertos.

Letter interrumpió:

— Me parece magnífico su discurso, ¿pero esto qué tiene que ver con nuestra misión?

A lo que Caso, con un golpe en las costillas, lo reprendió diciendo:

---

22   Seguimos los pasos de las doctrinas de la sabiduría y la fe en la verdad.

—Maldito viejo sé respetuoso de las palabras del rey.

Zorenzo lanzó una mirada firme e intimidatoria a Letter para después con toda calma continuar con su discurso:

— Continuando con el motivo de esta peculiar reunión, debo deciros que lo que estas cartas contienen son las piezas de un rompecabezas interesante mismo que hoy habré de revelar. Tenemos una antigua profecía, que existe desde el gran concilio mismo que firmaron nuestros antepasados cuando apenas el mundo dejaba de estar inmerso en el caos. Aquello sucedió en un antiquísimo monumento más al norte del paso del diablo[23] donde reunidos los morfos, los Alquímos, los humanos y un representante de un reino del norte, que nadie conoce, firmaron una paz duradera entre las civilizaciones.

El rey Zorenzo mandó a llamar a Marián haciendo una seña con la mano.

—Acércate pequeña joven, debes saber que, aunque tú te encuentres terriblemente mal de salud, sospechamos que te curarás y que además serás artífice de grandes cosas. Las cartas solamente contienen observaciones y cada vez más sospechas de que la hemos encontrado. Por el momento, aunque seguro tendrán muchas preguntas todavía no podremos revelarlas, por ahora convocaré a mis mejores médicos que harán la antigua cura Lapislázuli, pero, te advierto que pasarán algún tiempo con nosotros. Siéntanse cómodos, Lefka continuará mostrándoles nuestro reino.

---

23   Vestigio de civilización incluso antes del gran acontecimiento.

El rey se retiró a sus despachos personales, nos asignaron habitaciones de huéspedes y el médico de la corte comenzó a entrevistar a mi pequeña Marián.

Victoria me confesó el miedo que sentía por la supervivencia de Marián, también me dijo que le gustaría que pudiera conocer a su futuro hermano o hermana. Me quedé mudo por unos instantes, antes de volver a recuperar el aliento. Rompí en llanto con la mezcla sentimental, más extraña que se podía sentir. Abracé por largo tiempo a Victoria mientras los dos llorábamos de alegría y a ratos de tristeza. Así transcurrió el resto del día en la mayor privacidad entre Victoria y yo.

— Mañana pediré que te revise el médico también, es importante que nuestro bebé esté sano y fuerte.

No podíamos esperar para compartir la noticia con los demás, queríamos celebrarlo por todo lo alto. La noche pasó como aquella de hace muchos años donde me preguntaba cómo habría de enfrentar esto, aunque en aquel momento sentí alegría en lugar de incertidumbre. A la mañana siguiente reunimos a la expedición para darles la noticia. Indiqué a todos que me gustaría dar un paseo por Aristoteia, Letter y Caso me veían con una mirada extrañada.

Recorríamos aquellas calzadas llenas de vida, fue cuando nos detuvimos en un pequeño kiosco decorado por vegetación y una fuente al centro. Aquel era el escenario indicado para contarles la noticia, fue entonces que les pedimos que se sentaran. Letter soltaba balbuceos sin poder articular palabra, su curiosidad no dejaba que estuviera tranquilo. Les dijimos que estábamos en espera de un ser de luz que iluminaría nuestras vidas. La expectación era impresionante y Marián comenzó a llorar de felicidad:

— ¿Tendré un hermano?

Exclamó Marián a lo que Victoria contestó:

— No sabemos hija mía, si será una niña o un niño; lo que deseamos es que venga con salud.

La felicidad de todos no se hizo esperar; nuestros pequeños moags comenzaron a saltar alegremente mientras se abrazaban y nos abrazaban, gritaban eufóricos Letter comenzó:

— Si es una pequeña, seguramente el nombre Ferrovitz les sonará ideal para ella.

Cuando Caso interrumpió casi tropezando con las palabras de Letter.

— Si es niño entonces Caso será un nombre ideal.

Balter se levantó y nos felicitó sinceramente, aquello dejó perplejo a todo el grupo. Marián se abalanzó a los brazos de Balter para sorprendernos aún más debía de empezar a asimilarlo, mi pequeña parecía estar enamorada.

Entonces Victoria sugirió que fuésemos a celebrarlo, ya que consideraba que nos hacía falta alegrarnos un poco, después de todo llevábamos mucho tiempo sin buenas noticias. Caso preguntó a Lefka dónde se podría celebrar tal acontecimiento y respondió:

— Aunque lo que ustedes buscan es una taberna, iremos a un comedor delicioso que se llama La pluma galante; pues en ese lugar se sentaban todas las tardes los dos mayores escritores de nuestra época, donde se crearon novelas fantásticas. Deben de saber que aquí no bebemos hasta perder el conocimiento, pero seguramente podremos hacer una agradable celebración por dicho suceso.

Hasta los males de Marián parecieron ceder momentáneamente para dar paso a la celebración; llegamos a aquel lugar con una antesala llena de libros, pasamos al comedor donde las mesas se disponían de manera circular, con grandes velas de aceite que daban al lugar una luz cálida y tenue, en la terraza tenían un jardín colgante lleno de lavandas que inundaban el ambiente de su perfume exquisito.

Al otro lado había un texto plasmado en un pergamino que se encontraba dentro de un marco de cristal que contenía colores a los lados en forma de runas. Fue cuando Lefka se dispuso a leernos su contenido.

— En el año 2786 DGA se hace un llamado a todas las razas conocidas a firmar un tratado de paz al que llamaron gran concilio, aquel memorable día tres morfos, cuatro humanos y dos Alquímos se reunieron en la pirámide. Años después se ordenó trazar los mapas, dibujados por representantes de los reinos, todos especialistas designados en desempeñar esta tarea[24] con la recolección de información proveniente de sus exploradores. A partir del gran concilio el continente

---

24   Los cartógrafos fueron nombrados por el consejo del gran concilio, su misión era hacer viajes, trazando mapas y rutas del continente.

recibió su nombre, que hasta la actualidad es Imphéria:[25] el hogar de todas las civilizaciones.

Escuchábamos interesados acerca del gran concilio, cuando un joven blanco, un poco más alto que nuestra nueva amiga, indicó que se harían los preparativos para la celebración posterior a las grandes cosechas:

— ¡Vengan todos conmigo!, llegó el día de la celebración después de la cosecha.

El hombre se veía alegre. Caso observaba a Lefka; a su vez que el hombre, pese a su alegría, cambiaba de vez en cuando su expresión a una mirada recelosa con un dejo de aires de superioridad. Al adentrarnos en la ciudadela que antecedía al palacio se observaban un lugar lleno de vegetación con construcciones de piedra lisa decoradas igual que el castillo.

En el centro de una gran campiña al aire libre había una estructura horizontal formada por troncos y hojas secas. Alrededor, acomodadas ordenadamente un montón de piedras redondas a manera de círculo. Aquello se veía majestuoso, una gran hoguera alrededor de la que reunirse para las fiestas de una civilización de la que aún tenía muchas dudas. El hombre comenzó a explicar las tradiciones de los Alquímos:

— Todo lo que se logra observar aquí es producto del cambio de estación. La primera ley de Aristoteia y sus alrededores es el respeto a lo natural, por lo que utilizamos troncos viejos, en la medida de lo posible.

---

25   Palabra designada por los reyes para llamar al conjunto de tierras conocidas y por conocer.

Las estructuras casi marchitas las tomamos para revivirlas aumentando el albor de nuestro hogar. Lefka continuó con lo que el altísimo Alquímo decía. Explicando detalladamente su empatía con la naturaleza, aunque puntualizó más en su celebración:

— Cada producto proveniente de nuestra tierra es tomado en el momento que florece en su máximo esplendor, cuando la misma naturaleza nos lo ofrece.

No pude evitar preguntar, aunque sentí que era un poco imprudente para el momento de la explicación.

—Si es tal el cuidado que tienen de lo natural, ¿para qué hacen tal hoguera?

El Alquímo me miraba con sus ojos marinos, como extrañado de lo que cuestionaba en ese momento.

—Son las fiestas posteriores a la cosecha, en la que se comparte con todos los Alquímos un gran banquete, producto del trabajo como el cuidado de los alimentos. Todo esto en parte para agradecer el gran esfuerzo de cada individuo que trabaja duro por los benditos productos de la tierra. Por otra parte, es el momento de convivencia e intercambio de aprendizajes entre todos los habitantes de la zona boreal.

Llegado el ocaso la hoguera se encendió, el aroma de los platillos nuevos podía sentirse en el aire. Los músicos entonaban armoniosas melodías, los Alquímos bailaban, cantaban y comían alrededor de la hoguera. Lefka acompañaba a los músicos que ahí tocaban. Eran muy diferentes a los trovadores que se conocían en cada pueblo de los reinos del sur, estos eran más armoniosos y apegados a sus melodías, producto de lo que parecía ser una tradición de aquellos que habitan Aristoteia.

El baile continuó por largo rato; Letter daba vueltas junto con Caso entrelazando sus brazos, con su extraña manera de bailar, luego cambiando de pareja a manera de escena cómica; ya que Caso terminó bailando con Lefka que le quedaba muy grande. Después de que aquella canción terminara, concluyendo el baile; nos sentamos: Victoria, Letter, Caso y yo alrededor de la hoguera. Algunos Alquímos vestidos con un cernedero repartían platos hondos y extendidos con exquisiteces como asado de venado, cazuela de carne de zorro y vegetales, estofado de jabalí, tejón cocido en horno de piedra, trucha ahumada en madera de abeto, potajes de patatas y quesos, elaborados con leche de cabra, entre otros; incluyendo un queso particular que parecía tener hongos verdes y un olor fuerte y penetrante.

Marián que se encontraba próxima a la fogata bailaba y reía alegremente con Balter, de pronto sus ojos se tornaron blancos, perdiendo el conocimiento. Esta vez no fue un momento como los desmayos anteriores, en esta ocasión ella no despertaba, se encontraba postrada sobre los brazos de Balter y aunque Victoria le pasaba alcohol por la nariz nada la hacía volver en sí. Parecía estar en un sueño profundo del cual quizá no despertaría. Esto nos hizo volver corriendo al castillo para procurar que la revisaran, la sensación de preocupación que se había reducido desde los medicamentos que la doctora Ferrum nos había proporcionado, había vuelto con toda la fuerza posible. Letter acercaba su oído a la nariz de Marián, para verificar que todavía respiraba, todos en el camino de vuelta estábamos consternados; como aquella tarde en las inmensas cascadas donde nuestra vida fue amenazada por aquel animal maldito que nunca habré de olvidar. Al llegar al castillo, inmediatamente comenzaron a revisarla, nuevamente pasamos la noche en vela. Esperando alguna noticia de los médicos.

A la mañana siguiente el rey Zorenzo se enteró de lo ocurrido por lo que se dispuso a visitarnos, preguntó a los médicos Alquímos por su condición, ellos contestaron, con toda la reserva posible, que era probable que jamás despertara. Aquello derrumbó nuestro mundo, mientras tanto el rey ordenó que se redoblaran los esfuerzos para desarrollar la cura milenaria.

Victoria se encontraba desolada mientras Letter la abrazaba tratando de consolarla; al ver que todo se estaba saliendo de mis manos le solicité al gran rey que me ayudara a traducir la manta en la que encontré a Marián envuelta y desprotegida del mundo. Necesitaba desesperadamente conocer el verdadero origen de Marián.

Entonces me dispuse a sacar aquella manta que siempre llevaba conmigo. La que me recordaba que lo imposible puede llegar a suceder. Se la entregué, el gran rey la extendió con extremo cuidado y comenzó a observarla mientras emitía algunos ruidos como si hablase consigo mismo y se contestará también, todo entre murmullos. Después de un rato de analizarla, su rostro cambió, la preocupación lo invadió, entonces me miró y dijo.

— ¿Recuerdas lo que había dicho de la profecía?

Asentí curioso y desesperanzado acerca de lo que su alteza tenía para decir. El rey continuó.

— Hasta ahora solo algunos teníamos conocimiento, al parecer estaba incompleta lo que aquí está escrito es revelador, terrible, pero revelador suceso. Sospecho que es la parte final de la profecía que hasta ahora se conocía.

Me quedé tan impresionado que no pude preguntar nada más; entonces el rey de los Alquímos, Zorenzo Zuir Zerimar empezó a declamarlo en un idioma extraño, luego continúo traduciéndolo a lenguaje común:

— Solo uno a los zogúrath puede controlar, aquel que adquiera ese poder en las tierras del norte reinará, solo uno los podrá asesinar, la tierra regida por legiones gobernará. Pero llegará el momento en el que nazca un vástago que a las bestias podrá controlar y asesinar; al pasar los ciclos del sol y la luna crecerá, entonces será nombrado como…

Después de una breve pausa el rey proclamó el texto que en las letras doradas y de gran tamaño se encontraban bordadas al final de aquella negra manta de terciopelo.

— El que a todos dominará. Todos quedamos en silencio, palidecimos y nos mirábamos con el más profundo sentimiento de miedo.

CAPÍTULO 11

"El último deseo de Marián"

Las lunas y los soles transcurrían lentamente sin que Marián despertase. El otoño estaba ya por concluir, el clima no hacía más que empeorar al igual que el panorama para nosotros.

Victoria no lograba conciliar el sueño y apenas probaba bocado en todo el día; pasaba la mayor parte del tiempo vigilante a un lado de la cama en lo que se convirtió en nuestro nuevo hogar, al menos lo sería hasta que Marián despertase. Las palabras del rey Zorenzo retumbaban en mi cabeza, no podía dejar de pensar en aquella profecía, pero trataba de no hacerlo. Cada uno de nosotros tenía que lidiar con esta situación; aunque no todos reaccionábamos igual.

Letter y Caso, por ser de naturaleza itinerante, se volvían locos con la quietud de Aristoteia, tanto que en el tiempo que llevábamos viviendo ahí hacían referencia a esta ciudad llamándola: la ciudad de la calma perpetua. Así que al igual que Balter, e incluso yo mismo, en un inicio buscábamos quehaceres diarios. Después que las primeras nevadas se hicieron presente, el clima de aquel norte tanto boreal como frío, llenó los bosques de Mageia. Por lo que nos informaron que la salida sería imposible, no podíamos continuar con nuestro viaje hasta que el invierno dejase de azotar el bosque.

Una noche de tras de la barra de una posada, la que atendía, más para mantener la cabeza distraída que por otra cosa un pensamiento se apoderó de mí: "estábamos atrapados en un aterrador panorama", sin posibilidades de continuar, con Marián en una condición grave. Pero estábamos haciendo lo posible por levantar el espíritu. Balter se acercó a la barra de madera, se sentó en un banco alto frente a mí, en un principio pensé que diría algo, pero entre nosotros solo transitaba el silencio; quise darle alguna palabra de aliento, aunque no se me ocurría nada para hacerlo sentir mejor. Ambos nos mirábamos fijamente. Noté que su estado de ánimo muy por debajo de lo que comúnmente denotaba.

— ¡Peter!, Letter y Caso fueron a una expedición de reconocimiento, me pidieron que te avisara.

Balter me habló en aquella ocasión con una voz apagada; tampoco era mi deseo contestar así que me limité a asentir mientras servía un par de vasos de malta que habíamos preparado unos días atrás. Preguntaba todos los días al rey Zorenzo por la cura que estaban elaborando, a lo que me pedía fuésemos pacientes, todos los días enviaba a sus médicos a revisar el estado de salud tanto de Marián como de Victoria; seguía sin entender qué era lo que pasaba. Balter dormía al pie de la cama de Marián. Claramente, empezábamos a entender que su cariño era genuino. Nada lo separaba de su eterna guardia, salvo sus visitas a los médicos de la corte, donde ya era bien sabido que los amenazaba de muerte constantemente si no conseguían salvar a su amada.

Habían pasado ya unos veinte días más y se acercaban las fiestas, entonces anunciaron que Letter y Caso estaban de vuelta. En cuanto me vieron comenzaron a vociferar desesperados:

— ¡Querido moag hemos vuelto de nuestra expedición de reconocimiento! En el camino nos hemos encontrado con esta hermosa sorpresa.

Letter vestido de una manera muy curiosa, como diferente a lo acostumbrado; hizo un ademán señalando a sus acompañantes.

— Veo que no vienen solos, ¿seguro que se fueron de expedición? ¡Pequeños pillos! La pregunta es, ¿quiénes son las tres señoritas que los acompañan?

La calidez del fuego dentro de la posada La pluma galante, junto con las bromas que nos hacíamos Letter, Caso, Balter y yo servían para levantar un poco el ánimo.

—Ya veo… así que sus misteriosos viajes tratan de eso.

Balter se dirigió a Letter y Caso; los tres se sonrieron con cierta complicidad. Una de las acompañantes interrumpió la escena, dirigiéndose directamente a la barra y me habló.

— ¿Es acaso usted señor?, se ve idéntico, aunque algo más viejo… no cabe duda, debe ser usted.

Sus ojos eran rasgados, su cabello negro y largo hasta el término del escote de su espalda. Aquello me parecía muy extraño, sin embargo, sus rostros se me hacían conocidos. La otra se acercó a la barra, poniéndose muy cerca de mí, me miraba extrañada, continuó:

— ¿De qué estás hablando Yulin, parece que aquel valiente hombre te sigue sonrojando?

Interrumpió la otra nuevamente.

— Es usted… hace mucho tiempo, cuando teníamos doce años, nos liberó de unos salvajes que nos tenían cautivas, nunca olvido un rostro, tampoco a un valiente y apuesto guerrero.

Letter y Caso me lanzaban miradas de complicidad.

Contesté sorprendido de saber que aquellas pequeñas venían de Aristoteia; víctimas de los salvajes que las tenían presas y a punto de quitarles la vida. Me resultó grato resolver aquel viejo misterio de la época de cuando Marián llego a mi vida. Entonces se presentaron formalmente:

— Somos Yulin, Lizbeth y Lili, estamos encantadas de, por fin, volver a encontrarle y agradecerle como es debido.

Victoria que había llegado a la taberna interrumpió de manera poco amable:

— Buenas tardes, aquí los agradecimientos son suficientes, no deben de hacer más por mi hombre.

Yulin que estaba sonrojada, trataba de agachar la

mirada, pues sus intenciones habían sido perfectamente entendidas. Mientras tanto Letter miraba a Yulin desde abajo, con admiración. Aunque la diferencia de estatura de nuestros pequeños moags galantes provocaba carcajadas por todos lados.

Un par de semanas pasaron, sin noticias ni sobresaltos. En esos días, Victoria me sugirió dar una cena a toda nuestra expedición, los soldados de élite incluidos. Todo esto a manera de agradecimiento por el esfuerzo y la valentía demostrada, que nos han ayudado a llegar hasta este punto. En cuanto salí a informar, no pude evitar escuchar a nuestros acompañantes morfos apodar a Letter como: el caballero rampante y a Caso como el general tenorio; riendo y contando historias de cómo los veían salir acompañados de cada posada de distintas damas, de aspectos dispares, con tanta variedad como podían ofrecer los reinos del sur. La noche anterior al solsticio de invierno visitamos los aposentos de Marián, que continuaba profundamente dormida y parecía no responder ante nada. Victoria se sentó al costado de su cama, una vez más con una expresión más triste que el cielo al iniciar el invierno.

—Victoria, amor mío, entiendo que nuestra situación no es nada fácil, yo también temo por la vida de nuestra hija.

Victoria rompió en un llanto profundo e inconsolable a la vez que me abrazaba.

— Debes de descansar; esta noche la cuidaré yo, ve a nuestros aposentos y relájate, no es bueno para nuestro bebé que pases tantas noches en ascuas. Desde el marco de la puerta Balter interrumpió bruscamente, entrando con pasos firmes, haciendo temblar la madera de aquella habitación.

—Victoria debe de descansar, en eso estoy de acuerdo. Pero esta noche amigo mío, yo me haré cargo de nuestra valiente joven; tú también necesitas un descanso; confía en que conmigo ella estará a salvo.

Balter se dirigió a mí de la manera más solemne, tanta fue su demostración de aprecio hacia mi familia que decidí confiar en él. Me pregunté si todo lo que habíamos vivido hasta ahora había hecho que Balter cambiase su forma de ser, aunque todavía quedaba mucho por saber de nuestro salvaje amigo.

Al fin había llegado nuevamente el solsticio de invierno, pese a nuestra lúgubre actitud ante la enfermedad de Marián, las vistas de Aristoteia en invierno eran preciosas. Esa época del año personalmente era una de mis favoritas. Estaba en la explanada del castillo cuando vi a Balter en uno de los comedores de la ciudad. Estaba sumamente concentrado en su lectura, algo extraño en él, pues nunca lo había visto leer. Me acerqué carraspeando y comentó:

—La bolsa de Marián se encontraba abierta; de ella destacaba esto.

Metió la mano entre las muchas capas de ropa que llevaba, sacando un diario hecho de cuero negro.

—No te voy a reprochar por haber hurgado en los diarios de Marián sino por lo tosco que eres, ¿sabes?, se usa decir buenos días de vez en cuando amigo.

— Creo que es importante que podamos encontrar cualquier indicio, síntoma o algo que provenga de Marián, a decir verdad, no me interesa conocer a la mujer que quiero por medio de su diario, pero las circunstancias me obligan a ello. Peter, ella no mencionó nada de sus síntomas, siempre evadía el tema. Te voy a ser sincero ya no puedo seguir así. Por nuestra amistad que voy a encontrar un indicio, algo, por más pequeño que sea, para salvar a Marián. Esa promesa que me hiciste aquel día en mi morada deberá ser cumplida.

Me revolví al recordar que Balter desposaría a mi única hija, aunque por la relación actual con nuestro salvaje amigo, pude prever que él podría ser un buen partido para mi Marián.

— Amigo, he de decir que he hecho un hallazgo importante. Balter volteaba a ver el diario, levantando la mirada a momentos para verme a la cara.

— Aunque no descubrí nada acerca de sus síntomas, hay algo que deberías de saber.

Tomó el diario, poniéndolo frente a su rostro. Sus ojos castaños destellaban unos brillos muy peculiares; pareciera que Balter quisiese llorar en ese momento. Aclaró la garganta empezando a recitar lo que en el diario de Marián estaba escrito.

Marián

Sé que me queda poco tiempo de vida, aunque debo de decir que estos meses han sido toda una aventura como siempre soñé. Conocí morfos, y no de cualquier tipo sino a los que ahora considero como de mi propia familia. He recorrido caminos inimaginables con paisajes inverosímiles y ahora que el final está cerca, me entristece pensar que mis padres se sientan culpables por lo que yo misma provoqué. Esa culpa solo ha sido mía, también me gustaría que me recuerden alegre como siempre; que, aunque no pueda ver a mi hermano crecer, sé que será un gran hombre, pues tendrá a los mejores padres que en Imphéria podrían existir. Me llena de rabia el saber todo lo que dejaré atrás, pero aún más la culpa de haber provocado a mis padres esta pena tan grande; después de tanto tiempo de cavilar la idea descubro que fui solo una niña impulsiva, estas son las consecuencias de mis propias acciones. Pero no me arrepiento de nada, ya que en el camino conocí a grandes y maravillosas personas dignas de todos los honores que se han arriesgado para que yo continúe respirando. Si hubiese algo que mis ojos pudiesen ver antes de partir, no pediría más paisajes, ni aventuras, tampoco acciones osadas ni grandes algarabías únicamente me gustaría estar en el casamiento de mis padres.

Al escuchar esto, un nudo se formó en mi garganta, las palabras no lograban salir, pero de mis ojos corrían las lágrimas hasta llegar al suelo.

Cerré las manos formando dos puños llenos de rabia por no poder hacer nada al respecto. Al levantar la mirada vi a Balter llorar desconsolado, con lágrimas que brotaban desde sus ojos, estrellándose en los pergaminos del diario de Marián.

Llegó al fin la cena del solsticio de invierno, nos reunimos en La pluma galante, para celebrar aquella ocasión: la música sonaba desde el fondo de los laúdes, violines, guitarras e instrumentos de viento. Un Alquímo muy peculiar, de ojos negros al tono de su pelo y barba, tocaba un instrumento hecho con el estómago de un buey, bailando con los brazos en la espalda; dando tanto brincos como patadas a diestra y siniestra. Las delicias gastronómicas se hacían presentes en la mesa de aquel comedor que, en esta ocasión, fungía como el punto de reunión en donde habría de celebrase aquel final de ciclo.

Eran ocho días en que se celebraban las fiestas; Lefka nos explicaba sobre su devoción a los ocho dioses Alquímos, cada uno de los días de celebración adoraban a una deidad. Sus diferentes rituales religiosos eran coloridos, llenos de alegría, manejados con gran solemnidad. Los primeros tres días se hacían honores a los dioses de la fertilidad, la abundancia y sabiduría. Las celebraciones continuaban; los siguientes dos días eran para la diosa madre con un gran rezo comunitario que se llevaba a cabo en la explanada principal de Aristoteia. Por la tarde cercana al día de fin de ciclo se llevaba comida a los templos para el hijo de la madre diosa. En el momento donde el invierno estaba en su cumbre, dos días antes de la gran celebración, se honraban a los dioses de lo justo y al dios de la severidad orando para que perdone todas las malas acciones que se hubiesen cometido.

Las nevadas comenzaron a arreciar en la última festividad del año que era para los Alquímos la más importante, ya que veneraban al padre de todos los dioses de los vivos, de los que hubieron vivido y los que sucederán a estos. Tezahj era el todopoderoso creador de Imphéria y de lo que hubo antes de lo conocido y por conocer.

Terminadas las celebraciones se anunció el rey Yiruz Nothabol, a la distancia, sus hombres tocaron como ya era costumbre aquel cuerno característico de la realeza morfa, las puertas se abrieron y las banderas se desplegaron en una solemne bienvenida. Letter y Caso saltaron de alegría, al saber que su rey estaba pronto. Nos apresuramos a preguntarle al rey Zorenzo el porqué de la visita del rey morfo. A lo que este nos contestó:

—He mandado a llamar a mi insigne amigo debido a la celebración especial que habrá de llevarse a cabo.

Confundidos nos preguntábamos de qué estaba hablando el rey Zorenzo. Cuando Caso abrió la boca y sin demora soltó la pregunta:

— ¿De qué se trata esa celebración especial, su alteza real?

Todo a su momento amigo Caso, las respuestas llegarán con cinco lunas a partir de ahora.

Letter y Caso se miraban consternados, haciéndose señas, para confirmar que ninguno de los dos supiese o tuviese información de lo que ahí acontecía. Por otra parte, Balter parecía sospechoso, a la vez que apenado trataba de poner un rostro calmo e inexpresivo. Salimos del salón en el que se encontraba el rey de los Alquímos, dirigiéndonos a la explanada de las flores para recibir a nuestro ya conocido y estimado rey de las tierras del sur.

Una formación que dirigía la expedición del rey morfo se veía venir desde las puertas de Aristoteia. Fácilmente, ascendía las trescientas unidades de caballería; no conté exactamente cuántos eran, pero haciendo un cálculo somero la corte real podría tener quinientas personas. Incluyendo a Ferrovitz Letter quien se encontraba al frente de la expedición. La alegre pelirroja morfa cabalgó hasta nosotros, adelantándose al resto, bajó de su montura, que era una hermosa yegua color nieve, con la crin perfectamente arreglada. Se veía el esfuerzo que la hija de Letter imprimía en el cuidado de su cabalgadura.

—¡El viaje ha sido largo, pero vale toda la pena para volveros a encontrar!, además de descubrir estas tierras tan hermosas que mis ojos jamás habían disfrutado.

Exclamó "feroz Ferrovitz" frente a su padre, quien corrió hasta su encuentro.

—Querida sobrina, por lo que veo hay un nuevo galardón en tu armadura, veo que tu montura está muy bien cuidada, pronto lograrás seguir mis pasos convirtiéndote en un gran general de nuestra amada legión. Me alegra que sigas mis pasos y no los de este holgazán al que llamas padre.

—¿A quién llamas holgazán, viejo ebrio?

—¡Basta ya, ustedes dos, viejos obstinados!, ¿qué, siempre tiene que ser lo mismo?

Exclamó la valiente guerrera, a lo que Letter y Caso

sonrieron viéndose uno al otro con el orgullo que sentían por la feroz Ferrovitz. Caso miró un poco más a la joven morfa, dando un suspiro profundo:

— Cada día te pareces más a tu madre, "si tan solo hubiésemos llegado a tiempo… aquellos malditos bandidos humanos no…"

— No digas más viejo moag, no te permitiré que sigas cargando con esa culpa.

Una lágrima se deslizó en la mejilla del pelirrojo morfo, mientras Caso le ponía a Letter una mano en el hombro consolándolo por aquel triste recuerdo que ambos compartían.

— ¡Alegraos, amigos!; que las penas pasadas no os sofoquen, tomen en cuenta que vuestras esposas vivieron plenas y felices a su lado.

El enorme rey Alquímo caminó hacia nosotros mientras recitaba esas hermosas y reconfortantes palabras para nuestros corazones heridos. Ferrovitz miraba asombrada la enormidad de los Alquímos, pero, sobre todo, quedó impresionada con la estatura de Zorenzo. Al llegar el ocaso los morfos se acomodaron en distintas posadas por toda la capital.

Aquella noche salí a dar un paseo a solas. Mientras todos estaban contando historias de hoguera en la explanada principal. Aunque en esa ocasión no quería beber ni tampoco regresar a aquel lugar en donde Marián sucumbió ante el mal. Durante mi paseo me encontré con un mesón que anunciaba su nombre en letras verdes que parecían tener vida, aquel lugar se llamaba La esencia natural.

Al entrar el posadero me dio la bienvenida. Al igual que todos los Alquímos se hacía notar la amabilidad y el buen trato; no era novedad que estábamos habitando en el palacio de Aristoteia, por lo que el trato hacia mi expedición era aún mejor.

— Disculpe amable señor, me llena de curiosidad la forma en que están hechos los letreros de la parte externa de su establecimiento, ¿cómo hacen que las letras parezcan tener vida?

— Me parece interesante que pregunte; nadie da la importancia necesaria a ese tipo de detalles. Lo que nosotros hacemos es utilizar un tipo de musgo, implantado a través de maderas con la suficiente humedad que guardan el contorno de las letras que deseamos plasmar.

Al escuchar aquello quedé maravillado con tan impresionante técnica; por lo que solicité si se me pudiera enseñar.

— Claro que sí joven humano, cuando gustes puedes darte una vuelta por la ebanistería que está doblando la esquina, ahí podrás aprender lo que desees sobre el tratado de la madera, utilizando técnicas naturales.

De pronto la puerta se abrió de forma brusca, todos volteamos para ver qué es lo que sucedía. Entraron de forma nada cortés, gritando mi nombre, eran mis dos pequeños moags; vociferando que volviese al castillo rápidamente. Preocupado marché, apenas preguntándoles en el camino qué era lo que estaba pasando. Fue entonces cuando Letter exclamó.

— ¡Lapislázuli está lista!

Nos precipitamos todos hacia la habitación donde se encontraba Marián. Un montón de médicos de la región rodeaban su cama. Los reyes Zorenzo e Yiruz se hicieron presentes. Victoria estaba hablando con uno de los médicos de aspecto amable, con poco cabello de color plateado y un corto bigote del mismo color. El silencio se hizo en la sala, denotando la profunda expectación que se tenía sobre este tratamiento. El alto médico se dirigió con respeto a su rey preguntando de manera calma si podían comenzar el procedimiento. A lo que el rey asintió. Sostenía un cofre de madera con un elegante repujado de plata. En su interior había un material acolchado para protegerlo. El rey Zorenzo detuvo aquel acto con una sola seña, susurró a uno de los guardias algo que no alcancé a oír y este salió de la habitación.

— En un momento más procederemos, me gustaría que ella llegase al momento de administrar tan laboriosa cura. A fin de cuentas, todo sea por el aprendizaje.

No pasó mucho cuando llegó a aquel lugar cruzando las puertas de la habitación la doctora Pirla Ferrum.

— Es momento de empezar.

Declamó el altísimo rey, a lo que la doctora, mirándolo con gran admiración y respeto, dijo:

— Un gusto volver a verte, estimadísimo Zorenzo, es decir…

La doctora se corrigió diciendo a continuación:

— Su majestad, Zorenzo Zuir Zerimar, mi querido amigo, colega y ejemplo de vida.

El médico sacó de la caja un tubo de cristal alargado y estrecho, su contenido me dejó impactado: resplandecía en un color azul intenso que iluminaba el interior de la caja. Cuidadosamente, levantaron el tubo de cristal e inclinaron a Marián para comenzar a proporcionárselo, a la par que esto sucedía su cuerpo empezó a tener espasmos, según terminaban de suministrarle la cura el cuerpo de Marián se agitaba violentamente hasta quedar en reposo total nuevamente.

CAPÍTULO 12

"El despertar… ¿A morir o a vivir?"

Victoria se encontraba destrozada ante la respuesta del cuerpo de Marián al tratamiento. Tanto los médicos Alquímos, como los de la corte real de D`ynami estaban pendientes de sus reacciones; tomando nota en sus diarios. Se montó dentro de la habitación una guardia, aunque esta vez conformada por los expertos, quienes estaban pendientes de la salud de Marián. En la mesa se preparó lo necesario para tomar nota, tinteros de piedra, plumas y pergamino, todo esto para que pudiesen anotar detalladamente cualquier indicio derivado de la ingestión de Lapislázuli.

La doctora Ferrum, caminaba impaciente de un lado al otro de la habitación, veía fijamente a los otros médicos. Se notaba que quería decir algo cuando paraba por un momento, pero entonces negaba con la cabeza continuando con su incesante caminata. Hasta que paró un momento al costado de Marián levantando un dedo y diciendo:

— Será prudente que desalojemos la habitación, con todo respeto sus majestades…

Con una reverencia se dirigió tanto a los reyes Yiruz y Zorenzo.

— Ahora lo único que nos queda es esperar.

Silenciosamente y de manera ordenada todos se marcharon, se podía observar a Letter preocupado, eso era normal por su carácter tan particular; aunque la expresión de Caso fue lo que me desconcertó, ni hablar de Balter. *En mi vida había visto a alguien tener esa expresión de desolación en el rostro.* Cuando los médicos se retiraron quedamos Victoria, la doctora Pirla y yo dentro de aquel lugar.

— Peter, Victoria, tengo por decirles que me encantaría daros buenas noticias, lamentablemente Lapislázuli era la última esperanza… Lo lamento infinitamente, solo nos queda esperar su expiración.

Victoria se soltó a llorar incontroladamente, no cabe duda de que esta vez su llanto era mucho más profundo que simples sollozos, aquel día veíamos todo perdido. No lográbamos ver luz alguna, ni esperanza por lo que sentí mi corazón romperse en miles de pequeños pedazos, estábamos compartiendo ese momento amargo juntos. Se notaba que la doctora Ferrum deseaba consolarnos, pero ante esa noticia tan trágica no existían palabras que pudiesen tranquilizarnos; así que bajó la cabeza, se disculpó y se retiró. El sentimiento de penumbra inundó la habitación, cuando destrozado miré a Marián tumbada en aquella cama, decidí que mi hija habría de volver a la vida, así me costara la mía y la de cien mil hombres.

Los amaneceres en Aristoteia eran realmente hermosos. El pasar de las lunas transcurrió rápidamente. Aquella mañana invernal desayunábamos en una terraza contigua a las habitaciones; la vista era especial, grandes cerezos cubiertos de nieve y algunos árboles altos que sobresalían. Ya tres lunas habían sucedido desde la más trágica de las noticias, sinceramente nada mejoraba, aunque nos encontrábamos en el lugar más maravilloso que mis ojos habían tenido oportunidad de contemplar, sin embargo, nada se disfrutaba.

Se escucharon las puertas rechinar al final de pasillo sin darle mayor importancia; fue entonces que una voz angelical exclamó:

—Buenos días, no tienen idea qué sueño más raro tuve. ¿Qué hay para desayunar?, muero de hambre parece que no he comido en meses.

Exclamó Marián para nuestra sorpresa. Victoria y yo soltamos en llanto, aunque en esta situación era de alegría extrema. Balter se levantó de su silla con su manera violenta. Empujó a Letter, tomó la silla que le estorbaba y la lanzó por los aires, siendo este el final de aquella hermosa silla. Abrazó a Marián con la mayor devoción y delicadeza que se podía mostrar.

—Balter están mis padres parados justo detrás de nosotros.

Dijo Marián como queriendo susurrarle, aunque todos escuchamos lo que nuestra intrépida aventurera había mencionado al irreconocible Balter. Nos colocamos alrededor de Marián, Victoria estaba desesperada por abrazarla, aunque Balter no la soltaba.

Fue entonces que, como pudieron, Letter y Caso apartaron a Balter.

Victoria la abrazaba con profundo amor maternal. Marián se apartó un poco, extendiendo un brazo para marcar distancia.

— ¿Qué les pasa a todos ustedes?, pareciera que hubiesen visto un fantasma, ¿qué mosca les ha picado?

Ninguno de los presentes podía explicarle a Marián todo lo sucedido, simplemente nos limitábamos a llorar de alegría; entonces aparecieron los reyes junto con la doctora Pirla, el rey Zorenzo exclamó:

— Buenos días, valiente aventurera, ¿qué tal te sientes esta mañana? Es natural que después de un sueño tan largo se pueda usted sentir desorientada.

Marián hizo una reverencia ante sus altezas reales Yiruz y Zorenzo.

—Como les decía he tenido un sueño muy extraño, pero estoy un poco confundida su majestad, ¿a qué se refiere con "un sueño tan largo"?, sospecho que dormí más de lo normal, pero creo que no es para exagerar.

El rey dio un largo y profundo suspiro disponiéndose a explicarnos lo que nosotros no pudimos contarle a Marián que abrió mucho los ojos en señal de sorpresa, exclamando:

— ¡Después de anoche, en aquella fiesta de la fogata, se pusieron de acuerdo para mofarse de mí, ¿es así?, ¡no puedo creer que ustedes dos, mis pequeños moags, sean artífices de semejante broma! ¡Letter y Caso, son insufribles, incluso hicieron partícipes a los reyes en esta desagradable broma de mal gusto! Todos nos quedamos atónitos ante la reacción de Marián, incluso el rey Yiruz, quien parecía sorprendido dijo.

— El rey Zorenzo y un servidor no se prestarían para semejante treta de estos dos pillos. Aunque opino que Letter y Caso, no jugarían así con los sentimientos de una señorita…

Apretó los labios y entre dientes continuó:

— Al menos no con los sentimientos de una dama tan joven. Es sabido que estos dos son morfos de cuidado, aunque siempre han sido unos caballeros honorables y destacados.

Marián, que estaba atónita ante la situación, decidió pasar por alto su sospecha ante los pequeños morfos, dando crédito a las palabras del rey Yiruz.

Pasada esta curiosa situación, nos sentamos a desayunar, tratando de recuperar cierta normalidad. Aunque extrañamente los reyes nos preguntaron si nos agradaría que nos acompañasen. El lazo de amistad que manteníamos, tanto con los viajeros errantes como con las cortes reales, era para este punto algo difícil de imaginar. Ni en mis sueños más descabellados me hubiese imaginado compartir la mesa con tan honorable compañía.

Balter tomó a Marián de las manos, haciendo más que evidente sus fuertes sentimientos hacia ella.

—Marián, no hay tiempo que perder, es momento de dar un paseo por los hermosos caminos que Aristoteia nos ofrece.

Marián aceptó, aunque evidentemente esta vez se dignó pedirnos permiso. Victoria accedió inmediatamente, por mi parte, no puedo negar que como padre uno cela a su hija, aunque no me pude negar. Los mozos del palacio retiraron los platos, trajeron tazas con bebidas suaves, dulces típicos, así como algunos alimentos que jamás habíamos probado. Charlamos durante un rato con nuestro grupo de viajeros sobre diversos temas, entre otros la salud de Marián.

La doctora Ferrum nos mencionó que la cura Lapislázuli, además de ser experimental, no se sabía si sería definitiva, por lo que junto con el rey Zorenzo nos aconsejaron esperar un poco más hasta tener alguna respuesta.

—¡Mientras tanto no se preocupen demasiado, ya que hemos de llevar a cabo una celebración, a petición de nuestra pequeña aventurera itinerante!

El rey Zorenzo exclamó con un dejo de misterio en sus palabras. Se retiraron del lugar dejándonos con muchas preguntas.

Pasaba rápidamente el día mientras un cúmulo de ideas circundaba mi mente, fue entonces que recordé que el rey Zorenzo mencionó que en cinco lunas algo sucedería, lógicamente atribuí y relacioné el hecho. Por supuesto mi mente ya se encontraba preparándose para escenarios desfavorables, pues, hasta ahora todo ha sido así. Ahora también los nervios del embarazo de Victoria me acosaban constantemente, es verdad que habíamos pasado mucha angustia a raíz del mal de Marián lo que podría afectar la gestación. Si bien no sabía si sería un varón o una niña; nuestro deseo es que naciera sano.

Caída la noche Marián y Balter volvieron al castillo; Victoria reprendió a Marián.

—Pequeña mujer, traes los labios hinchados, ¿dónde demonios estabas?

Marián contestó sonrojada:

—Ejemm… solo estuvimos caminando por la ciudad… Es en verdad hermosa, ¿cierto?

Yo a lo lejos veía la escena y recordaba mis "caminatas por la ciudad" con Victoria; aunque la rabia me invadía, comenzaba a apreciar al que parecía se estaba convirtiendo en mi yerno. Pronto llegó el deshielo, el invierno había terminado al fin. Se hicieron muy comunes las caminatas por Aristoteia. El primer día de primavera, Balter me pidió dar un paseo de caza por los bordes del bosque de Mageia. La quinta luna se presentaría en poco tiempo, al fin sería el evento del que nos habló el rey Zorenzo.

—Peter, te sugiero que te prepares con arco y flechas, de ser posible lleva una cota de malla de bajo de tu ropa, también la espada de tu padre. La cacería es, para mí, más que solo eso; es una actividad en donde los sentidos del hombre deben de estar alerta a todo momento. No me gustaría que ocurriera algún desafortunado accidente.

Esta vez las palabras de Balter denotaban un claro dejo de preocupación y sinceridad.

— No debes preocuparte tanto, no soy tan débil como piensas. Además, con mis amigos a mi lado estaré seguro.

—Debo de pedirte una concesión especial; me gustaría que este "paseo" sea más exclusivo; me refiero a que no llevemos toda la expedición con nosotros.

A decir verdad, se había formado un lazo fuerte entre Letter, Caso y yo, aunque me cueste trabajo aceptarlo. Con Balter era algo distinto por su seriedad; también la distancia que él ponía. Esta era la ocasión para estrechar lazos con él. Como dije empezaba a apreciar a nuestro salvaje amigo; más nos valía hacerlo, ya que pienso que es el hombre que le traería felicidad a mi hermosa Marián. Sin más tapujos acepté ir de cacería con Balter.

Nos dirigíamos hacia las murallas de Aristoteia, por supuesto pedimos a la guardia real que nos dejaran salir. En un principio se negaron, argumentando acerca de los peligros del exterior; aunque después las astutas palabras de Balter lograron convencer a los guardias Alquímos de abrir los portones de la ciudad; así comenzamos nuestro pequeño paseo.

—Trata de ser sigiloso Peter, toma en cuenta algunos de los consejos que te daré, te servirán en el futuro para no cometer errores que te metan en problemas.

Pude notar que Balter me miraba con el rabillo del ojo, a la vez que una sonrisa sarcástica se dibujaba en su boca. Entendí a qué se refería, por lo que me sentí avergonzado. Claramente, hablaba de aquellos errores que cometí la noche en la que salvó nuestras vidas. Si bien ese recuerdo ya estaba muy distante sigo convencido que ese día fue de suma importancia para mí.

Los primeros retoños volvían a renacer en los árboles. La primavera empezaba a tomar vigor. Un ciervo se movía por el bosque, caminando sutilmente por las tierras de los Alquímos. Sigilosos seguíamos el rastro, a decir verdad, no me sentía cómodo con la idea de matar a un animal inocente si no se trataba de una ocasión de necesidad o de peligro.

—Despacio Peter, prepara el arco, ténsalo bien y sé cuidadoso. Utiliza una de las flechas que tienen una pluma verde.

Balter me hablaba en un tono susurrante, apenas lograba escucharlo. Me puse en cuclillas, preparando arco y flecha.

—Esto es lo que más emoción me produce, ¿sabes? La adrenalina de tener a la criatura frente a ti tan indefensa, ignorando que pronto su vida terminará.

Las palabras de Balter me erizaron la piel, me transportó a la muerte del zogúrath camino a Mageia. Sentí la tensión recorriendo mis hombros, para después continuar por mi espalda. De manera accidental pisé una rama de pino, fue entonces que el animal salió disparado en dirección contraria. El enorme Balter me hizo una seña para continuar; mientras en su cara se denotaba el enojo y frustración propios de un cazador experto.

Después de un par de horas logramos divisar, a lo lejos, al mismo ciervo. Nos escondimos detrás de unos matorrales, el animal caminaba a paso cauteloso hacia la orilla de la desembocadura donde nacía de entre las montañas el majestuoso río de oro y plata.

— ¿Preparado?, apunta al cuello del animal; a mi señal disparas…

— ¿Esto es necesario Balter?

La frialdad en la mirada de quien pretendía a mi hermosa hija se mostraba inflexible, así que no tuve más opción que hacerlo. Di un paso en dirección al frente colocando un pie de tras del otro, Balter movió su mano haciendo la señal de ataque.

La flecha fue directamente a la yugular del animal. Aunque no lo mató del todo.

— ¡Muy bien!, dijo Balter esta vez con un tono emocionado.

— Ahora correrá para escapar, aunque atinaste a un punto que hará que en unos cuantos metros caiga.

Tal y como lo dijo sucedió. El animal lastimado yacía en la ribera de aquel río. Mi acompañante sonrió, parecía que se regocijaba ante el sufrimiento. Se acercó con sigilo, lentamente se agachó sacando una daga curva de su cinturón.

— Todo ha terminado ahora, pequeña, no sufrirás más. Tu carne nos servirá y tu piel del frío nos cubrirá.

Al acercarme me di cuenta de que el animal en verdad no era un ciervo, sino una cría que se encontraba gravemente lastimada por algún feroz animal. Balter enterró la daga justo en el cuello, atravesando su columna. Tomó a la cierva de las patas traseras para levantarla con gran facilidad y, de un solo movimiento, la puso sobre su hombro para que la sangre escurriese fuera del cuerpo.

— ¡Esta noche cenaremos puchero de ciervo!, recolectemos algunas hierbas que le darán un sabor diferente.

Pasamos par de horas juntando hierbas con olores nuevos y texturas diversas.

Como el ocaso se aproximaba, caminamos por la ribera del río dejando que el sol poniente nos sirviera como guía; al ver que nos habíamos alejado demasiado de Aristoteia nos refugiamos en una elegante taberna llamada: La luz de Mageia.

Dentro de aquel elegante *comedor*[26] el posadero ofrecía, por un módico precio, cena, posada y todo lo que puedas beber en infusiones de diferentes hierbas. Era interesante observar a los ancianos Alquímos conversar, ya que eran personas muy preparadas, como apegados a sus doctrinas. Un anciano que era muy alto discutía una parábola con otro habitante de las tierras Aristoteicas, a decir verdad, estaban tan inmersos en el tema que no lograba entender su plática; has-

---

26   Así llamaban los Alquímos a esos sitios que en las tierras humanas y morfas se conocen como tabernas. Las actividades principales en estos sitios de Aristoteia eran: la lectura, el estudio, entre otras cosas. A los ancianos Alquímos les gustaba discutir sobre parábolas parecidas a problemas filosóficos dando su opinión sobre esto; creando un ambiente docto e inteligente: no apto para cualquier borracho de turno, viajero o tabernero perteneciente a alguna taberna de las tierras del sur.

ta que Balter que estaba sentado a mi lado acercó su corpulento cuerpo para decir en voz baja.

— Son curiosos los Alquímos, ¿no lo crees?

— ¿Por qué dices eso Balter?

Pregunté inmediatamente; solamente contemplando a los ancianos discutir, sin voltear a ver a Balter quien se encontraba a mi diestra hablando en voz muy baja; pareciera como que me quisiese decir algo secreto o tal vez privado.

— En el tiempo que llevamos viviendo en Aristoteia, me he dado cuenta de la diferencia de las personas que visitan las malolientes tabernas; aquí no existe el típico borracho, ¿sabes? Es curioso que a diferencia de los humanos ellos discuten de esa manera, pero no solamente lo hacen porque sí todo tiene una razón de ser: observa…

Me quedé escuchando la fluida conversación que estaban teniendo, en un principio no noté nada diferente, fue entonces que entendí lo que Balter me quiso decir.

— ¿Ves, Peter? El anciano le plantea una parábola al otro quien piensa de una manera digamos "diferente", el otro anciano lo analiza y le responde con un comentario no solamente inteligente sino analítico. Deberán pasar horas discutiendo de esa manera, pero esas parábolas las utilizan para agilizar su respuesta ante cualquier situación de vida.

— Ahora entiendo lo que están haciendo, no es muy diferente a una partida de jarghen en Epizéa, o como ver a Lore-han, jugando en Gedia al ajedrez con el viejo André Rosswood. Es una charla que, al final del día, los beneficiará, ya que en esta ocasión no necesitas un tablero y piezas que mover, sino el poder de la mente para ser más analíticos, ¿cierto?

— ¡Exactamente!, en situaciones de peligro extremo utilizar la lógica puede salvarte de cometer errores mortales.

Balter me planteó una parábola sobre una manada de zogúrath que logran penetrar las murallas de alguna de nuestras ciudades, al terminar la historia imaginaria, hasta que me soltó la pregunta final:

— ¿Cómo crees que podría proceder la legión humana ante una situación como esta?

Discutimos por horas este problema imaginario, dando cada quien su punto de vista… al final de la noche ninguno llegó a una conclusión. Aunque entendí que, en esa ocasión, debido a esa larga conversación con Balter la perspectiva que tenía sobre ciertas cosas había cambiado. También que tener una conversación de este tipo puede abrir tu mente, haciéndote razonar ante el mismo panorama desde diferentes perspectivas. Al finalizar nos despedimos y fuimos a dormir para regresar al día siguiente al castillo de Aristoteia.

CAPÍTULO 13

"Sangre y dolor"

Al llegar de nuestra pequeña travesía Victoria y Marián nos esperaban pacientemente en los jardines del castillo. A lo lejos se divisaban Letter y Caso charlando alegremente con la feroz Ferrovitz. Después se le unió a la plática Lucy Macniwel quien había llegado acompañada del rey de los morfos, Yiruz Nothabol que había solicitado que viniesen las damas y caballeros de la corte de la legión morfa.

Nos acercamos a nuestros amigos para preguntar qué sucedía, ya que no sabíamos el porqué de la visita de la corte real morfa en Aristoteia.

— La dama de la corte hubo de contraer matrimonio con unos de los miembros del jurado Henthy Mcwarren, esto sucedió poco después de que se marcharon de D`ynami.

Decía feroz Ferrovitz, a Letter y Caso a la vez que nos saludaba con una señal.

— ¿Qué tal ha ido su pequeña travesía moags?

Letter nos saludó entusiasmado, esperando escuchar nuestra historia. Al fin y al cabo, así es él, le encanta escuchar historias emocionantes.

— ¿Encontraron a algún zogúrath en el camino? Ya había pasado el tiempo suficiente como para bromear acerca de ese tema con Balter. Letter preguntó con una voz pícara, mientras daba de codazos a manera de burla en la cintura de Balter, quien era lo suficientemente alto para que Letter no alcanzara sus costillas.

— Nos ha ido bien, ¿qué tal ustedes enanos?

Contestó Balter con un dejo de molestia en la voz. Antes de que se desencadenara una incesante batalla de insólitas insinuaciones entre Balter y Letter me dispuse a intervenir; pero fue entonces que llegó uno de los mozos reales.

— El rey Zorenzo nos manda a llamar al salón halcón guerrero. Me pidió que les informara que deben prepararse para la celebración especial.

El mozo real marchó hacia el castillo, detrás de él caminamos Balter, Caso, Letter, y yo. Ferrovitz se despidió de nosotros, al igual que la dama de la corte.

— ¡Nos veremos pronto, padre!

Exclamó la radiante morfa de pelo rojo como los atardeceres. Habiendo caminado más, Ferrovitz gritó.

— ¡Tío Caso, procura que todo salga a pedir de boca!

El mismo mozo que hizo el llamado nos escoltó al interior del castillo donde, para mi sorpresa, se encontraban varios barberos reales, todos con petos hechos de piel curtida y teñidos de negro. Un hombre no tan alto, aunque perteneciente a la raza de los Alquímos me miró con mirada dura.

— Siéntese de una vez por todas; empezaremos a arreglarle. Tus amigos morfos seguirán en turno con alguno de mis muchachos.

El hombre con la cabeza rasurada, cejas gruesas y ojos fuertes me miraba mientras murmuraba algo.

Toda la orden de los barberos reales de Aristoteia era dirigida por ese tal Caudillo, nadie sabía por qué lo llamaban así, pero tampoco ninguna persona se tomaba la molestia de preguntarle su nombre de pila, simplemente lo llamaban de esa manera.

—¿Qué me cuentas mi amigo, todo está bien?

Preguntaba mientras me acicalaba. Es evidente que el rey Zorenzo, cuando decidía hacer algo, no se detenía hasta lograrlo; pero aún más importante procuraba que todo saliera a la perfección. Caudillo, el barbero, comenzó a cortarme el pelo que, por cierto, había crecido bastante desde nuestro alojamiento en el castillo de ónix en D`ynami. Mientras arreglaban las barbas de Letter, Caso y Balter, que se encontraban delante de mí, pude observar todos los instrumentos que utilizaban Caudillo y su pandilla de habilidosos barberos. Tenían unas tijeras largas y angostas que parecían ser de hierro acerado. Cepillos de pelo de castor con el mango y la palma de caoba. Brochas y navajas rústicas del mismo metal de las tijeras. Por último, del jabón para afeitarnos emanaba un olor a lejía aromatizado con lavanda, sándalo y alhelí.

Era interesante platicar con Caudillo mientras hacía su trabajo no reparaba en relatar las guerras legionarias, la fundación de Aristoteia y sus alrededores, para cuando terminó sentí que estreché una muy buena amistad con el lorde de los barberos.

Me sorprendí al ver a mis amigos que siempre tenían una desaliñada imagen de pronto con las barbas recortadas de forma exquisita. Era característico de mis pequeños moags llevar barba larga: Letter y Caso estaban irreconocibles; a Balter le habían dejado solamente una perilla rodeando su boca. Letter, por su parte, pidió que le dejasen un bigote tanto alargado como elegante, que en los extremos se curvaba sobre sí mismo. Todavía los barberos de la corte real no terminaban su labor cuando los sastres hicieron su triunfal entrada al salón. Comenzaron a tomar las medidas de nuestro cuerpo, arreglando prendas de telas finas y suaves.

Uno de los sastres empezó, confuso, a tomar nuevamente las medidas de Letter y Caso para hacer las prendas que engalanaríamos durante la celebración.

—¡Está todo listo!

Exclamó el altísimo sastre que anotaba medidas e indicaba qué clase de tela se utilizaría para cada vestimenta.

—Para ustedes dos no tendré que gastar mucha tela, eso me alivia un poco, ya que haremos un montón de prendas para esta ocasión. Es más, podríamos hacer vestimentas iguales, como si fueran dos niños pequeños.

Es evidente que tanto Caso como Letter sintieron

molestia por el comentario del sastre real, aunque después soltó una carcajada e hizo un guiño que indicaba que se trataba de una broma.

Al pasar de la tarde, el plazo de cinco lunas estaba pronto para ser completado. En el salón principal del palacio se celebró aquel alegre evento, el sastre entregó ese día más temprano las prendas que había confeccionado a la medida. Era muy extraño vernos a todos vistiendo tan elegantes galas; nos juntamos los miembros masculinos de la expedición en un cuarto al que Balter y Letter me convencieron de ir. Desde mi pequeña trayectoria con Balter no veía a Victoria, pues estaba todo el tiempo con Marián visitando la ciudad. Balter naturalmente, después de nuestro viaje de caza se encontraba más unido a mí que a nadie del grupo, habíamos amasado una buena amistad.

— Quiero hacer un brindis por este día tan especial. ¡Letter viejo idiota, cuidado con tu lengua que ya de sobra sabemos lo ligera que es y esta vez estoy dispuesto a cortarla

Exclamó Caso antes de soltar una fuerte carcajada.

— Es solamente un brindis por esta maravillosa compañía que se ha vuelto una familia para mí y para este viejo gruñón.

Dijo Letter quien sostenía una botella de hidromiel con la mano derecha y con la izquierda unas copas de cristal que le había prestado aquel mozo real que nos atendió durante toda nuestra estadía en Aristoteia.

— Me alegra estar en compañía de todos ustedes.

Amigos, en verdad no tengo palabras para agradecerles todo lo que han hecho por mí y por el bien de mi familia.

No hizo falta que nadie dijese una palabra más; solo pudimos reír, bromear y tomar hidromieles por unas horas; hasta que llegó el momento de ir al salón principal del palacio. Las campanas del templo de la ciudad comenzaban a repicar fuerte indicando que el ocaso estaba presente. Así que nos dirigimos al gran salón. De camino Balter apresuró el paso para adelantar a los pequeños morfos y ponerse a mi lado.

— ¿Sabes que el rey Zorenzo lo organizó todo en honor tuyo y de Victoria?, así que espero que puedas comportarte a la altura.

— ¿A qué demonios te refieres Balter?

— Todo lo hago por complacer a Marián, así que me encargué de hacer que el deseo que estaba plasmado en su diario se cumpliera. Te digo todo esto, aunque sospecho que algo ya sabías, para que no te tome por sorpresa lo que hoy ocurre en esta bella tarde de primavera.

— No es un gran secreto que todo lo que hiciste fue para cumplir su último deseo, ¿pero sabes? Sería capaz de llegar muy lejos para proteger a quienes amo.

Lo sé ahora vayamos a celebrar que Marián se encuentra bien.

Caminamos al palacio con una marcha solemne y llena de alegría. Al llegar al salón se encontraba toda la corte real de Aristoteia llenando con su honorable presencia el lugar, las mesas redondas lucían impresionantes gracias a la decoración de flores que estaban en sus centros. Los miembros de la corte real morfa empezaban a llegar al salón. Lucy Macniwel y Ferrovitz Letter, vestían de color plata y oro; Lucy la dama de la corte caminaba tomada del brazo de su esposo, mientras que la elegancia se hacía palpable en todos los invitados. Después de que llegaron se presentaron los reyes Yiruz y Zorenzo, que vestían sus mejores galas, con capas alargadas de rojo y morado.

Por último todos los presentes quedamos boquiabiertos al ver entrar a Victoria con un vestido de color blanco, como la pureza misma, que no tenía tirantes, comenzaba con encaje en la parte superior y, al llegar al estómago, su forma se abría en una tela vaporosa y relajada, que escondía perfectamente la silueta de su embarazo ya avanzado. La falda era larga, con un bordado en la parte baja, haciendo una galería de encaje que rodeaba todo el contorno. Encima de la cabeza un velo largo del color del vestido. Me quedé atónito al ver a Victoria utilizar tan impresionante vestimenta para el día en que fueran celebradas oficialmente nuestras nupcias. Detrás de ella, Marián lucía un hermoso vestido color rojo carmín, ceñido a la cintura, ajustado a sus caderas para después soltar el corte, delineando perfectamente su joven figura; volviendo completamente loco a más de uno de los integrantes de las cortes Alquímas y morfas que nos acompañaban en esta inolvidable ocasión.

La boda se celebró con la bendición de un viejo sabio que, por cierto, nadie entendía lo que decía, pero parecía que nos colmaba eternamente de bendiciones.

Comimos y bebimos sin parar, Marián parecía disfrutar enormemente de aquella ocasión, debo reconocer que a mis mujeres nunca las había visto así de hermosas, sin lugar a dudas era el hombre más afortunado de la tierra.

A la mañana siguiente… bueno más bien al atardecer siguiente, pues ninguno se pudo levantar a una hora decente debido a la farra del día anterior, mientras Marián y Victoria nos esperaban en el desayunador del palacio, los hombres de la expedición fuimos llamados ante los reyes para que nos comunicaran algo de suma relevancia.

—Peter… y compañía, siéntense por favor. El tema que estamos a punto de tratar es algo delicado así que agradeceríamos, el rey Yiruz y yo, que presten mucha atención.

Letter se sentó ruidosamente en una de las pesadas sillas. El rey Yiruz carraspeó para aclararse la garganta diciendo a continuación.

—No es casualidad que estemos aquí, además de la amistad que sostengo con el rey de los Alquímos, hemos estado analizando muy de cerca la condición de Marián; pues llevamos mucho tiempo esperando que esto sucediera.

El rey Zorenzo tomó las cartas que hasta ahora habían sido un secreto para todos nosotros. Las notas de los médicos Zilerd, Ferrum, Hostomir Kötter, el médico escuálido sin nombre y Warren Waggon revelaron que lo que a Marián le ocurría era, además de extraordinario, inverosímil e imposible. El altísimo continuó declamando:

— De las tinieblas proviene y a las tinieblas irá, como a ustedes les dije la manta le pertenecerá. Vayan al norte a buscarle más allá del desierto y de las flores, paren donde el concilio fue firmado, pues de ahí la primera agua cercana os habrá quedado. Caminen con cautela y sin mucha prisa, pues el desierto de la mente hace una ruina, no se espanten, pues solo entre las tinieblas y realidad sus respuestas hallarán, no vayan solos que el camino es largo. Si sus vidas desean preservar sin sus mujeres habrán de viajar. Con sangre y sudor habrán de pagar. Más lejos de la sangre y el dolor, que el mundo los encamine, que nuestros dioses los cuiden. Recuerden que las arenas del tiempo ya transcurren en su contra. Extremen precauciones, mis valientes aventureros, recuerden que su dirección tiene por destino un lugar a donde nadie ha llegado vivo.

CAPÍTULO 14

"Entre el fuego y las cenizas"

Las palabras del rey Zorenzo retumbaban en mi cabeza; me encontraba taciturno, sinceramente ignoré a todo el mundo, me recluí en un balcón del castillo. El cielo rojo fue testigo del llanto más sincero y profundo que un hombre puede sentir. Las horas transcurrieron lentamente hasta que la luna salió. Aquella madrugada se me dificultó conciliar el sueño, pues me sentía abatido por las palabras tan confusas que seguramente ni el hombre más preparado en toda Aristoteia podría procesar correctamente.

Victoria lucía radiante esa mañana, sin lugar a duda un momento que me encantaría preservar eternamente si pudiera no estar pensando en aquellas palabras. Cuando despertó y sin que le comentara nada comenzó a preparar todos nuestros enseres y vestimentas, claramente no era necesario decir nada. Sabíamos que habríamos de partir sin dilatar. Bajamos y los reyes Yiruz y Zorenzo estaban en un acalorado debate sobre lo que se habría de hacer. Nos dieron la bienvenida y el rey Zorenzo comenzó a hablar diciendo:

— Deberán de viajar hasta la taberna más cercana donde Marián y Victoria habrán de esperar pacientemente vuestro regreso. Los guardias custodiarán fielmente aquel complejo que será como su segunda casa.

A la otra misión parecía que iríamos solos. Fue cuando uno de los hombres del rey Yiruz, que no paraba de hablar con otro morfo, se ofreció a acompañarnos al viaje suicida. Era el general Foel Gadel que, además, era gran amigo y compañero de armas en pasadas aventuras de Letter y Caso. *Esos hombres tienen grandes lealtades de su lado.*

Pensé para luego realizar un saludo solemne ante los reyes que, a juzgar por cómo se despidieron de nosotros, era como si dijesen el último adiós, esto me heló la sangre.

Nos dirigimos hacia el sur y luego al oeste, donde nos recibió mi viejo amigo Lore-Han amablemente.

— Bienvenido nuevamente amigo Peter; veo que el pasar de los años han hecho un gran trabajo con tu persona; lo interesante sería que me contases quiénes son aquellos que te acompañan; veo que estás rodeado de muchos seres queridos, lo supe desde qué pisaste esta taberna.

— Qué bueno es verte amigo!

Exclamé a la par que le daba un amistoso abrazo, se veía agotado por el pasar del tiempo. Conversamos por largo rato, aunque evidentemente Lore-han ya no era lo que solía ser. El pasar del tiempo lo hacía ver viejo y cansado, tenía un aspecto muy diferente.

Esa noche dormimos en Gedia. Nos despertamos como cualquier día. De la parte superior de la taberna se escuchó un alarido que, posteriormente, se transformó en el llanto desesperado que había escuchado diez y ocho años atrás, vinieron a mi mente muchos recuerdos. Era mi pequeña Marián que con movimientos descontrolados volvió a tener convulsiones, esta vez Balter la sujetó de las muñecas para calmarla, me acerqué a ella:

— Ya, tranquila mi pequeña. Todo saldrá bien, pronto partiremos hacia el norte, verás que el rey Zorenzo tendrá razón y que encontraremos pronto lo que alivie tu dolor.

Marián se tranquilizó cayendo en un sueño profundo, Victoria tocó su frente para revisar su temperatura.

— Peter, ¡está ardiendo!... pide al tabernero unos paños y agua helada!

Asentí y sin titubear bajé a conseguir algo para bajarle la fiebre a Marián. Entre alucinaciones nuevamente murmuraba algo que no entendíamos. Estuvo así durante un rato, casi hasta el mediodía. Es evidente que su lastimosa condición nos invita a apretar el paso así que antes de partir al camino indicado por el rey de los Alquímos hice unos últimos "encargos". Pregunté a Lore-han acerca de un comercio itinerante que noté de camino.

— Los comerciantes viajan mucho en esta época del

año, después del invierno que de por sí ya es difícil la gente del sureste se reúne cerca de Musnug para restablecer el comercio que, en las épocas decembrinas, se detiene.

Pregunté por un tipo de comerciante en particular, ya que era mi deseo darle un presente a Victoria antes de partir. Lore-han agregó:

— Ahora que me contaste acerca de tus travesías y sé lo duro que ha sido, debo de decirte que cuentas conmigo para cuidar de Marián y por supuesto también de tu mujer. Las damas Reisk estarán a salvo mientras permanezcan en Gedia.

— Muchas gracias, Lore-han, es un gesto muy amable de tu parte.

Agradecí y me apresuré al mercado itinerante en donde me encontré con el ya cansado joyero Rafú J`-dion que iba acompañado de un joven muy parecido a él y se llamaba Jatronis, hijo de Rafú. La estatura del muchacho era aproximada a la de Caso, lo que me parecía del todo extraño, ya que los morfos regularmente, no alcanzaban esas alturas. Rafu, por su parte era un poco más bajo que Jatronis, con el pelo entre negro y cano y un bigote delgado decorando la parte superior de los labios, al igual que su hijo era delgado. Me llamó la atención la fuerte mirada de Jatronis; el joven muchacho no utilizaba una barba prominente, por lo contrario, solo tenía una delgada línea de pelo que enmarcaba su rostro y recorría la parte inferior de su cara.

Me mostraron, en una vitrina de madera con un cristal grueso, algunas joyas de oro y plata con incrustaciones de gemas. Llamó mi atención un anillo que parecía ser de un oro con tonos rosas, una gema grande al centro bordeada por otras blancas de menor tamaño me pareció él regaló ideal. Pregunté al señor J`dion por aquella espectacular joya y contestó en tono amable y educado:

— Serían ochocientas piezas de oro, ya que usted me ha comprado con anterioridad, nunca olvido un rostro y menos el de un cliente.

El precio no era algo determinante por lo que me dispuse a contar las piezas de oro cuando el joven, que se encontraba apartado, se acercó e interrumpió a su padre:

— Disculpe, pero el precio por esa joya es de mil piezas de oro, si le gusta, si no puede usted ir con otro joyero. Me resultó desafiante su actitud:

— Disculpe joven joyero, pero yo soy cliente de su padre, no suyo; por lo que el trato lo realizaré con él.

Ambos se apartaron a discutir, mientras yo esperaba. A regañadientes el joven se marchó gritando que sus diseños eran los mejores por lo que debían costar más. Me apresuré a pagar al señor Rafú, para marcharme de ahí. Debo reconocer que los diseños del joven joyero eran muy buenos. El señor recibió las piezas de oro y platicando un poco sobre D`jdion (que era el nombre de aquel comercio) me comentó que llevaban en esto desde la época de su abuelo.

Al marcharme el joven joyero me miró de forma penetrante como quien mira a un ladrón. Apreté el paso dirigiéndome a Gedia para ver cómo se encontraba la salud de mi joven hija. Monté a *Ferdinand,* me dispuse a regresar para encontrarme con los que consideraba ya parte de mi familia, creo que el error que cometí tuvo un costo muy alto, ya que el haber tomado la decisión de viajar sin todos mis compañeros me exponía a los peligros del mundo.

Faltando una hora para arribar a Gedia, se me emparejaron dos caballos negros de aspecto muy tenebroso montados por dos encapuchados. Uno me saludó mostrando unos podridos y amarillos dientes detrás de su capucha. Con una voz rasposa, resonante y grave preguntó:

— ¿Disculpe, sabe por dónde llegar a una taberna cercana a este Valle?

Negué con la cabeza, sin darme cuenta el otro caballo llegó por mi costado izquierdo y fue ahí que su jinete me apuñaló con una daga de hierro, de aquellas que eran prohibidas en cualquier comercio formal de Imphéria.

Los dos encapuchados desmontaron sus caballos, el dolor de mi costado era intenso, uno de ellos soltó una carcajada que sonaba casi oscura, mientras el otro pisaba la herida supurante con su sucia bota apretándola con una crueldad sin precedente.

— ¡Malditos!

Dije a la par que me retorcía de dolor. El que tenía los dientes hediondos se acercó a pocos centímetros, aunque el dolor era intenso, el sentimiento de rabia e impotencia de no saber por qué demonios esos hombres estaban haciendo aquello me invadía. Entonces con una voz aguda y siniestra: *a diferencia del otro, esta voz chillaba cada vez que salía de la boca del encapuchado.*

Asomé la mirada un poco buscando un rostro de tras de la negrura de esa capucha, entonces apenas logré ver una cara pálida y unos ojos con un iris que cambiaba de tonalidad, la parte exterior denotaba un color ámbar, mientras la más cercana a la pupila era anaranjada intensa. Era como ver una gema color ámbar derritiéndose en las llamas de un fuego ardiente. El otro hombre que ni por asomo dejaba ver su rostro detrás de su capucha se inclinó hacia mí, solo con una carcajada malévola tomó el mango de aquella daga decorada con figuras de escorpiones. El despiadado hombre clavó con fuerza aquella arma de hierro retorciéndola con maldad y removiendo mis entrañas. El dolor era insoportable, pero no me podía dejar vencer, menos en este punto en donde había una pequeña esperanza de salvar a Marián.

Los dos siniestros comenzaron a hablar entre ellos en un idioma desconocido. El hombre de la voz grave me pateó las costillas a la vez que me preguntaba:

— Maldito humano dime… ¿Dónde está la elegida? Asestando un golpe por cada palabra que decía. Traté de resistir, pero la herida se abrió aún más… en ese momento, perdí el conocimiento.

Al abrir los ojos logré divisar en el cielo una estrella tintineante, ya era de noche. No había señal de los encapuchados, aproveché el tiempo para desatarme de las amarraduras, haciendo una revisión rápida de la herida, la sangre estaba seca, pude hacer algunos movimientos, de la bolsa que se encontraba amarrada a la silla de *Ferdinand* saqué un pedazo de tela improvisando una venda. No cabe duda de que la suerte me acompañó en esa ocasión, ya que los malditos encapuchados dejaron mi montura amarrada. Al montar a *Ferdinand* la herida se abrió, como pude, manejé las riendas del corcel con una mano mientras con la otra aplicaba presión a la herida.

Al llegar a Gedia, desmonté entrando en la taberna sigilosamente, el dolor no me dejaba moverme. Pedí a Lore-han que me ayudara a curar mi herida, teniendo cuidado que nadie de la expedición se percatara de mi presencia. Temía que eso atrasará el viaje hacia el norte. Lore-han me observó alarmado a la vez que curaba él daño en mi costado. Después de que concluyó tuve una larga charla con él, me reconfortó saber que tenía buenos amigos por todo Imphéria.

Al día siguiente Letter, Caso, Balter y yo estábamos preparados para salir. Las despedidas siempre se me han hecho dificultosas, así que acordamos desayunar todos juntos una última vez antes de partir. A Marián se le notaba cansada, Victoria también lo estaba, pues había pasado la noche en vela cuidándola. La herida me dolía, pero trataba de disimularlo para no causar conmoción en el grupo; Victoria se acercó a mí y a manera de susurro me dijo:

— Marián tuvo otro episodio anoche, esta vez los

balbuceos se entendían más, la fiebre no le bajaba ni con paños de agua helada. ¡Estoy muy preocupada, Peter!

—No debes de preocuparte, a partir de ahora apresuraremos el paso para encontrar la cura para nuestra hija, sigue cuidando de ella pero, sobre todo, cuídate tú. Lore-han te ayudará en todo lo que necesites, debes de estar sana por el bien de nuestra familia.

Toqué el vientre de Victoria y sonreí; pese al dolor que me causaba la enfermedad de Marián me alegraba mucho el saber que otro miembro de la familia Reisk estaba en camino.

Marián se unió a nosotros después de ir a la barra por una infusión de hierbas que le había preparado el tabernero de Gedia.

—Buenos días me gustaría compartirles algo. Esto sucedió mientras estábamos en Aristoteia cuando dicen que estuve dormida por largo tiempo.

Por fin nos revelaría algún detalle de lo que sucedió, todos nos quedamos esperando que sus sueños nos dieran algún indicio de la cura que con urgencia ecesitaba, así Marián comenzó:

—El sol salía radiante, alegre bañaba las plantas y flores. Me encontraba junto con animales del bosque que jugueteaban conmigo, al fondo se podía ver aquel paisaje que reverdecía de vida y alegría. La paz que podía sentirse era increíble, los animales pacíficos se acercaban curiosos a mí durante horas, los árboles llenos de frutos deliciosos caían en perfecto estado de madurez y dulces como no los había probado antes.

Recorría todo aquel hermoso valle que al centro tenía un gran lago, donde el agua cristalina albergaba toda clase de peces, pequeñas ranas y sapos que armonizaban perfectamente en una melodía exquisita. El atardecer se hacía presente y tampoco sentía el miedo habitual que toda la vida he experimentado, permaneciendo en calma esperaba en armonía. Los zogúraths se acercaban dóciles a mi lado, de manera delicada solicitaban una caricia, nada que hubiese visto antes. Transcurrían las lunas, llenas de alegría y paz. Esto debía ser el paraíso, el lugar perfecto donde deberíamos vivir. Al pasar el cuarto menguante, se podía apreciar de manera sencilla un par de cuernos, pues solo se veían en dos extremos del cuarto creciente sin que pareciera la luna, hasta ahora jamás había visto esto.

En aquella noche inspiradora sucedió algo poco común; pues a la distancia comencé a divisar un resplandor rojo, parecido a un fuego lejano a punto de extinguirse, en un inicio pensé que habría sido un rayo que a la lejanía del bosque había iniciado un pequeño incendio y que pronto habría de extinguirse. Sucedieron más noches, pero aquel resplandor no cesaba, cada vez llamaba más mi atención; así que al otro día decidí incursionar para ver qué es lo que sucedía en aquel lugar. Comencé mi andar internándome en aquel bosque lleno de gracia. Al principio la cordialidad de los animales era la misma que hasta ahora, al pasar una vereda hecha de cal noté cómo los animales huían despavoridos en dirección contraria a la que yo caminaba. Entonces la temperatura se comenzó a elevar, el cantar del bosque cesó y dentro de aquel sepulcral silencio sentía como si me llamaran en dirección al resplandor, era un susurro ahogado que gritaba mi nombre. Continúe mi caminar cada vez más consternada por el paisaje; el olor de las flores y la vida se había extinto ya hace algunos kilómetros, es cuando comenzó a llegar un aroma fétido y putrefacto, rodeado de humo de vegetación en llamas. El soplar del viento comenzaba a estrellar contra mi rostro pequeños cúmulos de ceniza que me quemaban los ojos. Los árboles se veían de color blanco y cuando las rachas de viento aumentaban se podía ver que detrás de la ceniza se encontraba un color rojo vivo que a ratos encendía llamas espontáneas quemando mi piel, cuando el viento cesó y pude abrir los ojos, noté el suelo encendido en llamas y rayos que caían en la cercanía volviendo ensordecedor el ambiente. Una sombría forma que parecía ser humana que estaba cubierta de una gran capa negra con letras de oro mantenía agachada la cabeza que por la capucha no podía distinguir el rostro. Entonces escuché un aullido parecido a mi nombre. La figura levantó la mirada, que me hizo ver aquellos ojos azules que resplandecían, para después en un instante tornarse rojos, todavía más intensos que el fuego que lo rodeaba. El dolor era impresionante, sentía cómo toda mi piel se resquebrajaba. Sumergiendo mi alma y mi cuerpo entre el fuego y las cenizas.

CAPÍTULO 15

"La pista del loco Millers"

Nos encontrábamos sentados casi con la boca abierta por lo que acababa de contar Marián, como siempre el primero en romper el silencio fue Letter con su indiscreto carácter.

— ¡Qué impresionante historia nos acabas de relatar joven Marián, en verdad me pregunto en qué podría terminar tan interesante relato!

Esta vez, nadie… ni siquiera Caso trató de llamar la atención de su moag, estábamos demasiado abrumados de escuchar tanto dolor, era terrible saber que Marián no solamente estaba sufriendo un estado físico agravado, sino que el veneno probablemente estaba afectando también su mente. Antes de partir Victoria me pidió un momento a solas para conversar, me abrazó a manera de despedida. Comencé a sentir sus lágrimas escurriendo por mi cuello, con la voz entrecortada comenzó a decirme:

— Cuídate mucho amor mío, cuento contigo para

desentrañar los misterios de la enfermedad de nuestra hija, es probable que sea un camino duro, pero cuando las arenas no te dejen ver, mira hacia el cielo que mi amor, junto con las estrellas te habrán de devolver a mí. El tiempo apremia, que todas las deidades te acompañen por aquel terrible sendero que estás por emprender. Odiaría que nuestros esfuerzos sean en vano, no te dejes vencer nunca, recuerda que el amor que nos profesamos fue y será para siempre tuyo.

Se me hizo un nudo en la garganta que no me permitía hablar. Entonces ese largo abrazo por sí solo demostró a mi amada que haría lo que fuera por protegerla a ella como a nuestra familia. Llevé mi mano al bolsillo, sacando una bolsa de terciopelo rojo que di a Victoria, en señal de mi eterno amor, el anillo símbolo de nuestra alianza infinita como estrellas hay en el firmamento.

—¡No tenías por qué hacerlo amor mío!, ya bastante me has demostrado en todos estos años.

Aquella despedida hizo mi corazón añicos, al parecer ese día no fui el único en abrazarse apasionadamente.

Al bajar al comedor las despedidas fueron solemnes porque partiríamos por la noche. Aprovechando que Balter era un peligro mortal para los zogúraths, dejamos todo de lado para disfrutar una última vez con toda la familia reunida.

Caso se me acercó en completa discreción y me pidió acompañarlo a revisar los herrajes de los caballos que llevaríamos. Con gusto acepté, así que nos dirigimos hacia los establos, rápidamente y con un dejo de nerviosismo, Caso volteaba en todas direcciones asegurándose de que estuviésemos solos.

— Cuéntame viejo amigo, ¿cómo va esa herida?

Me extrañó en extremo por la pregunta de Caso, puesto que había sido muy cuidadoso en disimular la herida, de manera que esto no retrasara nuestro viaje.

— No es nada moag, un rasguño sin importancia.

Aquel general morfo, malhumorado y gruñón, me soltó una mirada de incredulidad haciéndome entender que no era fácil engañarlo, por lo que inmediatamente me dijo:

— Cuando volviste de aquel comercio itinerante, el costado de *Ferdinand* estaba lleno de sangre, ¡Tú crees que soy imbécil!, cuéntame qué diantres pasó en aquel lugar.

No quería darle importancia a esto, pero debido a la presión y la vehemencia con la que Caso me asediaba, opté por contarle lo sucedido. El viejo morfo jaló su barba y jugueteó con ella mientras en silencio pensaba, a la vez que balbuceaba con molestia en su tono. De pronto me miró extrañado y prosiguió:

— ¿Así que eso era?…

Volvió a su estado reflexivo, jalando su negra barba, diciendo esta vez:

— Los hombres que te atacaron pueden estar relacionados con los que portaban las medallas con un emblema extraño, ¿los recuerdas?

Inmediatamente, asentí:

—Pienso que todo esto está misteriosamente conectado con lo que mencionó Grunem sobre la logia roja.

Salimos del establo después de discutir acerca del tema, planteándonos un plan de acción en caso de volverlos a encontrar. Al entrar de nuevo a la taberna Caso llamó a Letter, Gadel y Balter a una reunión urgente, planteándoles que nos seguían de cerca por lo que nuestro viaje se tornaría cada vez más peligroso. Gadel, quien se encontraba tomando junto con Letter, insistió que no habría enemigo que pudiese resistirse al acero de su afilada hacha. Caso tomó precauciones extras por lo que dijo:

— Letter amigo mío debemos alertar Lore-han, en caso de divisar a los encapuchados. Deben de tener un cuidado extremo en no permitir el paso a esta taberna a cualquier persona que se encuentre encapuchada, o que porte algún medallón extraño.

Eso fue lo que hicimos, mientras Gadel y Letter salieron de aquel lugar de descanso para alertar a los soldados que el rey Yiruz había asignado a protegernos, mismos que permanecerían resguardando la integridad de Marián, mientras nosotros no estuviésemos en Gedia; al parecer su seguridad se había vuelto un tema que le concernía a dos naciones. Lore-han al escuchar acerca de la logia roja quedó sumamente extrañado y mirándome a los ojos dijo:

— Joven Peter, en todos mis años de viajero he escuchado demasiadas historias, algunas ciertas, otras con algo de cierto y un dejo de fantasía, tantas más que son mera invención de algunos viajeros, locos y viejos, buscando darle emoción a su vida. Aunque debo de aceptar que nunca había escuchado de la logia roja. Se sabe de mercenarios que rondan las ciudades y asesinan a personas; también de mercaderes oscuros. La famosa historia de los hermanos Oraths, por supuesto, que no muchos conocen. Pero ¡no hay por qué temer!, amigo aventurero, tus damas estarán a salvo, sin importar a quién sea que nos enfrentemos, sentirán el hierro de la legión Epizéa.

En ese momento me percaté que mi viejo amigo guardaba un secreto que no había descubierto a pesar de conocerlo durante tantos años. Aunque me encantaría conjeturar acerca de si Lore-han era un soldado, o si acaso tenía un rango mayor en la legión, no había más tiempo que perder. Así que le agradecí y reuní al grupo para marchar hacia una nueva travesía sin saber qué nos esperaba o cuál sería nuestro destino a partir de ahora.

Tomamos cinco caballos, por supuesto jóvenes. Aunque deseaba que *Ferdinand* me acompañara en esta aventura ya estaba un tanto viejo como cansado, increíblemente su estado anímico estaba por los suelos: *¿la causa, será que la condición de Marián, quien lo cuidaba, estaba empeorando?*

Esa madrugada marchamos los tres valientes morfos, Balter y yo hacia el noroeste regresando rumbo a North Valley. Aún adolorido por aquel desagradable encuentro en Greenville, en mí recorrer hasta Gedia, noté el costado todavía lastimado. El próximo lugar de descanso no estaba tan lejos así que decidí no preocupar al grupo, aunque advertí la herida sangrante. Caso estaba pendiente de mi condición, me miraba de vez en vez con el rabillo del ojo. Cansados por el viaje decidimos hacer una parada un tanto peligrosa, la taberna que nos hospedaría en este momento tenía un letrero de hierro, que al son de la crueldad de los Ananítas rezaba: El orgullo de Anán. Al entrar pedí al tabernero que me proporcionara algún destilado para fines de curación, con su mala expresión solamente negó con la cabeza a la vez que balbuceaba insultos en un dialecto muy típico de la región de Anán. Balter indicó a Letter, Caso y Gadel que fueran directamente a la parte superior de aquella posada.

— Mi amigo te ha hecho un pedido, maldito e inmundo Ananíta.

¡Si te molesta nuestra presencia más te vale voltear hacia otro lado!

— ¿Quién te has creído?, esta es mi taberna, así que no atenderé a quien tiene alianzas con los malditos morfos. ¡No son bienvenidos en El orgullo de Anán, así que lárguense!

El tabernero tenía un rostro casi desfigurado, su nariz era enorme y cacariza, su cabello negro demasiado delgado, mientras que un agujero de pelo dejaba ver su calva a la altura de la mollera. Era, por mucho, el más mal encarado de todos los taberneros de Imphéria. Una vez más murmuró un insulto, por lo que Balter, molesto del todo lo tomó del cuello, levantándolo con gran facilidad.

— ¿A quién estás insultando? ¡Maldito, e inservible remedo de persona!

Grohem era el nombre de aquel tabernero, después supimos que se consideraba a sí mismo un inzami[27] tanto odio a otras personas me provocaba un sentimiento de hastío.

— Balter, lo que este hombre hace no es correcto. Pero recuerda que en este momento hay una prioridad que debemos seguir.

Lo soltó dejándolo caer de tras de la barra. Utilizando sus largos brazos y sin mucho trabajo tomó de una repisa una botella color amarillo.

— Haz lo que tengas que hacer Peter. Voy a decir a Letter, Caso y Gadel que cabalgaremos hasta una posada cerca del río Northforth.

La molestia se notaba en el rostro de Balter, por un momento pensé que ahorcaría a Grohem hasta llevarlo a la asfixia. Sin embargo, salió de la taberna dejando caer pesadamente la puerta de la entrada. Como pude removí la sangre de la herida, vendando mi estómago según lo aprendido en Aristoteia. Volví a pensar *algún día viajaría y conocería a aquellos que saben curar.* Lo que en realidad no sabía era que aquella visita me traería tan grandes beneficios, entre ellos salvarme la vida.

No estaba tranquilo después de descubrir que aquellos sujetos encapuchados tenían cierta similitud

---

27   Inzami: personas pertenecientes a la legión Ananíta. De carácter iracundo. Los inzamis odian por naturaleza a los morfos y si por ellos fuera eliminarían a cada morfo de Imphéria. Concordaban con las ideologías radicales del reinado Ananíta.

con quienes nos atacaron anteriormente. Me pregunté si todos serían de la logia roja.

Debido a los acontecimientos recientes puedo concluir solo una cosa. Ellos probablemente no estarán tranquilos hasta tenerme en sus manos. Por otra parte, aunque no lo desee así, deberé de poner sobre advertencia a mis amigos. Lo único que me importaba en este momento eran Victoria y Marián; aunque ellas no viajen junto a nosotros son mi mayor razón de existir, si algo les llegase a pasar no me lo perdonaría nunca. Pensé, mientras que aguantaba el dolor que sentía debido a la herida todavía supurante.

Al terminar salí al encuentro de los demás y marchamos a la siguiente posada, después cruzamos el río. Dormimos en otra taberna, pasando sucesivamente de taberna a posada hasta llegar a un paso sumergido al que Balter le llamaba el paso del diablo. El solo escuchar ese nombre me ponía nervioso, el panorama cambiaba drásticamente, denotando todo el ambiente en un color café arenoso, debido al color de las rocas de aquella vereda. Por primera vez cruzaríamos a Imphéria del norte, donde lo desconocido nos esperaba. La incertidumbre me estaba matando; en ese momento reafirmé que pasara lo que pasara yo debía de encontrar la cura para mi hija. Entonces recordé: *Un hombre debe de hacer lo necesario para proteger de su familia, sea cual sea el costo de eso.*

Comenzamos a descender por el filo de la montaña hasta lo que parecía una vereda, en las paredes descendían enormes hiedras que no eran venenosas, que tenían amplias espinas que parecían cuchillos afilados. Gadel comentaba que serían excelentes dardos para una cerbatana. Mencioné que el ocaso se encontraba próximo así que bajamos por el camino que habíamos trazado, este nos llevaba por una vereda que terminaba en una especie de cañón, donde las paredes se estrechaban de manera súbita haciendo a aquel lugar especialmente difícil de transitar, dándole todo el sentido a la fama y nombre. Letter y Caso indicaron que sería hora de montar el campamento, así que con sus afiladas armas comenzaron a cortar algunas zonas secas de aquella hiedra. Gadel se dispuso a preparar los insumos y utensilios para la cena de esa noche, Letter y Caso tomaron parte de aquella hiedra para encender una fogata para mantenernos calientes. Aproximamos nuestras cosas hacia un pequeño techo que se formaba entre la piedra caliza, mientras Balter atento perseguía con la mirada a un joven jabalí que entre la hiedra buscaba y olfateaba por raíces. Tal y como me había enseñado con aquella cierva en el bosque de Mageia, el enorme cazador siguió los pasos indicados para asestar con una pequeña daga de hierro entre las costillas al animal, para después terminar con su vida. Aquella noche el festín fue digno de la realeza. Letter rebanó al jabalí, ahumando la carne y separándola en pequeñas bolsas de cuero, que servirían para los periodos de hambre dentro de nuestra travesía. El curioso morfo demostró todas sus habilidades de preparación de alimentos. Nos dispusimos a dormir junto al fuego en las profundidades de aquel camino.

A la mañana siguiente, divisamos a la lejanía una salida de aquel paso, logramos ver por encima de las rocas un paisaje arenoso el cual reflejaba el cielo como si estuviese en la tierra, a lo lejos un brillo llamó nuestra atención. Se lograba ver una estructura piramidal que pareciese estar hecha de espejos; aquel lugar se veía oxidado y corroído por el pasar de los tiempos. Rápidamente, salimos de aquel cañón maldito que, por suerte, cruzamos con tranquilidad. Nos dirigimos hacia aquella estructura, conforme nos acercábamos podíamos apreciar grandes trozos de lo que parecía ser cristal cubriendo algunas zonas de la pirámide, que habían escurrido cuál cera de una gran vela.

— Parece que hemos llegado a aquel lejano lugar donde todo hubiese comenzado.

Letter se mostraba entusiasmado de estar en el sitio que describió Lefka en sus historias.

— ¡Todo parece estar igual!, nada ha cambiado…

Caso espetó una molesta mirada a Letter, aunque no tranquilo con esto asestó un fuerte codazo a su pelirrojo compañero. Letter carraspeó corrigiendo lo recién dicho.

— Parece que nada ha cambiado según los relatos contados por los ancianos, sobre el gran concilio que aquí fuese firmado hace ya mucho tiempo.

— Basta de hablar lengua floja Letter.

Caso había encontrado una nueva forma de llamar a Letter, pues este se molestó por lo que su compañero decía.

Comenzamos a rodear aquella magnífica edificación porque escuchábamos ruidos de animales y latigazos incesantes. Notamos una carpa de tela de muchos colores alternándose y en medio había franjas blancas, lo cual nos resultó muy curioso. En la parte baja, había un acceso que develaba en el interior a un extraño ser que sostenía un látigo, gritando incesantemente a bestias y a personas que se encontraban dentro de carretas de madera con barrotes de hierro. El viejo casi no tenía cabello, él poco que tenía era blanco y alborotado por los lados. Estaba dentro de una media esfera de cristal cuarteado que cubría una parte de su cabeza y cuello.

Las vestimentas dejaban ver partes de su piel que tenían fundidas incrustaciones metálicas. La misma estructura que lo contenía hacía ver a un ser con figura de hombre corpulento. Su estatura no rebasaba por mucho la mía. Noté que sus piernas tenían muchas más partes metálicas junto con improvisaciones de pedazos de madera y cuerdas que supongo le ayudaban a sostenerse, se notaba en sus extremidades algo parecido a venas verdes cuasi viscosas que sobresalían de manera repulsiva. Por detrás de su cabeza se podía ver un tubo que nacía desde su nuca finalizando dentro de su boca y nariz. Eso era por mucho lo más extravagante que había visto jamás. Lo más sorprendente era que pese a que tenía aquel objeto obstruyendo su boca todo el tiempo pudiese hablar de manera inexplicable a través de aquel artefacto. Al acercarnos tenía un látigo; al mirar dentro de la cúpula de cristal cuarteado logré ver cómo meneaba repetidamente la cabeza de un lado a otro a la vez que gritaba con una voz extraña que oscilaba entre las escalas agudas y graves, además todo esto hablaba entre gritos y susurros:

— *Avanzar debemos, si espectáculo un beuno ofrecer quremos. Saltad bestias preciosas que a la ciudad el circo llegdao ha.*

Su forma de hablar era completamente extraña, al acercarme un poco más pude ver cómo sus ojos giraban dentro de sus párpados, mirando de forma delirante de un lado al otro de modo incontrolable. No pude evitar pensar que podía tratarse de aquel comerciante "que está completamente loco" del cual se nos habló anteriormente. Letter y Caso se miraban con cierta complicidad, mientras Balter ponía los ojos en blanco en señal de estar exasperado.

— *¡Vaijeros nuevos llegado han!, el esocetáculo de comenzar debe.*

Tenía un extraño acento y sobre marcada algunas letras al momento de pronunciarlas.

— *Saltad hermosas beistas que de comenzar todo ha.*

El extraño de aquel circo ambulante observó a cada miembro de nuestra expedición, hasta que se fijó en mí, observándome sin dejar de mover la cabeza y ojos de lado a lado.

— *¿Qué os trae viajeros, a estas teirras de nadie? ¿Acaso viajáis la norteeeeeee?*

Preguntó soltando una mirada enloquecida. Mientras que su extraña voz repetía muchas veces la letra final de la última palabra que decía. Nadie supo qué contestar, hasta que Letter se paró frente al extraño ser y mirando hacia arriba pregunto al "hombre".

— Nuestros amigos humanos necesitan llegar al norte, ¿acaso sabe cómo hemos de lograr tan peligrosa hazaña?

— *Millers mi nombre es, saber muchas cosas debo, pero si respeustas queréis el espectáculo ver deberán.*

El cirquero tomó su látigo como el maestro de ceremonias que creía ser, carraspeó y su voz se escuchó esta vez con un tono metálico; entonces se acercó a unas de las carretas con barrotes de hierro y dejó salir a algunos de sus animales golpeando el piso fuertemente. El chocar del látigo contra el piso producía un sonido sordo que asustaba a los animales, uno de ellos tenía unos colmillos de considerable tamaño

Entonces el *loco* Millers empezó a recitar.

— *Saltad Bestia, a-rtavéz del fuego pasar debéis.*

Se acercó a una de las carretas que había modificado para utilizarla como parte del espectáculo, solo tenía dos barrotes de cada lado dejando una abertura para que el animal saltase. No parecía complicado, pero entonces, Millers sacó una botella tapada con una tela color hueso, rociando un líquido transparente con evidente contenido alcohólico, frotando una barra de madera en contra de una roca produjo fuego que aplicó a los barrotes recubiertos de tela. El animal saltó ferozmente pasando de un lado al otro de la jaula a través del fuego. El cirquero volvió a golpear el suelo haciendo un estruendoso ruido. Letter aplaudió y Gadel siguió el juego al pelirrojo morfo; Caso los miró e hizo una seña para indicar que aún no terminaba el espectáculo.

Millers abrió otra de las carretas con barrotes que de un lado tenía una puerta y dentro se encontraba un hombre con la piel del color de los carbones, amarrado de brazos y piernas. El grillete que lo privaba de su libertad apretaba en la parte del talón, junto a él una mujer con la piel de un tinte amarillento y el iris del color del néctar. Millers les ordenó salir de aquel lugar y obedecieron de inmediato. Caminaron al centro del escenario arrastrando unas gigantes bolas de hierro amarradas a sus pies. De nuevo el cirquero golpeando el suelo comenzó:

— *¡Ahroa verán lo más maravilloso que se puede ver en estas tierras!*

Aquel hombre movía la cabeza a una velocidad mayor que antes de lado a lado presentó a los malabaristas, mientras lo hacía, cambiaba los grilletes de las piernas por otros con unas bolas de hierro más pequeñas y ligeras. Supuse que eso dejaría moverse a aquellos "artistas circenses" con mayor libertad.

— *El circo ambulante presenta: malabraismo de ritmo… ¡Con ustedes la hermosa Yu Gyüng y el ágil Johari Sharik!*

Unos diez hombres comenzaron a tocar desde dentro de sus jaulas una rítmica melodía, solamente tenían laúdes y darbukas. Tanto Yu como Johari comenzaron a estirarse, dando maromas y saltos por todo el escenario. El loco Millers se acercó para asestar un latigazo a Johari. El fornido de piel oscura tomó la cadena que estaba enganchada al grillete y empezó a girar la bola negra que mantenía al hombre cautivo. En un inicio pensamos que era parte del espectáculo, pero fue acercándose al maestro de ceremonias poco a poco. El loco Millers asestó un latigazo esta vez en la piel de Johari en lugar de golpear el suelo.

— *¡Bestia, atrás ir debes!*

El hombre siguió girando la cadena aguantando todo el dolor de los latigazos; de sus brazos resaltaban venas del mismo color que su piel. Millers continúo diciendo que retrocediera, pero con una dura mirada seguía acercándose y girando la negra bola por los aires. Al alcanzar al cirquero asestó un golpe con la bola, al hacerlo se escuchó el sonido de metal contra metal, cuál un martillo golpeando un yunque al forjar una espada en una herrería. A su vez el loco se defendió utilizando su látigo que entrelazó con la cadena de hierro, Millers jalaba el látigo y Sharik hacía lo mismo con las cadenas de hierro oxidado. Hasta que el cirquero entendió que de seguir jalando el látigo sedería hasta romperse, así que lo soltó. Rápidamente y sin siquiera inmutarse por el golpe, embistió golpeando de manera bestial al pobre Sharik que, a pesar de su gran musculatura, quedó tirado en el suelo quebrándose de dolor. Mientras se encontraba tirado, comenzó a escupir sangre con una especie de convulsión. Terminado el espectáculo ahora sí habría algunas respuestas.

— *Si al norte ustedes quieren ir por el deiserto caminar deben. De agua a agua buscar requeiren ayuda neceeeeeeesitarraaaaaannnn para poder cruzar.*

Todos nos encontrábamos atontados por la forma de hablar del loco Millers. Extrañados de lo que decía Caso se dirigió al cirquero en tono golpeado:

— Para eso, debemos de conocer el camino, es necesario que nos proporciones un poco más de información.

— *Sí… ya veo: torres oscuras indicarán llegado que han a su destino.*

Continúo explicando: si del norte ustedes regresan, deberán de traer consigo piezas de metal que encuentren. Además de buscar un artefacto cuadrado y verde que no mide más de cinco centímetros, con incrustaciones metálicas color oro. Si sus misiones con honor logran completar, los secretos del mundo les habré de revelar.

Decidimos marchar por agua, discutiendo entre nosotros sobre el extraño acertijo que nos había planteado. Gadel sugirió regresar a la civilización y buscar ayuda. Balter interrumpió a los tres morfos diciéndoles que el tiempo apremiaba y que no habríamos de regresar en este punto del viaje a Imphéria del sur. Yo volteaba la vista atrás con el miedo dentro de mi corazón sintiendo que jamás volvería a ver la senda ya recorrida.

CAPÍTULO 16

"Arena y demonios"

Caminábamos tan apresurados que parecía que no llevábamos rumbo, en realidad ni siquiera existía una vereda que seguir, la temperatura subía rápidamente, sudábamos y nos teníamos que quitar prendas. La tierra comenzaba a tornarse en arena; el suelo parecía hervir. A pesar de que caminábamos por un costado de las montañas el calor cada vez se sentía más. El sol brillaba intensamente, deslumbraba nuestros ojos, la sudoración de los animales era intensa. Algunos momentos caminábamos sobre arena hirviendo cuál brasas.

La temperatura era tan alta que la arena se pegaba a las suelas de nuestras botas haciendo pesado el andar. A lo lejos vimos un montón de tiendas cónicas hechas de pieles de animales de colores con rayas blancas con una apertura al centro que me recordaba la carpa del circo ambulante, pero a una escala mucho menor. La parte de arriba estaba pintada con sangre y extractos florales.

— Demos un rodeo, amigos, esas tiendas me traen un mal augurio. ¡Estoy seguro de que se trata de una tribu nómade!

Indiqué a la expedición, a la vez que jalé las riendas para trucar mi rumbo. De pronto la voz grave de Balter me detuvo:

— No habremos de cabalgar rodeando las tiendas de campaña, tengo el presentimiento de que ese es el camino que debemos seguir.

Caso, Letter y Gadel miraron a Balter con cierta expresión de confusión en sus rostros.

— Continuemos, no hay tiempo que perder.

Encima de su montura Balter hizo una seña a los morfos para seguir, mientras yo jalaba las riendas apretando el paso para emparejar a Balter.

— ¡Quisiera evitar un encuentro desagradable con esos salvajes de las tribus nómades!

Advertí a Letter, Caso solamente dibujó en su rostro una sonrisa irónica, mientras que Gadel levantaba la voz gritando a diestra y siniestra:

— ¡No hay salvaje que pueda resistir la punta afilada de la alabarda de Caso, las puntiagudas flechas de Letter o el hacha de este soldado que defenderá a sus moags con su propia sangre de ser necesario!

Balter puso los ojos en blanco, una vez más mostraba su rostro de exasperación.

— ¡Han de ser siempre tan ruidosos ustedes los morfos!, ¡podrías hacerme el favor de tener una cabalgata en silencio!

Letter sonrió, se notaba que estaba feliz, ya que por primera vez el regaño no se dirigía a él.

Conforme nos acercábamos, lo que parecían ser formas difusas a la lejanía se fueron aclarando, ahora podía ver el decorado de las tiendas de aquella tribu nómade con más detalle. Balter desmontó con su caballo aún en marcha, dando un salto casi acrobático para descender sin perder el equilibrio. Con rienda en mano dirigió a su montura ahora a pie.

Mientras indicaba a los demás que se detuviesen se acercó haciendo ruidos extraños con la boca, dirigiéndose a aquellos nómades, los que se inclinaron hacia Balter haciendo reverencia como quien se prostra ante su deidad. Caso quien se encontraba con la alabarda desenvainada, quedó sorprendido ante aquella situación. De pronto el que parecía ser su líder —un hombre alto fornido, exhibiendo su enorme musculatura, de tez tan oscura que asemejaba ante el brillo del sol resplandeciente un tono casi morado— se acercó e indicó a Balter en un extraño dialecto algo que evidentemente no entendimos, aunque parecía estar muy molesto.

— Caso, te sugiero que guardes tu arma, ya que estos no son patéticos humanos a quien puedas atemorizar bajo el filo de tu alabarda.

Balter lanzó una mirada al líder volviendo a comunicarse en ese extraño idioma. Hacía sonidos con la boca que asemejan el tronar de la lengua contra el paladar en una especie de comunicación que no pensé que los salvajes pudiesen tener. Aunado a los sonidos hacían movimientos con las manos y cuerpo realizando una especie de lenguaje no verbal que complementaba aquel dialecto.

Los sonidos que emitían parecían guardar sentido para ellos, mientras esto sucedía Balter parecía indicar que debíamos seguir nuestro sendero hacia el norte, muchos de los salvajes emitieron un sonido que sí entendí. Era una expresión en su totalidad de sorpresa extrema. Después nos enteramos de que nadie había osado cruzar aquellas mortales arenas. Era extraño contemplar cómo una tribu completa a pesar de la consternación que les producía el desierto parecían decididos a seguir tan ciegamente a Balter, dispuestos a entregar su vida por el deseo de un solo hombre. El líder asintió e hizo un gesto con las manos, los demás se levantaron dirigiéndose al trote hacia Balter, todos al unísono y con mucho esfuerzo lo levantaron por los aires. En ese momento y gracias al más salvaje de todo nuestro grupo, los nómades nos abrazaron como si compartiésemos su misma sangre.

El desierto era tanto inestable como cambiante, alcanzando ardientes climas en la mañana, a diferencia de las heladas noches. Aunque no entendía ni una palabra del dialecto de los nómades, comprendía que nos invitaban a acercarnos a su fuego. También que los morfos les causaban gran curiosidad, ya que los veían extrañamente desde que llegamos con una expresión ávida de respuesta. Al acercarse la media noche el frío calaba ya los huesos, sentados alrededor de una hoguera comíamos potajes hechos de algún roedor, no me interesaba preguntar qué era lo que los sibaritas de la tribu asaron, pues temía perder el apetito. Debo de aceptar que siempre era agradable compartir alrededor de una hoguera, aunque esta vez era diferente, no se contaban historias ni se bailaba alrededor de aquel cálido fuego, esta vez solo se comía con una enorme y solemne seriedad.

Tanto mujeres como hombres de la tribu callaron cuando el líder se paró de un solo salto del asiento. Había cojines de tela de fibra natural rodeando la fogata, ahí se sentaban los miembros de la tribu, todos juntos como hermanos. El líder se sentaba del otro lado, en una especie de cojín de tela adornado con muchas cuencas, haciendo alusión a un lugar de gran honor que lo separaba del resto de la tribu. Entonces empezó a hablar, dirigiendo el tronar de su boca y los chasquidos de sus dedos a Balter quien había desaparecido el resto del día junto al líder y a dos de sus vasallos. Al regresar tenía una bonita capa que le habían obsequiado en la corte Alquíma, aunque con una añadidura que asemejaba una capucha, aunque en realidad era la cabeza de un lobo que habían cazado hace tres lunas; explicó Balter que este trabajo de costura espectacular lo hicieron a mano dos de las muchas parejas que tenía el jefe nómade. Balter tomó posición junto Kange[28] ese era el nombre del líder de

---

28   La mayoría de los nombres que utilizaban los miembros de la tribu nómade del desierto data incluso de antes del gran acontecimiento.

la tribu Mahka-Nidwane[29] que continúo haciendo movimientos con toda su corpulencia a la vez que Balter traducía para nosotros lo que Kange decía.

— Algo se acerca, puedo sentirlo... pero no debemos tener pánico, ya que frente a nuestros ojos se encuentra el Halu-mahka.

Balter traducía y yo escuchaba con atención; aunque no pude evitar preguntarme: *¿cuál habrá sido el pasado de Balter para conocer tan bien a los nómades?* Aún más para que lo adorasen como lo hacían; necesitaba saber cómo podía hablar tan fluidamente su difícil y único dialecto. Balter miró a Kange, deteniéndolo con una seña, hablándole como si fuesen grandes amigos.

El fornido líder se detuvo, a su vez Balter observó fijamente a los miembros de nuestro grupo y continuó.

— Amigos, he dicho a Kange que se detuviera para poder explicarles lo que envuelve toda la creencia de los Mahka-Nidwane...

Todo quedó en silencio durante unos instantes, nos observaba de manera profunda y pensativa. Antes de continuar cambió su expresión por una que no había visto hace tiempo, era una mirada llena de orgullo como de confianza en sí mismo.

— El Halu-mahka es una antiquísima creencia en

No se sabe cómo empezó aquella tradición solo que fue transmitida a través de las generaciones. Los nombres hacen referencia a alguna cualidad o parecido físico o espiritual del hombre o mujer recién nacido con algún elemento de la naturaleza viva. Kange significa "cuervo fuerte". Una característica que sin duda tenía el líder de la tribu de las arenas.

29   Mahka-Nidwane es alusivo de: "perteneciente de la tierra o arena" en este caso en particular "perteneciente a las arenas".

la religión halu que, al igual que los nombres de los miembros de la tribu, ha pasado de generación en generación…

Balter hizo una pausa y esta vez su expresión era un poco más altiva. Debo admitir que, aunque Caso, Gadel y Letter no lo notaron, yo sí pude ver cómo le llenaba de orgullo al grado de vitorearse ante este título que nos explicó a continuación.

— Cuenta la historia de nuestros antepasados que hace muchas generaciones, una noche de verano cálida, mientras celebrábamos la llegada de la luna llena, el cielo se iluminó repentinamente, tornando el firmamento en el más luminoso. Estaba predicho que esa era la señal que marcaría el final de una era. Sabemos que hubo sufrimiento, pero no se sabe más. Corrieron miles de años, los halu se dispersaron por toda la tierra corriendo en pánico de lo que sucedía aquella noche que llamaron *la* noche luminosa. Así pasaron los soles y las lunas. No dejaban de implorarle a su deidad Mahekin por una señal de esperanza. Una noche de tormenta, el cielo se iluminó de relámpagos en donde habitaba la tribu Mahka-Nidwane. En la cueva que vivían apareció tallado en un muro un hombre asesinando a un animal terrorífico; los halu preguntaron quién lo había hecho… pero ningún miembro de los Mahka respondió. Lo tomaron como una señal. De esa época en adelante esperaban ansiosamente la llegada del salvador que habría de mandarles Mahekin, este sería el Halu-mahka.

Balter sonrió al líder de la tribu asintiendo con la cabeza, entonces se acercó a nosotros murmurando respetuosamente:

— Ellos creen que yo soy su Halu-mahka, es por eso por lo que nos acompañarán en nuestro trayecto hacia el norte. No es que quisiera creer en toda la mística que envuelve a los halu ni a la tribu de los nidwane, pero no me importa hacerme pasar por su salvador con tal de poder encontrar cómo curar a la mujer que amo. El líder de los nidwane continuo:

— No deben de temer, ya que mientras el Halu-mahka exista no habrá más ataques de aquellos animales a los que tememos, porque él puede vencerlos. Ninguna otra tribu podrá con nosotros, puesto que pelearemos hombro a hombro de aquel que llamamos "el poderoso". Aquella noche tormentosa se anunció a nuestro amado Halu-mahka… aquí lo tenemos, sea lo que sea que nos depare Mahekin lo podremos superar junto con nuestro redentor.

Todos dejaron sus puestos de una manera un tanto desconcertante, pese al frío del desierto formaron una rueda alrededor de Balter, bailando con saltos no muy distintos a otras tribus de salvajes que hemos conocido en el pasado; adorando a Balter como su redentor y único Halu-mahka.

Continuamos la noche en la celebración de aquellos salvajes, al finalizar la fiesta nos proporcionaron un brebaje que parecía estar hecho de hierbajos. El sabor que tenía aquella bebida era diferente, dejándote un gusto un tanto amargo. Concluyó la ceremonia del brebaje por lo que Balter nos indicó que era hora de dormir. Entramos a las tiendas de forma cónica que nos asignaron. Sabía que necesitaríamos en algún momento del viaje una manta por lo que me acerqué a donde nuestras monturas descansaban y de una bolsa grande de cuero, amarrada a la silla, saqué unas cuantas que había conseguido tiempo atrás.

A la mañana los lacayos de Kange nos indicaron que era hora de partir. Al salir de la tienda el esplendoroso amanecer creaba un horizonte sin igual lleno de colores que formaban un paisaje surrealista. Nos acercamos a nuestros caballos para montarlos, preparándonos para la partida. De pronto dos salvajes se dirigieron a Balter indicándonos que era recomendable caminar para preservar la vida de los caballos, ya que de montarlos fallecerían en el transcurrir de dos días. Entonces, en ese momento que fuimos en busca de la segunda agua. El transcurrir del viaje que sosteníamos sin vereda ni camino, solo con la guía de las estrellas que los nidwane utilizaban como un mapa celestial. A la semana de caminar por aquellas malditas arenas, soportando las temperaturas extremas que el desolado desierto del Rahsi ofrecían. Balter, quien se encontraba en el flanco izquierdo del grupo, sudoroso, cansado y respirando con dificultad cayó sobre sus rodillas empezando a golpear la arena con dos puños sumamente apretados. Gritaba alterado en un trance similar al que sería producido al tener un encuentro con algún zogúrath.

—¡Mueran malditos, mueran todos, aléjense de mí!

Apretaba los dientes, la rabia iba aumentando a medida de cada golpe de sus gigantes puños sobre la ardiente arena.

— Malditas ratas inmundas, en cuanto me logre liberar de estas cadenas, habré de arrancarle a cada uno de ustedes la cabeza… lo juro… también desgarraré cada uno de sus músculos. Rastrearé a sus mujeres para que sean testigos de su tan merecida muerte. Después trataré a sus damas e hijas como prostitutas. Finalmente, los que logren sobrevivir a mi ira verán a sus hijos e hijas morir… eso lo juro… empezaré por los malditos mercaderes.

Balter puso el gesto desencajado de ira desenfrenada y continuó con el golpear del suelo. Letter, Caso y Gadel se acercaron a él. Letter hizo un gesto a Gadel para que se detuviera, ya que por lo aprendido en el pasado sabía que no debía acercarse demasiado a Balter cuando este caía dentro de uno de sus "trances". A la mala aprendimos que acercarnos a nuestro salvaje acompañante en ese estado podía causarnos graves lesiones, más aún cuando no estaba Marián para calmar la ira contenida que por alguna razón se desencadenaba en Balter llevándolo a la violencia desmedida.

Al caer la noche los salvajes nidwane encendieron el fuego donde habríamos de reunirnos para tomar nuestros alimentos. Nos envolvimos en mantas, ya que la temperatura era tan baja que helaba los huesos.

Comenzaron a cocinar la cena…

— Volveremos a comer carne de roedor, amigos, no me logro acostumbrar a este tipo de alimentación, me resulta difícil hasta tragarlo.

Lancé una sonrisa burlona hacia Letter y Caso, esperando que me siguieran aquella broma. Por supuesto no lo conseguí y menos después del suceso ocurrido unas horas antes. Balter continuaba consternado, fuera de sí. Parecía estar embrujado, completamente desencajado y absorto ante lo que pudiese llegar a suceder en su entorno. Unas horas más tarde bebíamos junto con los miembros de la tribu, nuevamente aquella bebida de hierbas casi obligatoriamente en el ritual de cada noche.[30] Balter se acercó con un dejo de confusión en su mirada, sentándose junto con todo el grupo frente a aquel fuego tribal. Decidió sincerarse aquella noche fría con todos nosotros; así que sin que nadie preguntase nada comenzó a contar lo que mantenía oculto durante todo este viaje:

— Así como pueden contemplarme solitario y huraño solía no serlo. Habré de confesar frente a ustedes, amigos todos, mi oscuro pasado. Esperando no ser severamente juzgado, sino más bien comprendido por quienes hemos viajado durante este largo e incansable trayecto. Acudo a ustedes esperando recuperar

---

30   Los nidwane consideraban una falta de respeto que sus invitados no siguiesen las costumbres que ellos profesaban. Una vez que eras invitado a uno de sus rituales, era muy mal visto no participar. La ceremonia del brebaje de hierbas era importante y fundamental dentro de su estructura social. Este fue nombrado como Yahsi-Nid.

lo que mi persona solía ser, ya que en su compañía he dado un nuevo significado a mi existencia. Primero que nada, no pretendo que sientan lástima de lo sucedido en mi vida, como he dicho no solía ser lo que ustedes pueden contemplar hoy… aquellos días era mucho peor de lo que en sus más tenebrosas pesadillas pudieran ver. En esa época solía dedicarme a la laboriosa tarea de asesinar por encargo, mataba a diestra y siniestra, eliminando del camino a quien pudiese estorbar a mis patrocinadores. Pasé por muchas manos, me contrataban lordes, reyes, duques, condes… en general serví a la realeza Ananíta, tanto tiempo que ni siquiera recuerdo cuánto pasó. Mi niñez terminó abruptamente a los once años cuando solicitaron mi primer encargo, asesinar al hijo de un tesorero importante que estaba por descubrir un desfalco a la corona Ananíta, todo esto planeado desde dentro. El sistema castigaba severamente a todos los traidores a la corona; claro que estaba podrido y corrupto desde sus entrañas. Mi primera víctima era un palmo menor que yo.

La eficiencia de mi trabajo fue tal que inmediatamente se corrió la voz dentro de las cúpulas del poder de la legión, por lo que comencé a recibir más encargos de todo tipo, aunque me negué a volver a matar. Los años transcurrían rápidamente y con una gran acumulación de oro. Me enseñaron al pasar mi infancia de todo, a ocultarme, robar, estafar y por supuesto me entrenaron para asesinar a sangre fría. El comienzo de "la leyenda asesina de Anán", hasta que a mis veinticinco años los hermanos Oraths me invitaron a ser parte de su grupo de mercaderes, al inicio no cuestionaba su forma de comercio; era sabido que en el mercado de Oraths se comerciaban todo tipo de artefactos de guerra, como armas prohibidas, artículos que provenían de robos y saqueos. Entre ellos el hierro prohibido era un artículo de gran demanda, ya que la aleación de metales con la que estaba hecho producía una muerte dolorosa por envenenamiento para deleite de los asesinos que las poseían e iban secretamente a tierras morfas y asesinaban sin razón aparente a familias, niños, ancianos; todo esto sin piedad y a sangre fría.

Entre historias de callejones en la gran capital, me enteré de que el negocio de las armas decaía rápidamente debido tanto a la poca demanda como al crecimiento de la competencia. En aquel mercado tan desleal los mercaderes eran feroces, en exceso agresivos, luchando entre ellos a hierro y sangre.

Balter bajó la cabeza al tiempo que daba un suspiro y continuó:

— Esta actitud era muy común entre los Ananítas poniendo en marcha las practicas más ruines que pudiesen existir. De esa manera la ganancia por armas no era lo suficiente como para que estos mercaderes oscuros permanecieran tranquilos, así que empezaron a expandir su corrosión por Épizon, Anán, Eulín e Imphéria oeste. La mala praxis de los mercaderes se volvió dañina para ciudadanos e incluso se empezaba a sentir molestia por parte de los reinados aledaños. Entonces los oscuros empezaron a comerciar con personas, esclavos es a lo que me refiero. A este punto de la historia se preguntarán qué tiene todo esto que ver conmigo, la respuesta es muy sencilla… me tendieron una trampa, aprisionándome, encadenándome y torturándome a placer. Al cumplir veintiséis años me dirigía a una taberna de poca monta dentro de la gran capital de Anán, esto con el fin de celebrar mi vigésimo sexto cumpleaños; ahí me reuniría con algunos compañeros de vida. ¿Saben?… nunca consideré a esas personas como mis amigos. Fue cuando los adeptos de los mercaderes de Oraths vinieron a buscarme para una nueva "asignación". Al entrar a uno de los callejones en donde nos reuníamos, uno de los miembros recién entrados al grupo tenía una penetrante y curiosa mirada.

Todos nos encontrábamos atónitos ante la historia de Balter, él mismo se veía abrumado por recordar los acontecimientos sucedidos en su vida. Hizo un ademán hacia nosotros en señal de quererse detener, dio un sorbo a lo que quedaba de su brebaje dentro del recipiente de piedra e inmediatamente indicó a Letter.

— Necesito algo un poco más fuerte, no creas que no me di cuenta de que trajiste a "hurtadillas" cerveza de malta contigo. Será mejor que la usemos antes de que el calor convierta esa deliciosa malta en algo tan horrendo como el brebaje que acostumbran a tomar los nidwane. Balter soltó una risotada en un tono muy grave, a Letter no le pareció correcto que le pidiese de su preciada malta aunque la ocasión ameritaba compartir.

No solamente de la bebida. Por lo que había conocido a Letter hasta ahora a él le encantaba escuchar historias, pero también compartir las propias. Balter tomó un tarro de madera que traía consigo y Letter sacó tres tarros de roble, sirvió la cerveza. Balter dio un sorbo de la malta, poniendo una expresión de estar extasiado, nos observó durante unos minutos y continuó con su historia.

— El joven me parecía de lo más normal, a decir verdad, no lo recuerdo mucho, solamente que tenía el cabello de color café, ondulado y que sus ojos eran del mismo color que su cabello. Uno de los mercenarios empezó con las presentaciones formales. Él es Balter, es uno de nuestros mejores hombres… al menos eso dicen los malditos comerciantes, dijo entre risas, este era uno de los mercenarios que los mercaderes de Oraths consideraban como "leales". Cambiando el tono de su voz a uno más sarcástico continuo: Balter… Balter… Balter… parece que tu reputación te precede, ¿qué podríamos hacer contigo? Pese a que eres muy bueno, resultas muy costoso para nosotros. Es por eso por lo que habrá un ajuste de poderes. Hasta ahora no había tenido problema con ninguno de los otros, pensé incluso que debido a mi fuerza podría salir victorioso de aquel designio, pero esto no era cosa de los mercenarios; esto se trataba de una orden directa de los hermanos Oraths.

Se me abalanzaron lanzándome una pesada red desde el tejado de una taberna, con durísimas pesas de plomo que restringían el movimiento. Además de mis interlocutores, entre las edificaciones que rodeaban el callejón, se encontraban escondidos una veintena de hombres que salieron a subyugarme, amarrándome con lazos para, posteriormente, utilizar cadenas. Recuerdo que el joven iniciado se me acercó con una actitud demasiado altiva, sacando de su cinturón un hacha pesada que apenas podía sostener; el escuálido joven no dudó ni un solo segundo en cumplir su cometido, golpeándome fuertemente en la parte superior de la cabeza. Caí sobre los adoquines de aquel callejón en donde perdí la conciencia.

A las pocas horas desperté en un bodegón que parecía ser la parte trasera de una taberna, había algunos barriles que estarían podridos. Pude ver entre la penumbra unas ratas corriendo por las orillas; los malditos mercenarios me habían encadenado a un poste de ébano. En un principio me pregunté por qué me habrían apresado de esa manera. Todas las respuestas aparecerían más adelante; aunque mis captores no dudaron en empezar a torturarme desde el primer momento en el que llegué a ese maloliente y horrible lugar. El líder del grupo se acercaba una vez al día cuando se escuchaba el estruendoso sonido de cadenas metálicas arrastrándose por todo el suelo, las primeras veces solo meneaba la cabeza en señal de negativa diciendo a la par – Balter… Balter… Balter, después me flagelaba repetidamente con un látigo de ocho colas, aunque no conforme con eso al terminar los cinco latigazos me golpeaba con una cadena de metal. Cuando los rayos del sol no se asomaban más por la rendija de la puerta se marchaba riendo sádicamente. Tengo el claro recuerdo de otra víctima de los mercenarios que, al asomarse la luna, cuando nuestros captores se iban seguramente a tomar a una taberna, se me acercaba y con lo que hubiera a la mano curaba mis heridas, ella era una hermosa mujer.

Balter sencillamente dejó de hablar. Todos nos veíamos uno al otro sin siquiera poder pronunciar palabra, esa noche conciliar el sueño fue imposible, pensando en la horrible historia de Balter, así como en su desenlace.

CAPÍTULO 17

"De agua en agua"

La noche transcurrió muy lentamente, dentro de la tienda en la que dormíamos me revolví entre las mantas, el sentimiento esta vez era más bien de incomodidad. Balter permaneció en vela toda la noche, sentado a un lado de la fogata con la mirada perdida; de vez en vez asomaba la cabeza por la entrada de la carpa para cerciorarme del estado mental de mi amigo. Antes de que llegara el alba salí de la tienda acompañando a Balter en su evidente estado, permanecí en silencio todo el tiempo, simplemente le hice saber que contaba con un amigo; esa madrugada Balter supo que jamás volvería a estar solo, que ahora contaba con Marián, Victoria y, por supuesto, conmigo.

Poco a poco todos fueron despertando y se nos unieron en el contemplar del amanecer, frente a un fuego ya consumido, que dejaba solamente en sus cenizas el recuerdo de lo ocurrido años atrás. Desayunamos potaje de zarigüeya, que era del todo desagradable y retomamos la caminata; la marcha de nuestros caballos era aletargada al igual que nuestro andar. Con un sol abrasador a nuestras espaldas y pesar en nuestros cuerpos nos enfilamos hacia el camino venidero. Entre más nos sumergíamos, más olvidaba cómo eran los bosques conocidos, el panorama era completamente árido, al punto de anhelar el río Northfort o la caída de agua de las cataratas de Eulín. Aquello había quedado atrás hace tiempo, el calor alteró nuestro ánimo, sin embargo, los nómades estaban acostumbrados a recorrer grandes distancias en condiciones críticas. Nuevamente, nos tocaba andar en vez de cabalgar. Caso y Gadel se adelantaron al paso; mientras que Balter platicaba con el jefe de los nidwane, y Letter iba a un paso lento como torpe, arrastraba su arco haciendo surcos en la arena. Alenté el paso para esperar al pequeño morfo que tambaleaba en su andar. Fue entonces cuando comenzó a hablar y a mover los brazos como si estuviese en otro lugar, sospeché que estaba teniendo un episodio de alucinación causado por las altas temperaturas y la falta de agua.

Me acerqué para verificar el estado de mi amigo morfo, al escucharlo hablar noté que lo hacía en idioma mórfico; entonces llamé con un fuerte grito a Caso para que viniese a ayudarme, solamente él podría traducir lo que Letter decía, ya que hablaba en una de las variaciones de su lengua natal. Caso comenzó a traducir lo que su compañero decía…

—Me encuentro de nuevo en este viejo valle, me ha

pedido que practique mi tiro con arco; nunca lo he hecho bien, en este momento deseo demostrarle que soy capaz, que lo puedo lograr. Por él seré el mejor tirador de la legión. Tengo que asesinar a un jabalí, cargarlo hasta mi pueblo natal Axteriol, me dicen siempre que me será muy difícil. No se cansan de repetirme que soy un debilucho, esto ha ocasionado más bromas de las que me hubiese gustado recibir. ¿Quién habrá inventado esa regla ridícula? En la que en los jóvenes de Axteriol se tengan que iniciar como hombres, dependiendo al gremio al que uno decida unirse, a mí siempre me ha gustado empalar, encurtir, ahumar, hervir, estofar, asar, cocer y actividades que tengan que ver con lo gastronómico. A diferencia de mis familiares quienes han utilizado la piel de animales con el propósito de fabricar ropa, jubones, carcajes, bolsas, así como otros elementos totalmente ajenos al delicioso arte de alimentar los sentidos a través de la comida. ¡Si habré de matar a un animal me niego a no poder comérmelo!, aunque mi familia no estuviese de acuerdo, mi meta es convertirme en el mejor cocinero del gremio. Mi padre me dice que esa actividad es para débiles, sin mencionar que siempre hace énfasis en que es propia de mujeres. Ahora mi objetivo principal es llevarle a mi padre el jabalí que tanto me ha pedido para poder iniciarme como aprendiz de peletero. Al ser el más joven de la familia mi tarea consiste en buscar los animales, cazarlos, matarlos y llevarlos de nuevo a casa. Así mis hermanos lo desollarían, mi padre encurtiría piel, mi madre y hermanas se encargan de la labor de hacer la ropa; el mayor de mis hermanos, quien era comerciante, lo vendería a los viajeros que llevarían estos productos de un lugar a otro. Es mi cometido hacer que mi padre se sienta orgulloso, los otros jóvenes, quienes gozan burlándose en cada ocasión que pueden, verán que al llevar al jabalí tengo la fuerza necesaria para hacer con ellos lo que hice con tan salvaje animal.

Letter hizo una pausa, con una actitud cabizbaja dejando de mover las manos, se notaba cansancio en su mirada. Caso lo tomó por los hombros ayudándolo a levantar, entonces sucedió algo inaudito. Letter lo empujó violentamente, a lo que el morfo entendió que estaba alucinando a causa del calor. Caso empezó a sacudir a su amigo diciéndole:

— Reacciona amigo, despierta viejo idiota… ¿Qué te está sucediendo?

Letter pese a la sacudida, no reaccionó caminando con la mirada perdida y en un estado de trance. Continuando con su alucinación.

—Diantres, por qué me has dejado padre, si apenas soy un niño, si acaso me hubieras dejado demostrarte que puedo ser un buen cazador. ¡Fue muy pronto!, pienso que demasiado.

Las lágrimas empezaron a brotar de los ojos de Letter.

— No debí haberme ido aquel día, me hubiera gustado llegar al cobertizo a tiempo para asistirte, si tan solo hubiese llegado un poco antes del atardecer… no hubiera tenido que quedarme en aquella posada a pasar la noche. Pero ahora es tarde, si yo bien sabía que aquel dolor que te hacía retorcer como los osos –que en contra de mi voluntad debía matar– muriendo lentamente, revolcándose en su propia sangre acabarían rápidamente con tu vida. Si las personas hubiesen acudido a la ayuda que les solicitaba tan desesperadamente, tal vez otra cosa hubiese sido. ¡Oh padre qué culpa más grande siento por no poder aprender más de ti! Qué arrepentimiento por no haber podido salvar tu vida. Caso se quedó absorto ante tal soliloquio que su mejor amigo recitaba; entonces decidió tomar medidas drásticas asestando un certero golpe en la cabeza que le dejó inconsciente, cargándolo con dificultad. Caminamos aproximadamente treinta kilómetros con el sol abrasador en nuestros hombros. Los salvajes nómades comenzaron a saltar con desesperación, dibujando expresiones alegres en sus rostros; noté que uno exclamó en su dialecto algo, a lo que Balter, como siempre, tradujo.

— ¡El agua está próxima podemos olerla!

Logramos divisar a lo lejos un poco de vegetación, unas palmeras se elevaban como quien extiende los brazos para tocar el cielo. Una gran charca de agua calma nos indicaba que habíamos llegado, al fin, a la segunda agua. Caso, que sostenía receloso y por demás cansado a Letter como si llevase una carga importante, se aproximó a aquel espejo de agua y le lanzó por los aires hasta aterrizar en el oasis. Letter enseguida recobró el sentido, preguntando a todos qué demonios había pasado, que como habían llegado ahí, Caso respondió:

—Viejo idiota, esta vez casi te marchas por siempre, pensé que quedarías perdido en aquel estado de alucinaciones. Por lo que no me quedó más remedio que hacerte entrar en razón.

Letter, confundido, se tocaba su cabeza mientras sus labios secos y despellejados se humedecían con el agua de aquel manantial, al unísono todos comenzaron a beber; nuestros cansados corceles relinchaban alegremente mientras se empachaban de agua.

Los nómades, en cuanto bebieron un poco de agua, comenzaron a buscar frutos, pues nos urgía alimentarnos. Pensé que nunca llegaríamos a ver el agua, mi alma sentía regocijo, pues es muy difícil pensar en los demás cuando uno está muriendo lentamente de deshidratación. Mientras tanto éramos felices en aquella charca cuál niños pequeños, qué rápido olvidamos disfrutar de las cosas simples de la vida.

Letter ya recuperado se dio a la tarea de meditar en silencio. Al atardecer salió solo en búsqueda de una presa y volvió con un coyote, al cual delicadamente le sacó la piel y la puso a secar en un par de palos que formaban una cruz unidos con una cuerda, entonces se dispuso a asar al animal a las brasas, por cierto quedó delicioso; aquella noche por fin cenábamos algo decente lo cual nos llenaba de alegría.

Caso bebió profusamente de un fermentado que traía de algunos frutos que había seleccionado por el camino. Nos llenamos de ánimos nuevamente. Permanecimos ahí un par de días para recobrar fuerzas, además que a la lejanía veíamos una gran tormenta de arena, a la cual los salvajes le denominaban el padre de todos los dioses que, para ellos, no se debía continuar hasta que la tormenta pasase. Respetuosos de sus costumbres acatamos y retomamos el camino hasta que hubiese terminado. La dirección sería hasta la tercera agua que decían era la más difícil de encontrar, fue entonces que nos dijeron que en esta ocasión solo caminaríamos de noche y dormiríamos de día, lo que era un castigo terrible para los sentidos.

Tardamos cuatro lunas en encontrar algún indicio de que la pista del loco Millers fuera cierta, a momentos me preguntaba si existiría un tercer oasis, otra duda rondaba mi mente sin cesar.

— ¿Podremos llegar vivos al norte?

Aquella idea era la que me tenía un tanto nervioso, pensaba fervientemente en qué estaría sucediendo en Gedia, con Marián y Victoria.

Interludio de Marián

Los días pasan lentamente, mi madre me dice que últimamente hay algo raro en mí, tantos mareos y náuseas por la mañana no son nada normales, aunque yo siempre se lo atribuyo a mi enfermedad actual. Ella sospecha que estoy encinta; pero insisto en que eso sería imposible, que estoy muriendo. No me gustaría que siguiera teniendo en mente ese tema, me avergonzaría demasiado que se enterase sobre aquella inolvidable noche en los brazos de Balter… aquella noche vimos juntos las estrellas. Me gustaría animarme de alguna manera, pero es inútil. La ausencia del hombre al que amo y por supuesto la de mi padre me está matando. Duermo, pero no descanso; vivo, pero siento que estoy muriendo. A cada momento mi mente regresa a aquel valle, esté dormida o despierta. Siento cómo aquel fuego me quema. Su voz me aclama. Cierro los ojos y veo al ser encapuchado observándome con su enardecida mirada. Paso la mayoría de los días entre sueños profundos y cuando estoy despierta me asomo a la ventana y puedo observar al piquete de valientes soldados morfos cuidando día y noche aquella posada que nos acoge. Ahora es mi hogar.

Tenía un presentimiento de muerte; no salía de aquella habitación más que para alimentarme y cuando no lo hacía, porque no tenía ánimos, mi madre trataba de contarme alguna historia de mi niñez, a decir verdad, por más divertidas que fuesen nada lograba alegrarme. Me encontraba sin la mayor parte de mi familia, que por ahora se había extendido a la carreta y a aquella expedición de seres variados. Por cierto, una familia muy poco común, pero a final de cuentas mía. Habrase visto alguna vez madre, padre, tres morfos y un loco salvaje, que por cierto es muy atractivo. He de confesar que me hacen falta… que me resulta a este punto imposible vivir sin todos estos locos, a los que aprendí a querer pese a sus personalidades tan distintas como únicas.

La voz de mi madre me sacó de aquel estado meditabundo en el que me encontraba.

— ¡Marián…!, ¡Marián!

Repetía una y otra vez, su voz empezó a alejarse poco a poco. Sentí que tomó fuertemente mi mano; lo último que escuché fue:

— ¡Debes ser fuerte, hija mía!, llegó la hora de que tu hermano llegué al mundo…

De pronto, sentada en aquel sillón con recubrimiento de lana roja, mirando por el ventanal que daba a la explanada de Gedia, todo el panorama se oscureció, sentí que aquella oscuridad duraba demasiado, como si hubiese estado en ella una eternidad.

De pronto me encontraba nuevamente en el bosque en llamas. Al levantar la mirada logré ver a lo lejos a la misteriosa figura encapuchada, la mitad del iris de sus ojos era de un azul intenso, la otra del mismo color rojo con el que ya había soñado. Un escalofrío recorrió mi columna, esta vez sentí algo distinto, pero me resultaba de algún modo familiar. El fuego me envolvió con su inmenso calor. De pronto yacía en el suelo rodeada de ramas de árboles quemados. Pensaba que tal vez había llegado el momento. Entonces recordé con mucha fuerza cada momento de mi travesía por el mundo, un sueño cumplido y a la vez roto. Contesté a la voz que me aclamaba rugiendo mi nombre desesperadamente. Por último, me aferré a mis recuerdos… en esta ocasión simplemente me rendí ante aquello que me atraía.

Peter

Nuevamente, nos encontrábamos en el pesado andar del desierto. En este punto del viaje había perdido por completo el sentido del tiempo, las noches pasaban más rápido que los días. Aquella locura de caminar de noche y dormir de día era terrible, pues de día no lograba conciliar el sueño, aunque en las noches caminaba olvidándolo todo. Me encontraba abstraído de lo que pudiese estar sucediendo. De pronto el suelo arenoso comenzó a tener protuberancias rocosas que me recordaba un poco a los adoquines de las plazas principales de Épizon y D`ynami; a la distancia logré escuchar una caída de uno de los miembros de la expedición, reconocí por el tono de su grito ronco que se trataba del general Caso. Todos corrimos a ayudarlo, al acercarnos notamos un borde rocoso con una caída de dos metros, Caso no respondía a pesar de que Letter le gritaba desesperado. Como último recurso se lanzó al vacío, fue entonces que escuchamos el chapotear de agua, así supimos que habíamos llegado a la tercera agua.

Nos asomamos apresurados para ver qué sucedía. No había señal de ninguno de los dos morfos. Gadel salió de su letargo e indicó con señas a los nómades que prendieran las antorchas que utilizamos en nuestras trayectorias nocturnas. Inmediatamente, los miembros de la tribu obedecieron, observamos un camino entre varias dunas que llevaban al oasis sumergido en una especie de ladera.[31] Nos adelantamos Balter y yo, para verificar el estado de nuestros amigos, apenas alcanzábamos a ver el agua reflejada por la luz de la luna.

— ¡Letter, Caso!, ¿se encuentran bien?

Llamamos a nuestros dos acompañantes, aunque sin respuesta. De pronto la cabeza calva de Letter flotó en el agua, saliendo rápidamente de ella.

— ¡Maldita sea! Está demasiado fría.

Notamos que jalaba a Caso de su capa azul, arrastrándolo hacia la orilla; al llegar escuchamos a Letter exclamar de manera ruidosa y exagerada:

— ¡No me dejes viejo moag, por favor respira!

A la par que gritaba, zarandeaba a su compañero sin cesar, continuando cada vez con un tono más alto.

— ¡Por favor, no debes irte; aún tenemos muchas aventuras que vivir juntos!; ¡no dejes solo en este mundo a tu viejo hermano!

Letter, sorprendentemente, hacía todo un espectáculo, moviendo al viejo general morfo de lado a lado, con ojos cerrados a la vez que gritaba al cielo. No notó que Caso lo observaba con una expresión inconfundible de enojo en su rostro.

— ¡Ya basta, viejo idiota! Con quién crees que estás hablando... ¡Eres un exagerado!, ¿me crees tan débil

---

31   De seguir caminando en línea recta, se podría pasar de largo aquel paisaje a desnivel; es por eso por lo que la "tercera agua" es muy difícil de encontrar.

como para perder la conciencia por esa caída? Hace falta más para acabar conmigo.

Miramos la escena con asombro, a la vez que nos sentíamos aliviados de que nuestros dos amigos estuviesen bien, después de unos segundos de silencio todos reímos a carcajadas, así pude concluir cuán locos podían llegar a estar esos dos; pero mejor aún lo divertido que era compartir esta aventura con estos dos morfos. Esa noche bebimos nuevamente del oasis, éramos muchos viajando y siempre se hacía presente la falta de agua; después de eso montamos el campamento a un costado del oasis.

El alba estaba sucediendo. El frío comenzaba a sustituirse por aquel calor extremo ya característico. Dormimos por varias horas hasta que el sol se encontró en el punto más alto del cielo. Al medio día Kange nos anunció que volveríamos a viajar de día y dormir por las noches; al escuchar eso sentí un gran alivio.

Al salir de aquel oasis el jefe de la tribu que nos acompañaba detuvo la expedición para comunicarse con Balter, nuevamente en su dialecto dijo algo, a lo que este reaccionó molesto como si le hubiesen dado una muy mala noticia.

— ¡Reúnanse amigos, necesito comunicarles algo importante!

Desconcertados nos acercamos para saber qué era eso tan relevante que debía comunicarnos.

— El jefe nidwane me informó que no podrán continuar con nosotros más adelante, ya que este oasis es el límite del mundo permitido para su tribu. Por lo que amablemente ofrecieron esperarnos en aquella agua durante veinticinco días.

Nos despedimos de Kange y sus hombres para continuar nuestro rumbo hacia el norte. Así pasaron diez días más; fue entonces que en el décimo día comenzamos a ver una línea de color granate en el horizonte; el andar por aquel camino nos indicaba el fin del desierto. Al acercarnos vimos algo que nos dejó atónitos. Era una muralla, cuatro veces más alta que cualquiera que hubiésemos visto en las ciudades de Imphéria del sur, para mi impresión, el material que la constituía era igual del que estaba hecho el castillo de ónix en D'ynami aunque, a diferencia de este, era del mismo color que la sangre.

La gigantesca muralla se extendía hacia arriba y a los lados hasta donde alcanzaba la vista; los rayos del sol la hacían brillar, mientras que en las partes de sombra el color se podía apreciar de un tono más oscuro. A lo lejos se veían dos torres negras; sin duda eran las edificaciones más altas que había visto en mi vida, ya que incluso se podían apreciar estando del otro lado de la muralla. Al parecer lo que nos había indicado el loco Millers no distaba mucho de la realidad. Al llegar a esa gran fortificación logramos divisar que las entradas estaban custodiadas por unos guardias sumamente fornidos, antes de tener siquiera oportunidad de entrar, dos hombres de aspecto extraño caminaron en dirección a nuestra posición. Por sugerencia de

Caso nos escondimos detrás de unas rocas para emboscarlos, quien pensaba estratégicamente debido a su condición de militante en el ejército morfo. Cuando sus pasos se escucharon cerca, de manera intempestiva Caso, con su alabarda, atacó a uno de los guardias, Letter empezó a disparar flechas, que certeramente se estrellaban en las partes blandas del enemigo. Uno de los guardias, que tenía una estatura mayor a dos metros, se defendía de los ataques de Caso. Corrí a la par que desenfundaba la espada de mi padre para acudir al rescate del general morfo. Al asestar un certero golpe en el pecho de aquel enorme hombre, noté cómo mi espada rebotó como si detrás de su cota de malla tuviese una especie de escudo pegado al pecho. El guardia me golpeó en el costado, entonces resentí la herida que no había acabado de sanar. Balter, al ver esta situación, corrió cuál bestia salvaje clavando su daga hecha de un colmillo en el duro casco metálico que portaba el hombre, atravesándolo como si cortara mantequilla. Cayó muerto sobre la vereda de adoquines rojos que empezaba a marcar el camino hacia la entrada. Gadel se acercó esquivando las flechas que Letter disparaba, deslizándose sutilmente sobre la arena, para clavar su daga en la entrepierna del hombre.

Comenzamos a despojarlos de sus ropas, ya que nos servirían para cruzar aquella muralla. Entonces movimos los cuerpos escondiéndolos detrás de las rocas. Los trajes rojos con capuchas cocidas que cubrían todo el rostro tenían una gran similitud con los de los miembros de la logia roja que habíamos visto tiempo atrás. Todo parecía indicar que cada uno de estos seres se personalizaba. Eran hombres, pero parecía que tenían unos extraños injertos en su cuerpo, aumentando, exagerando o extendiendo algunas zonas. Uno de ellos tenía siete implantes de huesos que nacían desde sus hombros, para cubrir todo el torso terminando finalmente en el pecho. Aquello se asemejaba a una extensión de sus costillas que sobresalía por fuera de su cuerpo. Mientras que el otro contaba con unos picos en sus brazos que emergían desde el interior, a la vez que mostraba los músculos desgarrados debajo de sus implantes.

Balter y yo nos cubrimos utilizando los trajes recién adquiridos, por lo que habíamos visto supimos que nos encontrábamos ante una raza nueva de hombres. Pregunté a los miembros del grupo si alguien había visto algo parecido. Caso carraspeó, como preparándose para contar una historia interesante, aunque solamente pronunció las siguientes palabras.

— Cuentan viejas leyendas de hoguera, que cuando el gran concilio fue firmado, un miembro de otra raza se hizo presente, montando una gran bestia que causaba temor a los hombres, morfos y Alquímos que ahí se encontraban reunidos… aunque se puede decir que es solamente eso… otra vieja leyenda, de la cual nos es imposible comprobar su veracidad.

CAPÍTULO 18

"La fuerza de un Rëttma"

Una vez que nos pusimos sus ropajes, nos dispusimos a encontrar otra entrada a la ciudad. Al acercarnos, agazapados, escuchamos a dos de los guardias hablando en un lenguaje distinto a los conocidos. Rodeamos el paso a la entrada principal evitando ser vistos. Buscábamos una entrada poco concurrida y por supuesto con menos vigilancia. Utilizamos las capas para ocultar a los morfos, practicamos el andar para evitar vernos torpes, observando de lejos a los guardias. Notamos que algunos caminaban de forma encorvada debido a sus pesados implantes en la espalda, otros presentaban extraños abultamientos en todo su cuerpo. Entrar a aquella ciudad era algo espeluznante; se podían apreciar cuerpos tirados, víctimas de asesinatos. Mientras más nos adentrábamos en la vereda hacia aquella ciudad demoniaca observábamos cuerpos degollados entre pilas de cadáveres. No podía imaginar los horrores que debieron de haber vivido aquellas personas.

A lo lejos, sobre unos cuerpos sin vida, se encontraban varios soldados abusando de dos jóvenes mujeres quienes gritaban desconsoladas, no tendrían más de diez y seis años; aquello nos dejó horrorizados, pues era muy difícil imaginar que esos que se suponía debían proteger a las personas perpetraran los peores crímenes imaginables en este mundo. A la par que observábamos aquella grotesca escena, una de ellas moría a manos de aquellos inhumanos y malditos seres.

Entre burlas y carcajadas, dejaban a la otra muy malherida tendida sobre el suelo sin posibilidad de recuperación.

—¡Debemos continuar! Sin importar lo que veamos, nuestro deber es concluir con nuestra encomienda.

Balter me indicaba que debíamos de entrar a aquella ciudad. Fue entonces que entendimos que aquí lo que imperaba era la brutalidad, la violencia y el sadismo. Comencé a sentirme nervioso por lo presenciado, junto con lo que mi mente imaginaba, me torturaba, no podía concebir un lugar así.

Al cruzar por una de las entradas menos protegidas el panorama era tan siniestro como desolador. Los caminos interiores de la ciudad, cubiertos de adoquines de piedra roja, eran llamativos; aunque a su vez por el tamaño hacían los caminos estrechos y lúgubres. La distribución de la ciudad era por demás extraña; aquellas edificaciones parecían estar hechas de cualquier cosa que tuviesen disponible; las tejas color rojo eran un común denominador en la formación arquitectónica de aquella capital. Toda la indumentaria que se lograba ver en los comercios, casas, tabernas y tiendas parecía estar creada para fines bélicos. Nuestros amigos morfos desesperados por salir de bajo de los ropajes y ver aquella nueva ciudad, nos indicaron que entrásemos en uno de los callejones, cuando pudieron ver utilizaron sus propios ropajes con capuchas para resguardar su identidad. Balter y yo nos embarramos lodo en la cara, para intentar pasar desapercibidos en aquel lugar.

En cuanto vieron la luz, Letter, Caso y Gadel parecían estar impresionados, manteniendo su mirada fija en un punto. Nosotros, al acercarnos para apreciarlo, logramos notar que lo que ellos observaban: la pelea de dos pequeños muchachos que tendrían nueve o diez años. Se golpeaban brutalmente, como si se tratase de soldados peleando en una cruenta guerra. Sorprendentemente, el que se encontraba cuasi derrotado, levantó un gran pedrusco el que estrelló, repetidas veces, contra la cabeza del otro chiquillo, hasta que su cráneo se destrozó y las cuencas de sus ojos perdieron completamente su forma. Esto era, con toda certeza, lo peor que habíamos visto en toda nuestra existencia y en toda la extensión de Imphéria. No podíamos concebir cómo era posible que existiese un lugar con tan poco respeto por la vida, tan carente de amor por el prójimo.

Continuamos nuestro andar cuando, de pronto, escuchamos el sonar de tambores; en un principio pensamos que se trataría de una taberna dónde descansar y buscar posada. Lo que ahí nos encontramos fue, para nuestra sorpresa, algo que distaba totalmente del anhelado lugar al que deseábamos llegar. Al entrar a aquel bodegón vimos que se encontraba atiborrado de esos seres, uno tan distinto del otro debido a las diversas modificaciones corporales. Desde el techo colgaban una especie de antorchas, aunque su luz no era de fuego. Estábamos lejos de casa, todo era distinto y no lográbamos entender qué era lo que mantenía aquella luz encendida, sin ningún rastro de fuego o de calor. Letter y Caso estaban boquiabiertos, mientras los demás maravillados de ver tan sorprendentes e impactantes avances.

Los seres que tocaban los grandes tambores de los que emanaba la música se encontraban atados con cadenas en la parte más alta de las columnas de piso a techo, eran del mismo color que la muralla. Los extraños músicos tenían cuernos implantados a sus frentes, otros vestían de cuero brillante y negro. Tocaban efusivamente. Al voltear la mirada, notamos otros de los ciudadanos de aquella capital crucificados, mientras que otros tantos estaban atados por los pies, con la cabeza apuntando al suelo. Los asistentes de esa celebración bailaban efusivamente al ritmo de los tambores; cuando el sonar de los instrumentos, creaban el clímax de la misma música, dos de los atados con cadenas eran forzados a pelear en lo alto de las columnas. Todo parecía indicar que pertenecían a la clase más baja de la sociedad. Cuál aves que vuelan en el firmamento se impulsaban con los pies, desde las rojas columnas, para asestarse golpes con los puños o con el único instrumento que se lograba apreciar: tenían en las manos un garrote de madera y hueso. Uno, hábilmente, desenfundó una daga de un cincho atado a su pierna, cortándole al otro la garganta de lado a lado. La sangre del perdedor de aquella batalla bañaba como lluvia a todos los espectadores que, en un frenesí sanguinario, abrían sus fauces en dirección a aquella sangre para beberla, para después bailar frenéticamente, empezando a practicar toda clase de perversiones sin pudor alguno.

Balter y yo nos dirigimos hacia una larga barra, que se encontraba al fondo de este bodegón; supusimos habría alguna especie de tabernero ofreciendo bebidas, aunque era evidente que eso no era una taberna y que todo esto estaba alejado de lo que en alguna ocasión tuvimos la oportunidad de conocer. La tabernera limpiaba vasos, servía hábilmente bebidas de colores deslumbrantes. Dos hombres, recargados en aquella barra hecha de dos tipos de metales, pedían unas bebidas de colores amarillo y naranja, la tabernera se los dio en una especie de copas delgada de cristal; las bebidas brillaban cuál luciérnagas en la noche. Balter se acercó diciéndole a la tabernera:

—¡Creo que necesitaremos un par de estas bebidas!

En un principio la tabernera desconfió de nosotros, supongo por nuestro aspecto y lenguaje e hizo una seña de no hablar en el lenguaje común. Balter se acercó un poco más y, en un tono galante, la invitó a servirnos un par de bebidas; a su vez hacía unos ademanes propios de un caballero al estar seduciendo a una dama. La dama, aun con su gesto de desconfianza en el rostro, nos sirvió un par de esas bebidas brillantes que tenían sabores extraños. Balter continuó con su galante labor. Después de un largo rato charlando con la dama, esta cedió a las seducciones de nuestro salvaje amigo.

Letter, Caso y Gadel salieron de aquella taberna de mala muerte. Letter dijo que debían montar la guardia, pero más tarde nos enteramos de que eso fue tan solo un pretexto, el pelirrojo morfo no soportó tan cruel escena y quería salir de aquel lugar cuanto antes. Finalmente, la tabernera accedió ante los encantos de Balter, quien le pidió que se dirigieran a un lugar más privado para conversar. La tabernera decidió salir del área de la barra dejando encargado el puesto a otro mesero que ahí atendía.

Balter se levantó de uno de los taburetes en los que nos encontrábamos sentados; me hizo una seña para que lo siguiera y la tabernera se unió a nosotros marcando el camino a seguir. Salimos por la puerta trasera de aquel nauseabundo sitio, cuando la señorita se hubo parado junto a Balter, vislumbré eran casi de la misma estatura. Ella vestía un traje de cuero negro pegado al cuerpo, que resaltaba todos sus atributos.

— Mi nombre es Shannon Artári.

Era la primera vez que escuchábamos su femenina voz, hablando en lenguaje común.

— ¿Qué es lo que él hace aquí?, dijo Shannon refiriéndose a mí.

— Pensaba que las intenciones de tan apuesto caballero serían las de poseerme usted solo. Nunca imaginé que le gustara hacerlo con compañía, aunque no me resulta nada raro, teniendo en cuenta que hay gustos para todo aquí en Sangëin City.

— Su ofrecimiento, aunque se agradece, no revela mis verdaderas intenciones; por cierto, gracias también por lo de "apuesto caballero", años atrás que no me llaman así.

— Si usted no ha de poseerme entonces, ¿qué hacemos perdiendo el tiempo en esta trastienda?

Inmediatamente, saqué de mi bolsa de viaje la manta que envolvía a Marián el día en que la encontré. Balter la tomó estirándosela a Shannon Artári. La sorpresa se dibujó en su rostro, haciéndose presente un cambio de tono de su voz.

— ¿Dónde diablos han encontrado eso?

— No hagas preguntas… mantengamos todo en el misterio, lo único que debes saber es que necesitamos encontrar al dueño de esta manta.

— Un momento no sé si entendí bien o estoy alucinando, pero que unos forasteros vengan a tierras lejanas sin ningún miramiento, exigiendo no ser cuestionados, además con una posesión perteneciente al cuarto Rëttma, regidor de las tierras de Sangëin City, esto es ridículo.

Intervine en la conversación que estaban sosteniendo Balter y Shannon.

— No es nuestra intención que nos malinterprete de esa manera, simplemente hemos venido desde muy lejos en búsqueda de respuestas.

Contamos brevemente lo sucedido hasta ahora, la situación tan delicada que estábamos viviendo y que, además, necesitábamos ser discretos, pues la logia roja estaba siguiéndonos. Shannon, quien reía de manera sarcástica respondió ante nuestra petición.

— Si desea mi ayuda con tanta urgencia, tendrán que hacer algo por mi primero. Me encuentro en búsqueda de aquel maldito hombre que hace mucho tiempo dañó terriblemente a mi familia de manera irremediable, causándonos gran dolor y sufrimiento. En mi intento por vengarme, de aquel que ultrajó a mi madre y a mis hermanos mayores, asesinó a mi padre, todo esto en mi presencia… La de una niña de cuatro años.

Pese a que pude capturarlo, torturándolo durante treinta lunas, hiriéndolo por las noches, curándolo durante los días y alimentándolo bien para que su castigo durase el tiempo suficiente como para haberme dado por satisfecha en mi venganza. Pude dejarlo malherido, pero un día en mi ausencia se escapó del cautiverio, con su propia sangre escribió en la pared lo que haría conmigo, advirtiéndome que lo que sucedió hace diez y ocho años no se compararía con lo que me esperaba cuando él me tuviese entre sus manos. Si me traen algún indicio de que le arrancaron la vida a ese bastardo consideraré guiarlos hasta el cuarto regidor. Podrán reconocerlo por su tez color azabache, su gran musculatura y unos injertos de ópalo de fuego en el medio de sus ojos formando un triángulo; mismos que están totalmente en blanco, pues se mandó decolorar el iris.

Balter asintió, saliendo inmediatamente en búsqueda de su siguiente objetivo.

— Una cosa más… tráigame los ópalos que tiene injertados; así sabré que han cumplido con su parte del trato.

Shannon debía regresar a atender aquella barra. Me reuní con Letter, Caso y Gadel a esperar el regreso de Balter. Al anochecer nos encontrábamos impacientes, pues nuestro salvaje amigo aún no regresaba de su expedición. La música dejó de sonar en aquel bodegón. Los seres que en aquella ciudad habitaban se desplazaron hasta a la plaza principal. Dos de ellos se golpeaban fuertemente. Todos salieron para presenciar aquel pleito callejero. Uno de los participantes de la pelea tenía en los puños implantes de hueso, cada vez que golpeaba a su contrincante le infligía graves heridas desgarrándole la piel. De pronto diez hombres con la vestimenta de la logia se aparecieron en la plaza. Naturalmente, nuestra reacción fue correr y escondernos en el callejón de la taberna de mala muerte que habíamos visitado más temprano. Un encuentro con la logia comprometería el éxito de nuestra búsqueda.

Shannon salió, extrañada por quienes me hacían compañía. Rió fuertemente diciendo a continuación:

— Estos seres… ¿Qué diablos son?

— Permítame presentarme, hermosa señorita, mi

nombre es Letter, el mal encarado que tengo a un lado es Caso, es como un hermano para mí. El enano greñudo es otro hermano nuestro… ¿Sabe?, en verdad no somos de la misma familia, aunque llevamos tanto tiempo de conocernos, que es como si lo fuéramos.

— En mi vida había visto seres de tan baja estatura.

— Esto es porque pertenecemos orgullosamente a la legión morfa, provenientes de la hermosísima capital llamada D`ynami.

— Qué seres tan curiosos son ustedes los morfos, vayamos a divertirnos un rato.

Shannon evidentemente estaba proponiéndole otra clase de diversión a los morfos que tan solo querían ir a beber malta. Aquellos se disponían a seguirla, sin preguntar nada más cuando, por primera vez, algo se apoderó de mí y dije a los tres:

— ¡No sean idiotas Letter y Caso!, ¿Acaso no se han dado cuenta lo que está sucediendo en la plaza?, diez hombres de la logia roja están calmando aquel pleito.

Señalé hacia la plaza y los morfos retrocedieron, ocultándose en la oscuridad de aquel callejón.

— ¿Logia roja?, ¿de qué diablos hablan?, ellos son el ejército de élite a cargo de nuestro sumo regidor, el cuarto Rëttma.

Extrañadísimo esperé expectante.

— ¿Rëttma? Replicó nuestro pelirrojo acompañante… supongo que será el nombre de su rey.

Letter curioso por saber más acerca de la cultura de los sangëin, preguntó acerca del Rëttma. Shannon contestó con una entonación que denotaba orgullo, acerca de las costumbres de su pueblo.

— Los Rëttma toman el trono por el único medio posible… la fuerza bruta. Se enfrentan en grandes batallas a muerte que pueden terminar solamente con uno de los dos contrincantes respirando. Aunque sepan ustedes, que estos que se enfrentan no son comunes y corrientes, pues poseen una serie de características superiores al resto de nosotros. Estas habilidades especiales no son adquiridas, sino que se encuentran en los elegidos para el cargo desde su nacimiento. Entre ellas deben tener una fuerza sobre humana, el poder de convencimiento de las masas, la capacidad para controlar a las bestias y el poder de atraer a aquellos que deseen que se aproxime. También deben desarrollar su poder sobre las bestias a tal grado que antes de enfrentarse a su predecesor, deben de llevar consigo a un zogúrath mítico. Por lo que evidentemente van en búsqueda de su bestia, para domarla y enfrentar también a la bestia del Rëttma al que sucederá. Es un gran espectáculo, aunque a todos los sangëin nos gustaría presenciarlo más a menudo; en ocasiones puede pasar toda una vida sin que se produzca un cambio de regidor. Quien ahora es el Rëttma lleva siendo el cuarto desde hace ya diez y seis años, no ha aparecido un contrincante digno.

Balter entró a aquel oscuro callejón, interrumpió la conversación, arrojando la cabeza del asesino que tanto daño le había causado a la familia de la joven sangëin.

—He aquí mi parte del trato, ahora exijo que cumplas tu palabra, ¡Conozcamos a aquel que llaman Rëttma!

Shannon se acercó, escupiendo sobre la cabeza muerta de su victimario; diciendo antes de partir hacia el castillo del Rëttma unas palabras en su idioma y a continuación, con lágrimas en los ojos, recitó lo siguiente:

—Muchas gracias Balter, ahora el honor de mi familia se encuentra restablecido, es momento de que cumpla mi parte del trato. Síganme, aunque les advierto que lo que me piden es más que seguro que será lo último que puedan pedir en su vida.

Caso

Caminamos por largo rato por la explanada de Sangëin City, zigzagueando entre peleas callejeras y violaciones tumultuarias. Observando de cerca los horrores que aquella ciudad tenía para ofrecer a todos sus visitantes. A lo lejos vimos las dos torres idénticas del color de la noche, terminando con un tejado lleno de buitres que se abalanzaban para alimentarse de los cadáveres que yacían en las calles. Las torres se mostraban majestuosas construidas sobre una gran montaña, entramos por una alcantarilla que estaba en la falda. Al bajar prendimos antorchas para guiarnos por el camino. Después de un rato de andar por el subsuelo de aquella ciudad, Shannon nos indicó acercarnos a una rejilla de hierro que entre todos retiramos. Al subir por aquel oscuro camino, vimos que nos encontrábamos dentro del castillo desde el cual gobernaba el Rëttma de Sangëin City.

El pasillo de aquel lugar podía dar escalofríos hasta el más aguerrido de los hombres. Las antorchas iluminaban con luz roja la oscuridad total de aquel recinto. Según nos acercábamos a aquella gran puerta de bronce, el fuego de las antorchas se tornaba verde, resaltando el ya de por sí lúgubre escenario. Ya estando frente a la gran puerta, que por su puesto daba la percepción de ser muy pesada, la empujamos y el rechinar del metal evocaba al grito más desesperado que cualquier hombre podría emitir. Entramos al recinto desempuñando nuestras armas como reacción natural ante aquel horroroso escenario. La cámara principal, tenía a los costados estatuas de piedra negra y brillante, intercaladas con otras que parecían hechas de ceniza; por detrás había grandes antorchas con fuegos de distintos colores, que apenas permitían la vista haciendo demasiado tétrica la habitación; continuamos hasta llegar a un gran trono donde pacíficamente con unos pergaminos en las manos, nos esperaba sentado un ser de demoniaca apariencia.

Los pedazos de hueso puntiagudos que sobresalían de su piel tenían unas lanzas al final que parecían ser de plata y oro afilados, estaba tatuado profusamente como si quisiera desaparecer por completo todo rastro de humanidad que podría haber tenido alguna vez. Era apabullante ver directamente todas las incrustaciones de metal que tenía encajadas en su cuerpo. Vestía una túnica negra, con un montón de letras bordadas en tonalidades doradas y verdes. Aquel imponente hombre lanzó al suelo los largos pergaminos que le ocultaban el rostro, se levantó abruptamente para gritar en tono enfurecido:

— ¿Quién diablos creen que son ustedes, malditas criaturas inútiles y estúpidas?… ¿Por qué osan molestar al que a todos domina? Lo que su estupidez ha provocado solo puede pagarse con su patética vida. Pero su vida no será arrebatada por cualquier mortal, morirán ustedes cinco de una manera muy especial… a manos del Rëttma.

Fue entonces que Peter se acercó al trono postrándose, como si le estuviese alabando, suplicando desesperadamente por la cura de su hija, explicando que había sido picada por un zogúrath mítico. Entonces el Rëttma gritando enfurecido nuevamente y con una voz ahora más tenebrosa que su proclamación anterior.

—¡Levántate maldito cobarde!, que tu bastarda hija no merece de mi ayuda y menos de mi compasión. Todos ustedes, humanos y morfos son unos seres malditos e inferiores, ¿cómo siquiera osaron venir ante mí? Son patéticos. Ahora, decidan si quieren morir uno a uno, o todos juntos, ¡en guardia, malditos!

Se levantó intempestivamente y de manera violenta desenvainando dos espadas con ornamentas tan toscas como pesadas. Peter reaccionó blandiendo la espada de su padre, colocándose en guardia alta; el Rëttma asestó un golpe descomunal en contra de

Peter que intentó mitigarlo con su espada para caer en el suelo vencido por el impacto, la fuerza de aquel ser era descomunal. Peter simplemente voló cuál hoja que lleva el viento. Rápidamente, nos unimos a la batalla con toda la fuerza que poseíamos, aunque ninguno conseguíamos asestar un golpe certero. Letter que se encontraba en la retaguardia intentaba disparar flechas al Rëttma sin éxito alguno, inclusive las desviaba ágilmente con su espada, estás al ser golpeadas por la espada se encendían en llamas. Esto era un guerrero sobrenatural. Fácilmente, nos derribó a Balter y a mí sin ninguna dificultad. Peter intentó cargar nuevamente contra el Rëttma, a la vez que Letter lanzaba una certera flecha que impactó en el antebrazo; encendiéndose en llamas durante unos instantes, liberando aquel humo y olor característico a fósforo. El regidor de Sangëin simplemente se arrancó la flecha y soltó una carcajada. El Rëttma con una de sus espadas logró herir a Peter en la pierna, que comenzó a sangrar.

Peter soltó un alarido de dolor mientras intentaba mantenerse en pie; Balter se abalanzó nuevamente con su espada y un hacha corta tratando de debilitar al oponente, logró hacer una brecha en el peto que se soltó y dejó ver un poco de la ropa interna de la armadura del Rëttma. Mientras Peter se lograba sostener en pie para asestar de nuevo un golpe sobre la cota de malla, que ahora sí atinó a herir al Rëttma que, enfurecido cuál demonio, con movimientos ágiles, nos derribó a todos lejos de Peter para después patearlo en el pecho. Ya caído enterró ambas espadas en cada uno de sus hombros, una de ellas muy cerca de su corazón, las giró despiadadamente; Peter gritó de manera desgarradora.

En su último aliento de vida exclamaba los nombres de Victoria y Marián, mientras sostenía fuertemente la manta que había dado inicio a todo. Cuando el Rëttma vio la manta y mirándonos exclamó:

— ¡Cómo hicieron para conseguir eso!

El Rëttma se detuvo, sorprendido al ver la manta negra, que con toda su devoción Peter abrazaba.

Balter dio unos pasos hacia donde estaba Peter, aprovechando que la batalla se había detenido; de manera retadora espetó una mirada hacia quien ahora veía como un enemigo.

— Esta manta es el único indicio que tenemos del pasado de la hija de Peter; el que arriesgó valientemente su vida enfrentando a un zogúrath para salvar la vida de la pequeña, sin importarle ser asesinado por aquel maldito animal.

El Rëttma, se quedó sin palabras al escuchar lo que nuestro salvaje amigo estaba diciendo.

— Lo que ustedes necesitan es mi corazón, la cura, que han estado buscando se encuentra en mi sangre; si desean que mi hija sobreviva háganlo pronto. ¡Antes de que me arrepienta!

Apenas seguía hablando, Balter observó a Peter quien agonizaba lentamente, apretando los puños. Balter quedó inmerso en el peor de los trances, como si fuese un zogúrath salvaje, hundió la mano que empuñaba un colmillo de zogúrath, por el costado del peto para retirar de tajo el corazón del Rëttma, salpicándose de sangre y así obteniendo lo que con tanto esmero habíamos buscado.

El Rëttma pronunció, expirando, sus últimas palabras:

— Mi descendencia vivirá por siempre. Ahora puedo morir en paz sabiendo que le devolveré la vida a mi hija Kesia.

No podíamos creer lo que nuestros ojos veían. Heridos casi de muerte nos arrastramos hasta Peter; mientras que Balter enfurecido desmembraba el cuerpo del Rëttma, aquella escena estaba repleta de sangre y era parecida al peor de los infiernos, recogimos su corazón que todavía se movía depositándolo en un recipiente de cristal con la sangre del Rëttma (que no era marrón, sino verde oscura, más bien parecida a la de un zogúrath). Balter tardó dos horas en regresar en sí.

Letter

Los grandes portones se abrieron de par en par, para dar paso a una multitud de seres de horrible apariencia. Contaban con enormes colmillos incrustados en su dentadura, tanto huesos como argollas atravesaban sus narices y cuellos. Vestidos con ropajes de piel negra, collares del mismo material con gigantescos picos metálicos, al igual que cinchos colgando por todo su cuerpo, ornamentándolo; esta era la apariencia de los habitantes de Sangëin City. De manera coordinada se postraron hasta el suelo proclamando al asesino de su hasta ahora rey como su nuevo Rëttma. Repitiendo, a coro, como si fuera un cántico:

—Salve al nuevo Rëttma, el que ahora nos regirá, el que al cuarto la vida le ha arrancado.

Hacían reverencias mientras gritaban eufóricos, como una turba de seres enloquecidos. Repetían una y otra vez su proclamación, a lo que agregaron finalmente:

— Salve al quinto, asesino del Rëttma, regidor de Sangëin, el que ahora nos domina.

Balter, completamente cubierto de sangre y con lágrimas en los ojos, gritó enfurecido, ordenando a todos abandonar el recinto. Naturalmente, los súbditos obedecieron con fe ciega ante su nuevo regidor. Cuando todos hubieron abandonado aquel lugar, Balter nos llamó a Caso y a mí con una seña diciendo las últimas palabras que dé él escuchamos aquel fatídico día en Sangëin City.

— ¡Escúchenme bien!, no he de abandonar esta ciudad sin el que considero como mi mejor amigo. Corran morfos, crucen el desierto de regreso. Dense prisa para curar a mi amada Marián. Esta es la primera misión que ahora les asigna el nuevo rey de la "ciudad roja".

Caso trató de espetar algo a Balter que le miró con una expresión asesina en el rostro.

—No tratarás de convencerme, ahora marchen, háganlo con todas sus fuerzas y lleguen ante mi amada.

Amigos, díganle a Marián que la amo profundamente y que pronto habré de regresar a ella.

Nos acercamos al cuerpo de Peter, lamentando la pérdida de nuestro moag, lo despedimos recitando una plegaria en idioma morfo.

— Es hora de marchar, viejo moag, no tenemos tiempo que perder.

Decía Caso mientas salimos a toda prisa del recinto, donde nos encontramos con Gadel, que ferozmente había librado una batalla contra quince guardias saliendo victorioso pero ensangrentado.

Esta fue la última vez que vimos a Peter y a Balter…

Epílogo
"Un lazo inquebrantable"

Letter

El viaje de regreso fue difícil, como era de esperarse. Al llegar a la tercera agua encontramos a los nómades que interrumpieron todas sus actividades, guardando un silencio sepulcral, que pienso se debía a que nuestro grupo ya no se encontraba completo. La falta de lenguaje nos dificultaba la comunicación con los salvajes, que durante todo el camino cambiaron su ya conocido té de hierbas, por lo que parecía ser un ritual luctuoso, creyendo a Balter muerto y lamentando las muertes de nuestros moags, a quienes tomaron aprecio a lo largo del recorrido juntos.

Así fue como llegamos hasta el paso del diablo. Entonces los nidwane se despidieron de nosotros, obsequiándonos unos collares de cuencas talladas, características de su tribu. Caminamos sin descanso para llegar al encuentro con Victoria y Marián, y así poder entregar la tan ansiada cura que necesitaba. Al llegar a las puertas de la taberna Gedia, nuestros hombres nos reconocieron y se acercaron a vitorear el regreso. Aquel escándalo llamó la atención de Victoria, que salió de la taberna con un bebé en brazos, gritando desesperadamente el nombre de su amado. Todos nosotros guardamos silencio realizando una formación de honor para demostrar nuestro respeto a Victoria que se percató de la ausencia de Peter y Balter. Entonces Victoria se arrodilló, llorando desconsoladamente mientras sostenía nuestras manos. Gadel amablemente cargó al pequeño bebé, para que Victoria pudiese vivir su pérdida sin que la criatura sintiese ese profundo dolor que partía el corazón. Caso y yo, por todo el agitado trayecto tampoco habíamos tenido tiempo de llorar la muerte de nuestro amigo. Después de unos minutos de estar abrazados Caso sacó la cura en un frasco de cristal con apariencia verdosa y dijo:

— ¡Pronto, debemos darle la cura a la joven Marián!

Entramos a toda prisa, hasta donde Marián, convaleciente en una cama, continuaba inconsciente.

Le dimos la sangre de su padre, la que pareció no tener reacción alguna. A la semana siguiente Marián abrió los ojos. Después de un año de aquel milagro aquí nos encontramos todos reunidos para contar la historia de dos hombres maravillosos.

. K

Es por eso por lo que hoy puedo decir que me encuentro aquí, gracias al legado y al sacrificio de grandes hombres que viajaron hasta los confines de Imphéria para encontrar la cura a mi enfermedad.

Esta es mi historia.

Marián. Kesia Reisk Talton.

¡Marchemos juntos a tierras Ananítas, que nuestro mundo necesita ser libre otra vez!

Índice

¡Gracias por leernos!

Visítanos en:

https://firepandaediciones.com.mx

Escríbenos a:
ventas@Firepandaediciones.com.mx

Facebook.com/Firepandaedicionesmx

https://www.instagram.com/firepandaediciones/

https://x.com/firepanda_Ed

https://www.tiktok.com/@firepandaediciones

Esta edición de "Entre el Fuego y las Cenizas" se terminó de editar en octubre de 2024. La tipografía utilizada en la formación de este libro pertenece a la familia Palatino Linotype.

www.ingramcontent.com/pod-product-compliance
Lightning Source LLC
LaVergne TN
LVHW041454170726
843492LV00005B/1234